ମୁଁ ବି ମାଓବାଦୀ !

ମୁଁ ବି ମାଓବାଦୀ !

ଅପୂର୍ବ କୁମାର ମହାନ୍ତି

ବ୍ଲାକ୍ ଇଗଲ୍ ବୁକ୍ସ

ଭୁବନେଶ୍ୱର, ଓଡ଼ିଶା

BLACK EAGLE BOOKS
Dublin, USA

ମୁଁ ବି ମାଓବାଦୀ ! / ଅପୂର୍ବ କୁମାର ମହାନ୍ତି

ବ୍ଲାକ୍ ଇଗଲ୍ ବୁକ୍ : ଭୁବନେଶ୍ୱର, ଓଡ଼ିଶା ● ଡବ୍ଲିନ୍, ଯୁକ୍ତରାଷ୍ଟ୍ର ଆମେରିକା।

 BLACK EAGLE BOOKS

USA address:
7464 Wisdom Lane
Dublin, OH 43016

India address:
E/312, Trident Galaxy, Kalinga Nagar,
Bhubaneswar-751003, Odisha, India

E-mail: info@blackeaglebooks.org
Wÿebsite: www.blackeaglebooks.org

First International Edition Published by
BLACK EAGLE BOOKS, 2025

MUN BI MAOBADI
by **Apurba Kumar Mohanty**

Copyright © **Apurba Kumar Mohanty**

Cover design : **Ramakanta Samantaray**

Interior Design: Ezy's Publication

ISBN- 978-1-64560-630-7 (Paperback)

Printed in the United States of America

'ବିପ୍ଳବୀ' ଶୁଣିବାକୁ ଭଲଲାଗେ। କିନ୍ତୁ ବିପ୍ଳବୀ ହେବା ଏତେ ସହଜ କଥା ନୁହେଁ। ସାଧାରଣ, ନିଷ୍ପେଷିତ ଲୋକଙ୍କୁ ନ୍ୟାୟ ଦେବା ପାଇଁ ଅହରହ ଲଢ଼େଇ କରୁଥିବା ଆମ ସମାଜର ବିପ୍ଳବୀମାନଙ୍କୁ ଏ ପୁସ୍ତକଟି ଉତ୍ସର୍ଗୀକୃତ।

ମନକଥା

ମାଓବାଦୀ କହିଲେ ଆମ ମନରେ ଡର ଆସେ। ସାଧାରଣ ଲୋକ, ସରକାରୀ ବାବୁ, ପୋଲିସ, ନେତା, ଠିକାଦାର ସମସ୍ତେ ଡରନ୍ତି। ସେମାନେ କୁଆଡ଼େ ନିର୍ବାଚିତ ସରକାରରେ ବିଶ୍ୱାସ କରନ୍ତିନି। ସମାନ୍ତରାଲ ବ୍ୟବସ୍ଥା ଓ କାନୁନ ତିଆରି କରନ୍ତି। ସେମାନଙ୍କ ନଜରରେ ଯିଏ ଅପରାଧୀ ସାବ୍ୟସ୍ତ ହୁଏ, ତାକୁ ଧରିଆଣି ପ୍ରଜାକୋର୍ଟରେ ହାଜର କରନ୍ତି। ପ୍ରଜାକୋର୍ଟ କହିଲେ ଗାଁ ଲୋକଙ୍କ ଉପସ୍ଥିତିରେ ବିଚାର ଚାଲେ। ଆଉ ସ୍ଥାନୀୟ ମାଓବାଦୀ ନେତାଙ୍କ ନିର୍ଦ୍ଦେଶରେ ଦଣ୍ଡ ଦିଆଯାଏ। ଅନେକ ସରକାରୀ କର୍ମଚାରୀ, ଅସାଧୁ ଅଧିକାରୀ, ଲୋଭୀ ଠିକାଦାର, ପୋଲିସ ଇନଫର୍ମରଙ୍କୁ ସେମାନେ ମୃତ୍ୟୁଦଣ୍ଡ ଦେଇଛନ୍ତି, ଯାହାର ହିସାବ ନାହିଁ। ମାଓବାଦୀଙ୍କ କଥା ଆସିଲେ ମୋ ମନକୁ ବିଶିଷ୍ଟ କଥାକାର ଭଗବତୀ ଚରଣ ପାଣିଗ୍ରାହୀଙ୍କ 'ଶିକାର' ଗଳ୍ପ ଦୃଶ୍ୟମାନ ହୁଏ। କେମିତି ଝିଅବୋହୂଙ୍କ ଇଜ୍ଜତ ସହ ଖେଳ ଖେଳୁଥିବା ସର୍ଦ୍ଦାରର କଟାମୁଣ୍ଡ ଧରି ଘିନୁଆ ଥାନାକୁ ଯାଏ। ସେତେବେଳୁ ଏବେ ପର୍ଯ୍ୟନ୍ତ ଆମ ସମାଜରେ ସର୍ଦ୍ଦାରମାନେ ଅଛନ୍ତି ଏବଂ ସେମାନଙ୍କୁ ଆମ ସାମାଜିକ ବ୍ୟବସ୍ଥା ଓ ଆଇନକାନୁନ କିଛି ବି କରିପାରୁନି। ଘିନୁଆମାନେ ମାଓବାଦୀ ପାଲଟି ଯାଇଛନ୍ତି। ଆଉ ଥାନାକୁ ଯାଉନାହାନ୍ତି। ନିଜେ ନିଜେ ପ୍ରଜାକୋର୍ଟରେ ଦଣ୍ଡ ଦେଉଛନ୍ତି। ଆମ ଗଣତାନ୍ତ୍ରିକ ବ୍ୟବସ୍ଥା ଓ ନିର୍ବାଚିତ ସରକାରକୁ ସେମାନେ ବିଶ୍ୱାସ କରନ୍ତିନି। ପାହାଡ଼ି ମୂଲକରେ ସେମାନଙ୍କ ସେକ୍ରେଟାରିଏଟ, ସୁପ୍ରିମକୋର୍ଟ। ନବେ ଦଶକରେ ଦକ୍ଷିଣ ଓଡ଼ିଶାରେ କାୟା ବିସ୍ତାର କରୁଥିବା ଏହି ଲାଲ୍ ବାହିନୀ ପରବର୍ତ୍ତୀ ଦୁଇଦଶନ୍ଧିରେ ଅନେକ ହିଂସାକାଣ୍ଡ, ହତ୍ୟାକାଣ୍ଡ, ଅପହରଣ, ଲୁଟପାଟ୍ କରିଛନ୍ତି। ଯେହେତୁ ବୃତ୍ତିରେ ମୁଁ ଜଣେ ସାମ୍ୟାଦିକ, ସୁତରାଂ ଏହି କ୍ରମରେ ମାଓବାଦୀ ଇଲାକାକୁ ଯାଇ ରିପୋର୍ଟିଂ କରିବା ଏବଂ ମାଓବାଦୀଙ୍କ ଦ୍ୱାରା ସଂଗଠିତ ବିଭିନ୍ନ ହିଂସାକାଣ୍ଡ, ହତ୍ୟାକାଣ୍ଡ, ଅପହରଣ ପ୍ରସଙ୍ଗରେ ମାଓବାଦୀଙ୍କ

ସାକ୍ଷାତକାର ନେବାର ସୁଯୋଗ ପାଇଥିଲି। ଆର୍.ଉଦୟଗିରି ଥାନା ଓ.ଆଇ.ସି ଓ ଜେଲ୍ ସୁପରିଟେଣ୍ଡେଣ୍ଟଙ୍କୁ ମାଓବାଦୀଙ୍କ ନିକଟରୁ ଆଣି ପୋଲିସକୁ ହସ୍ତାନ୍ତର କରିବା ଘଟଣା ହେଉ ଅବା ଇଟାଲୀ ପର୍ଯ୍ୟଟକ ପାଓଲୋଙ୍କ ମୁକ୍ତି ପ୍ରସଙ୍ଗ, ସବୁଠୁ ସ୍ପର୍ଶକାତର ସ୍ୱାମୀ ଲକ୍ଷ୍ମଣାନନ୍ଦ ସରସ୍ୱତୀଙ୍କ ହତ୍ୟାକାଣ୍ଡ ଭଳି ଘଟଣାରେ ମାଓବାଦୀଙ୍କ ଭୂମିକା ଏବଂ ବିଚାର ବିଭାଗୀୟ କମିଶନଙ୍କ ନିକଟରେ ଜେରାର ସମ୍ମୁଖୀନ ହେବା– ଏସବୁ ରିପୋର୍ଟିଂ କରିବା ବେଳେ ଅନେକ କଥା ଟିଭି ଚ୍ୟାନେଲରେ ଦେଖାଇଛୁ, ଯାହା ଲୋକେ ଦେଖି ଭୁଲିସାରିବେଣି। ମାତ୍ର ଏମିତି ଅନେକ କଥା ଥାଏ, ଯାହାକୁ ଦେଖାଇ ବି ହୁଏନି। ସେସବୁ କେବଳ ମନର କାନଭାସରେ ପ୍ରିଣ୍ଟ ହୋଇଯାଇଥାଏ। ମୋ ସାମ୍ବାଦିକ ଜୀବନରେ ମାଓବାଦୀ ରିପୋର୍ଟିଂ ଅନେକ ରୋମାଞ୍ଚ ଆଣି ଦେଇଥିଲା। ବହୁବର୍ଷ ପରେ ପାହାଡ଼ି ମୂଲକର କିଛି ଦେଖା କଥା ଏବଂ କିଛି ଅଦେଖା କଥା ଏହି ପୁସ୍ତକରେ ସ୍ଥାନୀତ ହୋଇଛି। ଆଉ କିଛି କଥା, ଯାହା ତଥ୍ୟ ଆଧାରରେ ନ ହେଲେ ବି କିଛି ଅସମର୍ଥିତ ସୂଚନା ଆଧାରରେ ସଂଗ୍ରହ କରିଥିଲି, ତାହାକୁ କାହାଣୀ ଆକାରରେ ପ୍ରକାଶ କରିବାକୁ ପ୍ରୟାସ କରିଛି।

ମତେ ଲାଗେ ମାଓବାଦୀ କହିଲେ କାନ୍ଧରେ ବନ୍ଦୁକ ପକାଇ, ସବୁଜିଆ ପୋଷାକ ପିନ୍ଧିଥିବା ମଣିଷ ନୁହେଁ। ମାଓବାଦୀ ଏକ ମାନସିକତା। ଦେଶର କୌଣସି କୋଣରେ ଝିଅଟିଏ ଗଣଦୁଷ୍କର୍ମର ଶିକାର ହେଲେ ଯେତେବେଲେ ତା'ର ପ୍ରତିବାଦ କରିବା ପାଇଁ ହଜାର ହଜାର ଲୋକ ଏକାଠି ହୋଇ ହିଂସାକାଣ୍ଡ କରିବାକୁ ବି ପଛାନ୍ତି ନାହିଁ, ମତେ ଲାଗେ ଏମାନେ ସମସ୍ତେ ମାଓବାଦୀ। ମଣିପୁରରେ ଦୁଇ ଯୁବତୀଙ୍କୁ ଉଲଗ୍ନ କରି ଚଲାଇବା ହେଉ ଅବା କୋଲକତାରେ ଡାକ୍ତର ଛାତ୍ରୀଙ୍କୁ ଦୁଷ୍କର୍ମ ଓ ହତ୍ୟା, ଅପରାଧୀକୁ ତତ୍କାଲ ଦଣ୍ଡ ଦେବା ପାଇଁ ଦାବି ଉଠେ। ଯେତେବେଲେ ଅପରାଧ ଅସହ୍ୟ ହୁଏ, ନ୍ୟାୟିକ ବ୍ୟବସ୍ଥା ଯାଏଁ କେହି ଅପେକ୍ଷା କରନ୍ତିନି। ପୋଲିସ କେତେବେଲେ ଦୁର୍ଦ୍ଦାନ୍ତ ଅପରାଧୀକୁ ଏନକାଉଣ୍ଟର କରିଦିଏ ତ, ଆଉ କେତେବେଲେ ଏନକାଉଣ୍ଟରର ସଂଖ୍ୟା ବଦଲିଯାଏ। ହାଇଦ୍ରାବାଦ ଦୁଷ୍କର୍ମ ଓ ହତ୍ୟାକାଣ୍ଡ ଘଟଣାରେ ଅଭିଯୁକ୍ତମାନଙ୍କୁ ଏନକାଉଣ୍ଟର କରି ପୋଲିସ ବାହା-ବା ନେଲା, ସାଧାରଣ ଲୋକେ ଫୁଲ ବର୍ଷା କଲେ। ଅତଏବ ତ୍ୱରିତ ନ୍ୟାୟ ପାଇଁ ଅପରାଧୀକୁ ଦଣ୍ଡ ଦେବା ଆଇନଗତ ଭାବେ ଗ୍ରହଣୀୟ ନ ହେଲେ ବି ଲୋକେ ପ୍ରଶଂସା କରନ୍ତି।

ମାଓବାଦୀ କୋଉ ବାହାର ଦୁନିଆର ମଣିଷ ନୁହେଁ। ନିଜ ଘରର ଅବୁଝା, ଜିଦିଆ ପିଲା। ଯାହା ବୁଝନ୍ତି, ତାହା କରନ୍ତି। ବାପା ଯେତେ ରାଗିଲେ ବି ଅବୁଝା ପିଲା ସାଙ୍ଗରେ ଲୁଚେଇ ଲୁଚେଇ ମାଆ କଥା ହୁଏ। ଟଙ୍କା ଦିଏ। ଏ କଥା ଏଇଥିପାଇଁ

ମନକୁ ଆସିଲା, ରକ୍ତରେ ହୋଲି ଖେଳୁଥିବା ମାଓବାଦୀଙ୍କୁ କିଏ ଟଙ୍କା ଦେଉଛି ? ସରକାରରେ ବିଭିନ୍ନ ସମୟରେ ମନ୍ତ୍ରୀ ଥିବା ଜଣେ ଦିବଂଗତ ନେତା ସେ ମାଓବାଦୀଙ୍କୁ ଚାନ୍ଦା ଦେବା କଥା ଏ ସାମୟିକ ଆଗରେ ପ୍ରକାଶ କରିଛନ୍ତି। ଡରରେ ହେଉ ଅବା ଦୋସ୍ତିରେ, ରାଜନେତା, ଠିକାଦାର, ବ୍ୟବସାୟୀ ସମସ୍ତେ ମାଓବାଦୀଙ୍କୁ ଚାନ୍ଦା ଦେଇ ସେମାନଙ୍କ ଚେର ଟାଣ କରନ୍ତି। ବେଳେ ବେଳେ ଅନେକ ଅପରାଧ ହୁଏ, ଦୋଷ ମୁଣ୍ଡେଇବାକୁ ମାଓବାଦୀମାନେ ଡିଲ୍ କରନ୍ତି।

ଏ ମାଓବାଦୀ କିଏ ? କୋଉଠୁ ସେମାନଙ୍କର ଜନ୍ମ ? କାହିଁକି ସେମାନେ ଘରଦ୍ୱାର ଛାଡ଼ି ଜଙ୍ଗଲ ଭିତରେ ଲୁଚିଛପି କାନ୍ଧରେ ବନ୍ଧୁକ ପକାଇ ଜୀବନକୁ ବାଜି ଲଗେଇ ବୁଲନ୍ତି ? ପୋଲିସ ଓ ଯବାନଙ୍କ ସହ ସଂଘର୍ଷ କରନ୍ତି ? କୋଉ ଆଦର୍ଶ ପ୍ରତିଷ୍ଠା କରିବା ସେମାନଙ୍କର ସ୍ୱପ୍ନ ?

କଥା କଥାରେ ସେମାନେ କୁହନ୍ତି– "ଶ୍ରେଣୀବିହୀନ, ଶୋଷଣ ବିହୀନ ସମାଜ, ଯୋଉଠି ଧନୀ-ଗରିବ, ଉଚ୍ଚ-ନୀଚ ଭାବ କିଛି ନ ଥିବ। ସମସ୍ତେ ସମାନ।"

ପଶ୍ଚିମବଙ୍ଗର ନକ୍ସଲବାଡ଼ିରୁ ଆରମ୍ଭ ହୋଇଥିବା ନକ୍ସଲ ଆନ୍ଦୋଲନ ସମୟକ୍ରମେ ଭିନ୍ନ ପଟ୍ଟା ଆପଣେଇଛି। ଆଦର୍ଶ ନାଁରେ ଆରମ୍ଭ ହୋଇଥିବା ଏ ଆନ୍ଦୋଲନ ଏବେ 'ଅଣ୍ଡରଗ୍ରାଉଣ୍ଡ ଡନ୍' ଭଳି କାର୍ଯ୍ୟ କରୁଛି। ସ୍ୱାର୍ଥ ହାସଲ ପାଇଁ ଯେକୌଣସି କାର୍ଯ୍ୟ କରିବାକୁ ସେମାନେ ପ୍ରସ୍ତୁତ। ଯେତେବେଳେ ଦୁର୍ଗମ ପାହାଡ଼ି ଇଲାକାରେ ରାସ୍ତାଘାଟ, ଗମନାଗମନ ସୁବିଧା ନ ଥିଲା, ଯେତେବେଳେ ପେଟ ପାଇଁ ଗଣ୍ଡେ ଖାଇବାକୁ ମିଳୁ ନଥିଲା, ସେତେବେଳେ ମାଓବାଦୀମାନେ ବିକାଶ ପ୍ରସଙ୍ଗ ଉଠାଇ ସରକାରକୁ ବିରୋଧ କରୁଥିଲେ। ଏବେ ସରକାର ରାସ୍ତା ବନେଇଲେ, ମାଓବାଦୀଙ୍କୁ ଅଡୁଆ। ଦୁର୍ଗମ ଅଞ୍ଚଳରେ ସ୍କୁଲ, ଡାକ୍ତରଖାନା କି ପୋଲିସ ଫାଣ୍ଡିଟିଏ ହେଲେ ମାଓବାଦୀଙ୍କୁ ଅଡୁଆ। ସେମାନେ ଚାହାଁନ୍ତିନି ଦୁର୍ଗମ ଅଞ୍ଚଳର ବିକାଶ ହେଉ। ଲୋକେ ପାଠପଢ଼ି ଶିକ୍ଷିତ ହୁଅନ୍ତୁ। ଯାହାକୁ ଆଧାର କରି ସେମାନେ ନିଜର ଆଧିପତ୍ୟ ବିସ୍ତାର କରି ଚାଲିଥିବେ। ମାଓଙ୍କ ବିଚାରଧାରା ସହ ଏହାର କୌଣସି ସାମଞ୍ଜସ୍ୟ ନାହିଁ। ଅତଏବ ସରକାରୀ ଦୁର୍ବଳ ବ୍ୟବସ୍ଥାରୁ ଜନ୍ମ ନେଉଥିବା ଏଭଳି ବିକୃତ ମାନସିକତାର ବିଲୋପ ପାଇଁ ଆନ୍ତରିକ ଉଦ୍ୟମ ହେବା ଆବଶ୍ୟକ।

୨୦୦୩ରେ ରାୟଗଡ଼ା ଜିଲ୍ଲା ରମନାଗୁଡ଼ା ନିକଟ ଜଙ୍ଗଲରେ ମାଓବାଦୀଙ୍କ ଲାଇଫ୍‌ଷ୍ଟାଇଲ୍‌ ସୁଟିଂ ସମୟର ଫଟୋ

୨୦୦୬ : ମାଓବାଦୀଙ୍କ ପାଖରେ ପଣବନ୍ଦୀ ଥିବା ଗଜପତି ଜିଲ୍ଲା ଆର୍. ଉଦୟଗିରି ଥାନା ଓଆଇସି ରଂଜନ ମଲ୍ଲିକ ଓ ଜେଲ ଅଧ୍ୟକ୍ଷ ରବୀନ୍ଦ୍ର ସେଠୀ।

ଜଙ୍ଗଲ ଭିତରେ ଦୁଇ ପଣବନ୍ଦୀଙ୍କୁ ଅନ୍ୟତ୍ର ନେଉଥିବାର ଫଟୋ।

ସ୍ୱାମୀ ଲକ୍ଷ୍ମଣାନନ୍ଦ ସରସ୍ୱତୀଙ୍କ ହତ୍ୟାକାଣ୍ଡ ପରେ ମାଓବାଦୀ ଡାକିଥିବା ସାମ୍ବାଦିକ ସମ୍ମିଳନୀ।

ମାଓବାଦୀ ନେତା ସବ୍ୟସାଚୀ ପଣ୍ଡାଙ୍କ ସହ ।

ସାମ୍ବାଦିକଙ୍କ ପାଇଁ ଜଣେ ମହିଳା ମାଓବାଦୀ ଚା ପ୍ରସ୍ତୁତ କରୁଛନ୍ତି ।

ପାହାଡ଼ ଉପରେ ମାଓବାଦୀଙ୍କ ତାଲିମ ।

ପହରା ଦେଉଥିବା ଜଣେ ମହିଳା ମାଓବାଦୀ ।

ଭିତର ପ୍ରସଙ୍ଗ

ମାଓବାଦୀଙ୍କ ଲାଇଫଷ୍ଟାଇଲ୍ ଓ କାଇପିମ୍ପୁଡ଼ି ଅଣ୍ଡା ଚଟଣି

୨୦୦୩। ଇଟିଭିରେ ଅକ୍ଟଦିନ ଚାକିରି ହୋଇଥାଏ। ଟିଭି ଚ୍ୟାନେଲରେ କିଛି ନୂଆ କରି ଦେଖାଇବାର ଜୋସ୍ ପୁରା ଦମରେ ଥାଏ। ସେତେବେଳେ ଦକ୍ଷିଣ ଓଡ଼ିଶାରେ ମାଓବାଦୀଙ୍କ କାର୍ଯ୍ୟ ବଢ଼ିବାରେ ଲାଗିଥାଏ। ପ୍ରଜାକୋର୍ଟରେ ପୋଲିସ ଇନଫର୍ମରଙ୍କୁ ଦଣ୍ଡ ଦେଇ ସେମାନେ ସାଧାରଣରେ ମାଓବାଦୀଙ୍କ ପ୍ରତି ଭୟ ସୃଷ୍ଟି କରୁଥାନ୍ତି। କଲେଜରେ ପଢ଼ିବା ବେଳେ ମୁଁ ଏସଏଫଆଇ (ଷ୍ଟୁଡେଣ୍ଟ ଫେଡ଼େରେସନ ଅଫ୍ ଇଣ୍ଡିଆ)ରେ ସଦସ୍ୟ ଥିଲି। ସେତେବେଳେ ସବ୍ୟସାଚୀ ପଣ୍ଡା ଭୁବନେଶ୍ୱର ୟୁନିଟର ନେତୃତ୍ୱ ନେଉଥିଲେ। ଏବେ ସେ ମାଓବାଦୀ ହୋଇଥିବା ଜାଣିବା ପରେ ତାଙ୍କ ସାଙ୍ଗେ ଯୋଗାଯୋଗ କରିବାକୁ ଚେଷ୍ଟା ଚଲାଇଲି। ତାଙ୍କର ପୁରୁଣା ଘନିଷ୍ଟ ବନ୍ଧୁମାନଙ୍କ ଜରିଆରେ ମାଓବାଦୀଙ୍କ ପାଖକୁ ଯିବାକୁ ମେସେଜ ଦେବାକୁ ଚେଷ୍ଟା କରୁଥାଏ। ମାତ୍ର ମାସ ମାସ ବିତିବା ପରେ ବି ସେମାନଙ୍କ ନିକଟରୁ କିଛି ଉତ୍ତର ଆସୁ ନ ଥାଏ। ପୋଲିସ ଏନକାଉଣ୍ଟରର ଭୟ ଯୋଗୁ ସେମାନେ ବି ଆମ ସହ ଯୋଗାଯୋଗ କରିପାରୁ ନଥାନ୍ତି। ହଠାତ୍ ଦିନେ ଏନଡ଼ିଟିଭିର ବରିଷ୍ଟ ସାମ୍ୟାଦିକ ସମ୍ପଦ ମହାପାତ୍ର (ମୁଁ ତାଙ୍କୁ ସମ୍ପଦ ଭାଇ ବୋଲି ଡାକେ) ମତେ କହିଲେ, ଆଖା ମେସେଜ ଆସିଯାଇଛି। ଆଜି ରାତିରେ ଆମେ ବାହାରିବା। ମୁଁ ଆଶ୍ଚର୍ଯ୍ୟ ହୋଇଗଲି। ମାଓବାଦୀଙ୍କ ପାଖକୁ ଯିବା ପାଇଁ ମୋ ପ୍ଲାନ ବିଷୟରେ ଭାଇନା କେମିତି ଜାଣିଲେ ? ସେଇଠୁ ଭାଇନା କହିଲେ, ଜଙ୍ଗଲରୁ ଦି ଖଣ୍ଡ ଚିରିକୁଟି ଆସିଛି। ଅଫିସରେ ଜଣାଇ ଦିଅନ୍ତୁ। ପୁରା ସିକ୍ରେଟ୍ ରଖିବେ। ଯେମିତି ଆମେ ଜଙ୍ଗଲକୁ ଯାଉଥିବା କଥା କେହି ନ ଜାଣନ୍ତି। ଆମେ ଭୋର ସମୟରୁ ବାହାରିବା। ମୁଁ ଅଫିସରେ ବ୍ୟୁରୋହେଡ୍ ସୁଲୋଚନା ଦାସଙ୍କୁ

ଜଣାଇ ସକାଳ ପାଇଁ ପ୍ରସ୍ତୁତ ହୋଇଗଲି। ସାଙ୍ଗରେ କ୍ୟାମେରାମ୍ୟାନ ପ୍ରମୋଦ। ଅଫିସରେ କୁହାଗଲା, ବ୍ରହ୍ମପୁରରେ ଏକ ଭିଭିଆଇପି କାର୍ଯ୍ୟକ୍ରମ କଭରେଜ୍ କରିବାକୁ ଯାଉଛି। ମୋ ଘରେ ବି ସେଇକଥା କହିଲି।

ରାତି ସାତଟାରେ ଆମେ ଦୁଇଟି ଗାଡ଼ିରେ ବାହାରିଗଲୁ। ଡ଼େଷ୍ଟିନେସନ ତପ୍ତପାଣି ଅତିଥି ଭବନ। ଗଜପତି ଜିଲ୍ଲାରେ ଅବସ୍ଥିତ ତପ୍ତପାଣୀ ଏକ ପର୍ଯ୍ୟଟନ କେନ୍ଦ୍ର। ଉଷ୍ଣପ୍ରସବଣ ପାଇଁ ପ୍ରସିଦ୍ଧ। ରାଜ୍ୟ ସରକାରଙ୍କ ପର୍ଯ୍ୟଟନ ବିଭାଗ ପକ୍ଷରୁ ରହିଛି ଏକ ସୁନ୍ଦର ଅତିଥି ଭବନ। ଭାଇନା ଅତିଥି ଭବନକୁ ଫୋନ୍ କରି ଦୁଇଟି ରୁମ୍ ବୁକ୍ କରି ଦେଇଥିଲେ। ରାତିରେ ସେଠି ବିଶ୍ରାମ ନେଲୁ। ଆଖିକୁ ନିଦ ନ ଥାଏ। ଗଜପତି ରାୟଗଡ଼ା ରାସ୍ତାରେ ରମନାଗୁଡ଼ା ନିକଟରେ ସକାଳ ସାତଟା ସୁଦ୍ଧା ପହଞ୍ଚିବାକୁ ଆମକୁ କୁହାଯାଇଥାଏ। ବଡ଼ି ଭୋରରୁ ଆମେ ତପ୍ତପାଣି ଗେଷ୍ଟହାଉସ୍ ଛାଡ଼ିଲୁ। ଶୀତୁଆ ସକାଳର ଦୃଶ୍ୟ ମନକୁ ଖୁବ୍ ପୁଲକିତ କରୁଥିଲା। ହେଲେ ମନ ଅଲଗା ଭାବନା ରାଜ୍ୟରେ ଘୁରି ବୁଲୁଥିଲା। ପାହାଡ଼ ଜଙ୍ଗଲ ଭିତରେ ମାଓବାଦୀଙ୍କୁ ଭେଟିବାର କୌତୁହଳ ଆଚ୍ଛନ୍ନ କରି ରଖିଥିଲା। ମାଓବାଦୀମାନେ ଆମକୁ ସେମାନଙ୍କ ଆଡ୍ଡାକୁ କେମିତି ନେବେ, କେତେବାଟ ପାହାଡ଼ ଚଢ଼ିବାକୁ ହେବ ଇତ୍ୟାଦି ଇତ୍ୟାଦି। ଆମ ଭିତରୁ କେହି କହୁଥିଲା, ଆଖିରେ ପଟି ବାନ୍ଧି ନେବେ। ଖୁବ୍ ସତର୍କତାର ସହ ସେମାନଙ୍କ ଇଲାକାକୁ ଯିବାକୁ ହେବ। ସେମାନଙ୍କ କ୍ୟାମ୍ପରେ ଥିବା ବେଳେ ଯଦି ପୋଲିସ ଅପରେସନ ଆରମ୍ଭ ହେଇଯିବ, ତେବେ କ'ଣ ହେବ। ପୋଲିସ ଏନକାଉଣ୍ଟରର ଭୟ ବି ଅଛି। ଏମିତି ଅନେକ ପ୍ରଶ୍ନ ଓ ଅନେକ ଅଜବ ଭାବନା ଭିତରେ ଆମେ ସକାଳ ଆଠଟା ସୁଦ୍ଧା ରମନାଗୁଡ଼ା ବଜାରରେ ପହଞ୍ଚିଗଲୁ। ସେମାନେ ଦେଇଥିବା ନିର୍ଦ୍ଦେଶ ମୁତାବକ ହାତରେ ଗୋଟେ ନ୍ୟୁଜ୍ ମାଗାଜିନ୍ ଧରି ସମ୍ପଦ ଭାଇ ଓ ମୁଁ ବ୍ୟାଙ୍କ ସାମନାରେ ଅପେକ୍ଷା କଲୁ। କିଛି ସମୟ ପରେ ଦୂରରୁ ଆମର ଗତିବିଧିକୁ ନିରୀକ୍ଷଣ କରୁଥିବା ଦୁଇଜଣ ଯୁବକ ଆମ ପାଖକୁ ଆସିଲେ। ଭୁବନେଶ୍ୱରରୁ ଇଟିଭି ଓ ଏନଡ଼ିଟିଭିରୁ ଆସିଛୁ ବୋଲି ନିଶ୍ଚିତ ହେବା ପରେ ସେମାନେ ଆମ ଗାଡ଼ିରେ ବସିଲେ। ସେମାନଙ୍କ ନିର୍ଦ୍ଦେଶ ମୁତାବକ ରାୟଗଡ଼ା ରାସ୍ତାରେ କିଛି ବାଟ ଯିବା ପରେ ଗାଡ଼ି ଶୂନଶାନ୍ ରାସ୍ତାରେ ଅଟକାଇବାକୁ କହିଲେ। ଦୁଇ ଗାଡ଼ି ଡ୍ରାଇଭରଙ୍କୁ କୁହାଗଲା ଗାଡ଼ି ଆଗକୁ ନେଇ କୌଣସି ଏକ ଢାବା କି ଗ୍ୟାରେଜ୍ ନିକଟରେ ରଖିବ। କାଲେ କେହି ସନ୍ଦେହ କରିବ, ସେଥିପାଇଁ ସତର୍କ ରହିବ। ଯେହେତୁ ନେଟୱାର୍କ କାମ କରୁ ନ ଥିଲା, ସେଥିପାଇଁ ଅପରାହ୍ନ ୪ଟା ବେଳକୁ ସେହି ରାସ୍ତା ପାଖକୁ ଆସିବ। ଆମେ ନିଜ ନିଜର କ୍ୟାମେରା ବ୍ୟାଗ କାଢ଼ି କାନ୍ଧରେ

ପକେଇ ରାସ୍ତାକଡ଼ ଅନାବନା ଜଙ୍ଗଲ ଭିତରେ ଚାଲିବା ଆରମ୍ଭ କଲୁ। ସାଙ୍ଗରେ ଥିବା ଦୁଇଜଣ ମାଓବାଦୀ ଚୁପ୍ ଚାପ୍ ଆଗକୁ ମାଡ଼ି ଚାଲିଥାଆନ୍ତି। ଆମେ ସେମାନଙ୍କ ପଛେ ପଛେ ଚାଲିଥାଉ। କିଛି ବାଟ ଅନାବନା ଜଙ୍ଗଲରେ ଚାଲିବା ପରେ ବାଟ ଓଗାଳିଲା ପାହାଡ଼। ହାତରେ ଖଣ୍ଡେ ଖଣ୍ଡେ ବାଡ଼ି ଧରି ପାହାଡ଼ ଚଢ଼ିବା ଆରମ୍ଭ ହେଲା। ପାହାଡ଼ ଚଢ଼ିବା ପାଇଁ ସେମିତି କିଛି ରାସ୍ତା ନ ଥିଲା। ବହୁକଷ୍ଟରେ ଗୋଟିଏ ପାହାଡ଼ ଚଢ଼ି ତୀଖରେ ପହଞ୍ଚି ଆରପାଖକୁ ଓହ୍ଲାଇବା ବେଳକୁ ଆଉ ଗୋଟେ ପାହାଡ଼ ମୁଣ୍ଡ ଟେକି ଛିଡ଼ା ହୋଇଥିଲା। ଆମେ ସମସ୍ତେ ହାଲିଆ, ଯାହା ପାଣି ନେଇଥିଲୁ, ଟିକେ ଟିକେ ପିଇ ଦେଇ ପୁଣି ଚାଲିଲୁ। ଗୋଟିଏ ପାହାଡ଼ରୁ ଅଧା ବାଟ ଓହ୍ଲାଇବା ବେଳକୁ ଆଉ ଗୋଟେ ପାହାଡ଼। ସେଇ ଅଧା ପାହାଡ଼ରେ ବି ଘର କରି ରହିଥାନ୍ତି ଲୋକେ। ଟିକେ ସମତଳ ଜାଗା ଦେଖି ଚାଷ ବି କରିଥାନ୍ତି। ଆଶ୍ଚର୍ଯ୍ୟ ଲାଗିଲା, ଅଧା ପାହାଡ଼ରେ ଘର କରି ଚାଷବାସ କରି ରହୁଥିବା ଆଦିବାସୀ ପରିବାର କେମିତି ଚଳୁଛନ୍ତି? ଦେହ ପା ଖରାପ ହେଲେ ଏମାନେ କ'ଣ କରୁଥିବେ? ପ୍ରମୋଦ ସେମାନଙ୍କର କିଛି ଭିଡ଼ିଓ ସୁଟ୍ କରିବା ପରେ ଆମେ ପୁଣି ଆଗକୁ ଚାଲିଲୁ।

ଏମିତି ସାଢ଼େ ତିନିଘଣ୍ଟା ପାହାଡ଼ ଚଢ଼ିବା ପରେ ଆମେ ପହଞ୍ଚିଲୁ ମାଓବାଦୀଙ୍କ ଆଡ୍ଡାରେ। କାନ୍ଧରେ ବନ୍ଧୁକ ପକାଇ ପଇଁତରା ମାରୁଥାନ୍ତି ମାଓବାଦୀ। ଆମକୁ ଦେଖି ହାତକୁ ମୁଠା କଲେ, ଲାଲ୍ ସଲାମ୍ କହି ଅଭିବାଦନ ଜଣାଇଲେ। ଆମେ ବି ଲାଲ୍ ସଲାମ କହି କରମର୍ଦ୍ଦନ କଲୁ। ମୁହଁକୁ କପଡ଼ାରେ ଢାଙ୍କି ରଖିଥିବା ସବ୍ୟସାଚୀ ପଣ୍ଡା ଆମ ସହିତ କରମର୍ଦ୍ଦନ କରି ଲାଲ୍ ସଲାମ କହିଲେ। ଅଧା ପାହାଡ଼ ଉପରେ ସେମାନଙ୍କ କ୍ୟାମ୍ପରେ ଅନେକ ପୁଅ ଝିଅ ମାଓବାଦୀ ପୋଷାକ ପିନ୍ଧି, ହାତରେ ବନ୍ଧୁକ ଧରି ପଇଁତରା ମାରୁଥାନ୍ତି। ଗଛ ଛାଇରେ ପଡ଼ିଥିବା କଳା ତାର୍ପୋଲିନ ଉପରେ ସବ୍ୟସାଚୀ ପଣ୍ଡା ଆମକୁ ବସିବାକୁ କହିଲେ। ଅନେକବର୍ଷ ପରେ ମତେ ଦେଖି ଖୁସି ହୋଇଗଲେ। ପଚାରିଲେ, ରାସ୍ତାରେ କିଛି ଅସୁବିଧା ହୋଇନି ତ?

ସକାଳ ନଅଟାରୁ ରାସ୍ତା ଚାଲିଛୁ ଯେ ଦିନ ଗୋଟାଏ ବାଜିଲାଣି। ଅସୁବିଧା ଆଉ କ'ଣ ହେବ?

ମୁଁ କହିଲି, ବାବୁଭାଇ, ତମେ ରାସ୍ତାଭାଙ୍ଗି ଇଆଡ଼େ କେମିତି ପଶି ଆସିଲ? ସେଇଠି କ'ଣ ସଂଗ୍ରାମ କରାଯାଇପାରି ନଥାନ୍ତା?

ସେ ମତେ ବୁଝେଇବା ଆରମ୍ଭ କଲେ। ସବୁ କାମ ରାଜଧାନୀରେ ରହି କରାଯାଇପାରିବନି। ଏଠି ଯେମିତି ନିଷ୍ପେଷଣ, ଅତ୍ୟାଚାର ଚାଲିଛି, ତାକୁ ରୋକିବ କିଏ?

ମୁଁ କହିଲି, ନିର୍ବାଚନ ଲଢ଼। କ୍ଷମତାକୁ ଆସିଲେ ତମେ ଯାହା ଚାହୁଁଛ, ତାହା ହାସଲ କରିବା ସହଜ ହେବ।

ସେ କହିଲେ, ନା। ଆମେ ପ୍ରଚଳିତ ବ୍ୟବସ୍ଥାରେ ବିଶ୍ୱାସ କରୁନୁ। ଆମର ତା ଉପରେ ଆସ୍ଥା ନାହିଁ। ପରିବର୍ତ୍ତନ ପାଇଁ ସଶସ୍ତ୍ର ସଂଗ୍ରାମ ଏକମାତ୍ର ବିକଳ୍ପ। ଯାହା ମାଓ କହୁଥିଲେ।

ଏମିତି ଅନେକ ସମୟ ଯାଏଁ ଚାଲିଲା ଆମର କଥାବାର୍ତ୍ତା। ମାଓବାଦୀଙ୍କୁ ନେଇ ମୋ ମନରେ ଯେତେ ପ୍ରଶ୍ନ ଆସୁଥିଲା, ମୁଁ ପଚାରି ଚାଲିଥିଲି। ଯେମିତିକି ଜଙ୍ଗଲ ଭିତରେ ପୋଲିସ କେମିତି ଟେର୍ ପାଉନି ? ସେ କହିଲେ, ତମେ ଜଙ୍ଗଲ ଭିତରେ ଆସିବା ବେଳେ ଆମ ପାଖରେ ଖବର ଥିଲା। କେହି ବି ଅଚିହ୍ନା ଲୋକ ଆମ ଏରିଆ ଭିତରକୁ ପ୍ରବେଶ କରିବା ମାତ୍ରେ ଆମ ଇନଫର୍ମରମାନେ ସାଂକେତିକ ଶବ୍ଦରେ ଅନ୍ୟକୁ ସୂଚନା ଦିଅନ୍ତି। ଅଳ୍ପ କିଛି ସମୟ ଭିତରେ ଆମେ ଖବର ପାଇଯାଉ।

ଏଠାକାର ଲୋକେ ତମକୁ କାହିଁକି ଗ୍ରହଣ କରୁଛନ୍ତି ?

ଆମ ସରକାରୀ ବ୍ୟବସ୍ଥା କଥା ତମେ ଭଲ ଭାବେ ଜାଣିଛ। ଭୁବନେଶ୍ୱରରେ ଯଦି କୋଉ ଥାନା କି ତହସିଲକୁ ଯିବ, ସେଠି କି ବ୍ୟବହାର ମିଳେ, ତମକୁ ଭଲଭାବେ ଜଣା। ଆଉ ଏଠି ଯୋଉ ସରକାରୀ ବାବୁମାନେ ଅଛନ୍ତି, ସେମାନେ ନିଜକୁ ସରକାର ଭାବନ୍ତି। ଜଣେ ଗରିବ ଆଦିବାସୀ ଲୋକଟେ ଏ ପାହାଡ଼ ଜଙ୍ଗଲ ରାସ୍ତାରେ ଚାଲି ଚାଲି ଜମି ପଟ୍ଟା ପାଇଁ ତହସିଲକୁ ଗଲା। କୋଉଦିନ ବାବୁ ନାହାଁନ୍ତି, କୋଉଦିନ ସେ ଶାଲା କହିବ କାମ ହେଇନି, ଆଉଦିନେ ଆସ... ଏମିତି ବାରମ୍ୱାର ଦଉଡ଼ାନ୍ତି। ମୋ ନଜରକୁ ଆସିଲା। ଖାଲି ସିପିଆଇ ମାଓବାଦୀ ନାଁରେ ମେସେଜ୍ ପଠାଇଲି। ବାପାକୁ ମଉସା କହି ସେ ଅଫିସର ସାଙ୍ଗେ ସାଙ୍ଗେ କାମ କଲା। ଯୋଉ ଗରିବ ଆଦିବାସୀ ଲୋକେ ଆମ ଦ୍ୱାରା ଉପକୃତ ହେଲା, ସେ ମାଓବାଦୀ ନ ହେଲେ ବି ସାରାଜୀବନ ଆମ ସାଙ୍ଗେ ରହିଲା। ଏ ଅଞ୍ଚଳରେ ଏମିତି ଶହ ଶହ ଲୋକ ଅଛନ୍ତି, ଯେଉଁମାନେ ମାଓବାଦୀ ନୁହନ୍ତି, କିନ୍ତୁ ଆମକୁ ଭଲ ପାଆନ୍ତି। ଯଦି ସେମାନଙ୍କ ଭଲ ପାଇବା ନ ଥାଆନ୍ତା, ଆମେ ନ ଥାଆନ୍ତୁ।

କ୍ୟାମ୍ପରେ ଥିବା ମହିଳା ମାଓବାଦୀମାନେ ଆମ ପାଇଁ ଚାହା କରିଆଣିଲେ। ଆମେ ଚାହା ପିଇ ମାଓବାଦୀ ନେତା ସବ୍ୟସାଚୀ ପଣ୍ଡାଙ୍କ ସାକ୍ଷାତକାର ସୁଟ୍ କଲୁ। ସେ ଆଖି ଦୁଇଟିକୁ ଛାଡ଼ି ପୁରା ମୁହଁକୁ ଘୋଡ଼ାଇ ରଖିଥାନ୍ତି। ଆମ ଭିଡ଼ିଓ ଜର୍ଣାଲିଷ୍ଟମାନେ ମାଓବାଦୀଙ୍କ ଦିନତମାମ ଜୀବନଚର୍ଯ୍ୟାର ଭିଡ଼ିଓ ସୁଟ୍ କରି ଚାଲିଥାଆନ୍ତି। କେମିତି ସକାଳୁ ଉଠି ସେମାନେ ଜଙ୍ଗଲ ଭିତରେ ସେମାନଙ୍କ ଏକ୍ସରସାଇଜ୍ କରିଥାନ୍ତି, କ୍ୟାମେରା ସାମନାରେ ଆଉଥରେ ରିହର୍ସେଲ କଲେ।

ଏସବୁ କାମ ସରିଲା ବେଳକୁ ଦିନ ଦୁଇଟା ବାଜି ଯାଇଥିଲା। ଆମ ସମସ୍ତଙ୍କ ପାଇଁ କ୍ୟାମ୍ପରେ ଖାଇବା ବ୍ୟବସ୍ଥା ହୋଇଥିଲା। ଆମେ ହାତ ମୁହଁ ଧୋଇ ଗଛ ତଳେ ବିଛା ଯାଇଥିବା କଳା ତାର୍ପୋଲିନ ଉପରେ ଖାଇବାକୁ ବସିପଡ଼ିଲୁ। ଭାତ ସାଙ୍କୁ ଲୁଣ ପଡ଼ି ଟମାଟୋ ଖଟା। ତା ସାଙ୍କୁ କାଇପିମ୍ପୁଡ଼ି ଅଣ୍ଡା ଚଟଣି। କାଇପିମ୍ପୁଡ଼ି ଅଣ୍ଡା ଚଟଣି ଠିକ୍ ବଡ଼ିଚୁରା ପରି ଦିଶୁଥିଲା। ମୁଁ ପୂର୍ଣ୍ଣ ଶାକାହାରୀ ହୋଇଥିବାରୁ କେବଳ ଭାତ ଓ ଲୁଣପକା ଟମାଟୋ ଖଟା ଖାଇଲି। ଅନ୍ୟମାନେ ଦେଶୀ କାଇ ଅଣ୍ଡା ଚଟଣୀର ସୁଆଦ ପରଖିଲେ। ବାବୁଭାଇ କହିଲେ, କାଇ ଅଣ୍ଡା ଚଟଣୀରେ ଅଧିକ ପ୍ରୋଟିନ ରହିଛି। ଆଦିବାସୀମାନେ ଜଙ୍ଗଲରୁ ଏହା ସଂଗ୍ରହ କରି ପ୍ରାୟତଃ ଖାଇଥାନ୍ତି।

ମାଓବାଦୀ କ୍ୟାମ୍ପରେ ସ୍ୱାଦିଷ୍ଟ ବ୍ୟଞ୍ଜନ ପରେ ଆମେ ଫେରିବା ପାଇଁ ପ୍ରସ୍ତୁତ ହେଲୁ। ବାବୁଭାଇ କହିଲେ, ଆଉ ଟିକେ ସମୟ ରୁହ। କ୍ୟାମ୍ପରେ ପାଖାପାଖି ପନ୍ଦର ଜଣ ମହିଳା କ୍ୟାଡ଼ର ଥିଲେ। ସେମାନେ ଅଧା ପାହାଡ଼ରେ ଘର କରି ରହୁଥିବା ଆଦିବାସୀ ଝିଅ ଓ ମହିଳାଙ୍କୁ ଡାକି ଆଣିଲେ। ପରସ୍ପରର ଅଣ୍ଟାକୁ ଧରି ଆଦିବାସୀ ଗୀତରେ ନାଚିବା ଆରମ୍ଭ କଲେ। ଆମକୁ ଆଉ ଗୋଟେ ଭଲ ସଟ୍ ମିଳିଗଲା। ଆମେ ଯୋଉ ଲକ୍ଷ୍ୟରେ ଆସିଥିଲୁ, ତାହା ପୂରା ହୋଇଗଲା।

ଶୀତଦିନ ହୋଇଥିବାରୁ ସଂଜ ଶୀଘ୍ର ହେଇଯିବ। ଆମେ ଯୋଉବାଟେ ଆସିଥିଲୁ, କ'ଣ ସେଇବାଟେ ଫେରିବୁ। ଆଉ କିଛି ସଟ୍ କଟ୍ ରାସ୍ତା ନାହିଁ। ତିନିଗଣ୍ଡା ପାହାଡ଼ ପରେ ପାହାଡ଼ ଚଡ଼ି ଫେରିବା ମୁସ୍କିଲ। ମୁଁ କହିଲି। ଯୋଉ କ୍ୟାଡ଼ରମାନେ ଆମକୁ ନେଇକି ଆସିଥିଲେ, ବାବୁଭାଇ ସେମାନଙ୍କୁ ଡାକି ଆଉଗୋଟେ ରାସ୍ତାରେ ନେବାକୁ କହିଲେ। ଗୋଟେ ପାହାଡ଼ କଟା ହୋଇ ରାସ୍ତା ହୋଇଛି। ଟିକେ ସାବଧାନରେ ତଳକୁ ଓହ୍ଲାଇଗଲେ ମେନ୍ ରାସ୍ତାରେ ପହଞ୍ଚିବାକୁ କମ୍ ସମୟ ଲାଗିବ। ଆମେ ଲାଲ୍ ସଲାମ୍ କହି କ୍ୟାମ୍ପରୁ ବିଦାୟ ନେଲୁ। କ୍ୟାମ୍ପରୁ କିଛି ବାଟ ଆସିବା ପରେ ରାସ୍ତା କଟା ହୋଇଥିବା ସେ ପାହାଡ଼ ଆସିଲା। ଯାହାର ତୀଖରେ ଆମେ ଥିଲୁ ଏବଂ ତଳକୁ ରାସ୍ତା କଟା ହୋଇଥିଲା। ଛୋଟ ଛୋଟ ଗୋଡ଼ି ପଥର ଉପରେ ପାଦ ରଖି ତଳକୁ ଓହ୍ଲାଇବାକୁ ପଡ଼ିବ। ଆମ ଆଗେ ଆଗେ ଦୁଇ କ୍ୟାଡ଼ର ସହଜରେ ଓହ୍ଲାଉଥାନ୍ତି। ଇଟିଭି ଭିଡ଼ିଓ ଜର୍ଣ୍ଣାଲିଷ୍ଟ ପ୍ରମୋଦ ଓ ଏନଡ଼ିଟିଭିର ଗୁଣ୍ଠିଚା ସେମାନେ ମଧ୍ୟ ଅତି ସତର୍ପଣରେ ଓହ୍ଲାଉଥାନ୍ତି। ତାଙ୍କ ପଛକୁ ମୁଁ ଓ ସମ୍ପଦ ଭାଇ। ପାଦ ପକାଇବା ମାତ୍ରେ ଖସି ଯାଉଥାଏ। ଅଚାନକ ମୋ ପାଦ ଖସିବା ଆରମ୍ଭ ହେଲା। ମୁଁ ଆଉ ନିଜକୁ ନିୟନ୍ତ୍ରଣ କରିପାରିଲି ନାହିଁ। ତଳକୁ ତଳକୁ ମୁଁ ଅନିଚ୍ଛା ସତ୍ତ୍ୱେ ଧାଉଁଥାଏ। ପାଦକୁ ରୋକିବାକୁ ଚେଷ୍ଟା କଲେ ତଳେ ପଡ଼ିବା ନିଶ୍ଚିତ। ମତେ ଏଭଳି ଅବସ୍ଥାରେ ଦେଖି

ସମସ୍ତେ ଭୟଭୀତ। ମୁଁ ପୁରା ପାହାଡ଼ ତଳ ଯାଏଁ ସେମିତି ଦୌଡ଼ୁଥାଏ ଯେ ରହିବା ପାଇଁ ସାହସ କରିପାରୁ ନଥାଏ। ହଠାତ୍ ମୁଁ ଏକ ବିଶାଳ ପଥର ଉପରେ ହାତ ରଖି ରହିବାକୁ ଚେଷ୍ଟା କଲି। ପରିଣାମ ହେଲା, ମୁଁ ତ ରହିଗଲି। କିନ୍ତୁ ସହଜରେ ନୁହେଁ। ମୋର ପୁରା ଶରୀର ପଥର ଉପରେ ଧକ୍କା ଖାଇ ତଳେ ପଡ଼ିଗଲା। ମୁଁ ସଙ୍ଗେ ସଙ୍ଗେ ଉଠି ପଡ଼ି ପାହାଡ଼ ଉପରକୁ ଅନେଇଲି। ସମସ୍ତେ ସ୍ତବ୍ଧ। ମୁଁ ହସି ହସି ବଡ଼ ପାଟିରେ କହିଲି, ଭାଇନା ଠିକ୍ ଅଛି। କିଛି ହେଇନି। ସମସ୍ତେ ତଳକୁ ଆସିବା ପରେ ମୋର କୋଉଠି ଖଣ୍ଡିଆ ଖାବରା ହୋଇଛି କି ନାହିଁ ପଚାରିଲେ।

ଆମେ ଅଳ୍ପ ସମୟ ଭିତରେ ଚାଲି ଚାଲି ମେନ୍ ରୋଡ଼ ଧରିଲୁ। ଆମକୁ ଛାଡ଼ି ଥିବା ଗାଡ଼ି ଅପେକ୍ଷା କରି ରହିଥିଲା। ଦୁଇଟି ଯାକ କାର୍ ଆଗ ପଛ ହୋଇଚାଲିଥାଏ। ରମନାଗୁଡ଼ାରେ ପହଞ୍ଚିବା ବେଳକୁ ଦେଖିଲୁ ରାସ୍ତାରେ ପୋଲିସର ନାକାବନ୍ଦୀ। ଯାଞ୍ଚ ଚାଲିଛି। ଆମେ ଗଲାବେଳକୁ ରାସ୍ତାରେ କେହି ନ ଥିଲେ, କିନ୍ତୁ ଫେରିବା ବେଳକୁ ରାସ୍ତା ଉପରେ ପୋଲିସର ଯାଞ୍ଚ ଦେଖି ଆଶ୍ଚର୍ଯ୍ୟ ହେଲୁ। ପାଖରେ ମାଓବାଦୀଙ୍କ ଇଷ୍ଟରଭ୍ୟୁ ଥିବା କ୍ୟାସେଟ୍ କାଢ଼ି ଅଲଗା ଲୁଚେଇ ରଖିଲୁ। ପୋଲିସ ଦୁଇଟି ଯାକ ଗାଡ଼ିର ତଲାସି ନେଲା। ପ୍ରଶ୍ନ ଥିଲା, କୁଆଡ଼େ ଯାଇଥିଲେ? ଆମର ଉତ୍ତର ଥିଲା ଆଦିବାସୀ ଗାଁରେ ସୁଟିଂ।

■

ଆର୍.ଉଦୟଗିରି ଥାନା ଓଆଇସି ଓ ଜେଲ୍ ସୁପରିଣ୍ଟେଡେଣ୍ଟ ଅପହରଣ

୨୦୦୬। ଗଜପତି ଜିଲ୍ଲାର ଆର୍. ଉଦୟଗିରି ପୋଲିସ ଷ୍ଟେସନ।

କେହି କିଛି ଚିନ୍ତା କରିବା ଆଗରୁ ହଠାତ ବନ୍ଦୁକର ଗର୍ଜନ ଶୁଭିଲା। ବନ୍ଦୁକର ଗର୍ଜନକୁ ପ୍ରଥମେ ବାଣ ଫୁଟିଲା ବୋଲି ଧରି ନେଇଥିଲେ ଥାନାବାବୁ। ମାତ୍ର ବନ୍ଦୁକର ଦ୍ୱିତୀୟ ଗର୍ଜନ ତାଙ୍କୁ ଭୟଭୀତ କରିଦେଲା। ହାବିଲଦାର ସିଂ ଆସି କହିଲା, ଆଜ୍ଞା ମାଓବାଦୀ। କ'ଣ କରିବେ କିଛି ଭାବି ପାରିଲେନି ଥାନା ବାବୁ। ଥାନାର ମେନ୍ ଗେଟ ତୁରନ୍ତ ବନ୍ଦ କରିବାକୁ ହାବିଲଦାରକୁ ନିର୍ଦ୍ଦେଶ ଦେଇ ବନ୍ଦୁକ ଆଣିବାକୁ ଗଲେ। ଥାନା ଭିତରେ ମାତ୍ର ସାତ ଆଠଜଣ କର୍ମଚାରୀ। ସମସ୍ତଙ୍କୁ ପୋଜିସନ ନେବାକୁ କହି ହାତରେ ବନ୍ଦୁକ ଧରି ଥାନା ବାବୁ କବାଟ ଫାଙ୍କରେ ବାହାରକୁ ଦେଖିବାକୁ ଚେଷ୍ଟା କଲେ। ମାଓବାଦୀ ଇଲାକାରେ ଏଇଟା ତାଙ୍କର ପ୍ରଥମ ପୋଷ୍ଟିଂ। ମାଓବାଦୀଙ୍କୁ କେମିତି ମୁକାବିଲା କରିବାକୁ ହେବ, ଯଦିଓ ତାଲିମ ନେଇଛନ୍ତି, କିନ୍ତୁ କେବେ ମାଓବାଦୀଙ୍କ ସାମନା କରିନାହାଁନ୍ତି। ଆଜି ପରୀକ୍ଷାର ବେଳ। ମନେ ମନେ ବଜରଙ୍ଗବାଲୀଙ୍କୁ ଧ୍ୟାନ କରି ମୁଣ୍ଡରେ ହାତ ମାରି ପୋଜିସନ ନେଲେ ଥାନାବାବୁ। ଏଏସଆଇ ପାହାଡ଼ସିଂ ଧାଇଁ ଆସି କହିଲା ସାର୍ ବାହାରେ ପଚାଶ ଷାଠିଏ ଜଣ ମାଓବାଦୀ ଅଛନ୍ତି। ପୁରା ଥାନାକୁ ଘେରାଉ କରି ରଖିଛନ୍ତି। ବାହାରୁ ଗୁଳିର ଶବ୍ଦ। ଥାନା ଉପରେ ଜୋରଦାର ଆକ୍ରମଣ। ଥାନା ଭିତରୁ ସୁଡ଼ଙ୍ଗ ଦେଇ ଚାରିଜଣ କନଷ୍ଟେବଲ, ଦି ଜଣ ହାବିଲଦାର, ଦୁଇଜଣ ଏଏସଆଇ ସମସ୍ତେ ପୋଜିସନ ନେଇ ସାରିଛନ୍ତି। ମାଓବାଦୀଙ୍କୁ ଲକ୍ଷ କରି ଥାନାବାବୁ ଦୁଇରାଉଣ୍ଡ ଗୁଳି ଚଲାଇଲେ। ମାଓବାଦୀଙ୍କ ଉପରକୁ ଥାନାବାବୁଙ୍କ ଗୁଳି ଚଲାଇବା ଦେଖି ଉତ୍ସାହିତ ହୋଇପଡ଼ିଲେ ସମସ୍ତେ। ବାସ୍ , ଆରମ୍ଭ ହୋଇଗଲା

ଲଢ଼େଇ । ଥାନା ଭିତରୁ ଦୁଇ ତିନି ରାଉଣ୍ଡ ଗୁଲି ଫୁଟିଲା ବେଳକୁ ମାଓବାଦୀ ପାଞ୍ଚ ଛ ରାଉଣ୍ଡ ଗୁଲି ଫୁଟାଉଥିଲେ । ଥାନାର ଉଚ୍ଚା ପାଚେରୀ ଉପରୁ ମାଓବାଦୀଙ୍କ ଆକ୍ରମଣ ଜାରି ରହିଥିଲା । ଥାନାର ଛାତ ଉପରେ ବାଲିବସ୍ତା ପଛପଟେ ପୋଜିସନ ନେଇଥିବା ଏଏସଆଇ ପାହାଡ଼ସିଂ ଓ ଦୁଇ ସହଯୋଗୀଙ୍କ ବନ୍ଦୁକର ଗର୍ଜନ ବି କିଛି କମ୍ ନ ଥିଲା । ଘଣ୍ଟାଏ କାଳ ଗୁଲିଗୋଳାର ଆକ୍ରମଣରେ ଥାନାର କବାଟ, ଝରକା, ପାଚେରୀ କ୍ଷତ ବିକ୍ଷତ ହୋଇସାରିଥିଲା । ତଥାପି ଥାନା ବାବୁ ଆଶା ଛାଡ଼ି ନ ଥିଲେ । କୌଣସିମତେ ମାଓବାଦୀଙ୍କୁ ଥାନା ଭିତରକୁ ପୁରାଇ ନ ଦେବା ପାଇଁ ଚେଷ୍ଟା ଜାରି ରଖିଥିଲେ । କିଛି ମୁହୂର୍ତ୍ତ ବନ୍ଦୁକର ଆୱାଜ ବନ୍ଦ ହୋଇଗଲା । ସହଯୋଗୀଙ୍କୁ ହାତ ଠାରିକି ସଙ୍କେତ ଦେଲେ ଥାନାବାବୁ । ୱାନ.. ଟୁ .. ଥ୍ରୀ । ଜୟ ବଜରଙ୍ଗବାଲୀ କହି ଏଥର ଟ୍ରିଗର ଟିପିଲେ ଥାନାବାବୁ । ଏକାଠରେ ଥାନା ଭିତରୁ ଗୁଲିର ଶିଢ ଶୁଭିଲା । ଥାନାର ଉଚ୍ଚା ପାଚେରୀ ଉପରକୁ ଚଢୁଥିବା ଦୁଇ ମାଓବାଦୀ ହଠାତ ଟଳିପଡ଼ିଲେ । ଥାନାବାବୁଙ୍କ ଉସାହ ଯେତିକି ବଢୁଥିଲା, ବାହାରେ ମାଓବାଦୀଙ୍କ ସଂଖ୍ୟା ଦେଖି ସେତିକି ନିରାଶ ହୋଇପଡୁଥିଲେ । ମାଓବାଦୀଙ୍କ ହାତରେ ଏକେ୪୭ ଭଳି ଅତ୍ୟାଧୁନିକ ମାରଣାସ୍ତ୍ର ଆଗରେ ପୋଲିସର ବନ୍ଦୁକ, ରାଇଫଲ କେତେ ସମୟ ଟିଷ୍ଟି ପାରିବ ବୋଲି ସେ ଭାବୁଥିଲେ । ହଠାତ୍ ଚିତ୍ର ବଦଲିଗଲା । ମାଓବାଦୀଙ୍କ ପ୍ରଚଣ୍ଡ ଆକ୍ରମଣରେ ଜଣଙ୍କ ପରେ ଜଣେ ସହିଦ ହୋଇଗଲେ ଦୁଇ ପୋଲିସ କର୍ମଚାରୀ । ସହଯୋଗୀଙ୍କୁ ହରାଇବା ପରେ ଥାନାବାବୁଙ୍କ ପାଖରେ ଆଉ କିଛି ବାଟ ନ ଥିଲା । ଥାନା ପାଚେରୀ ଡେଇଁ ମାଓବାଦୀମାନେ ଥାନା ଭିତରକୁ ପଶି ଆସିଲେ । ଆମ୍ସସମର୍ପଣ ନ କଲେ ଗୁଲି କରିଦେବାକୁ ଧମକ ଦେଲେ । ନିଜ ସହଯୋଗୀମାନଙ୍କ ଆଡ଼କୁ ଅନେଇଲେ, ବନ୍ଦୁକ ତଳେ ଥୋଇଦେଇ ମାଓବାଦୀଙ୍କ ଆଗରେ ହାତ ଟେକିଦେଲେ । କିଏ ଜଣେ ମାଓବାଦୀ ତାଙ୍କ ମୁଣ୍ଡ ପାଖରେ ବନ୍ଦୁକ ଲଗାଇଦେଲା, ଆଉ ଜଣେ ତାଙ୍କ ଆଖିରେ ଗୋଟେ କପଡ଼ା ବାନ୍ଧିଦେଲା । ମାଓବାଦୀ ଜିନ୍ଦାବାଦ ଧ୍ୱନୀ ଦେଇ ଥାନା ଭିତରେ ଥିବା ଅସ୍ତ୍ରଭଣ୍ଡାର ଭିତରକୁ ପଶିଗଲେ ମାଓବାଦୀ । ଯାହା ଗୁଲି ଓ ବନ୍ଦୁକ ଥିଲା, ସବୁ ଲୁଟିନେଲେ । ପୋଲିସ କର୍ମଚାରୀଙ୍କ ଡ୍ରେସ ଓ ଜୋତା ବି । ଥାନା ଦଖଲ ପରେ ମାଓବାଦୀଙ୍କ ଟାର୍ଗେଟରେ ଥିଲା ଜେଲ । ଥାନାଠୁ ମାତ୍ର ଶହେ ଦୁଇଶହ ମିଟର ଦୂରରେ ଅବସ୍ଥିତ ସବ୍ ଜେଲ । ଥାନା ଦଖଲ ପରେ ମାଓବାଦୀମାନେ ଖୁସିରେ ଯେମିତି ପାଗଳ ହୋଇଯାଇଥିଲେ । ଜେଲ ଭିତରେ ଥିବା କଏଦୀଙ୍କୁ ମୁକ୍ତ କରିବା ଏବଂ ଅସ୍ତ୍ରାଗାର ଲୁଟିବା ସେମାନଙ୍କର ମୁଖ୍ୟ ଉଦ୍ଦେଶ୍ୟ ଥିଲା । ସଶସ୍ତ୍ର ମାଓବାଦୀ ଅନାୟାସରେ ଜେଲ ଭିତରକୁ ପ୍ରବେଶ କଲେ । ବେଶୀ ବିରୋଧର ସମ୍ମୁଖୀନ ହେବାକୁ ହେବାକୁ ପଡ଼ିଲାନି ।

ଜେଲ୍ ସୁପରିଷ୍ଟେଡ଼େଣ୍ଟ ସେଠୀ ବାବୁଙ୍କ ମୁଣ୍ଡରେ ବନ୍ଦୁକ ଲଗେଇ ସବୁ ଜେଲ୍ କର୍ମଚାରୀଙ୍କଠୁ ବନ୍ଦୁକ ଛଡ଼େଇନେଲେ ମାଓବାଦୀମାନେ। ତାଲା ଭାଙ୍ଗି ସବୁ କଏଦୀଙ୍କୁ ମୁକ୍ତ କରିଦେଲେ। ମାଓବାଦୀ ଜିନ୍ଦାବାଦ ଧ୍ୱନୀରେ ଯେମିତି ଗଗନ ପବନ କମ୍ପୁଥିଲା। ମୁହଁରେ ଗାମୁଛା। ଗୁଡ଼େଇ ଦୁଇ ଅଧିକାରୀଙ୍କୁ ମୁଣ୍ଡ ଜାମିନ କରି ଗାଡ଼ିରେ ବସେଇ ନେଇଗଲେ ମାଓବାଦୀ। ଗଲାବେଲେ ଦୁଇ ରାଉଣ୍ଡ ବ୍ଲାଙ୍କ ଫାୟାରିଂ କରିବାକୁ ଭୁଲିଲେନି। କିଛି ସମୟ ଭିତରେ ପାହାଡ଼ ଜଙ୍ଗଲ ଦେଇ ଯାଇଥିବା ଅଙ୍କାବଙ୍କା ରାସ୍ତାରେ ମାଓବାଦୀଙ୍କ ଗାଡ଼ି ଅଦୃଶ୍ୟ ହୋଇଗଲା।।

ମାଓବାଦୀ କ୍ୟାମ୍ପରୁ କଭରେଜ୍

କିଛି ମୁହୂର୍ତ୍ତ ଭିତରେ ମାଓବାଦୀଙ୍କ ଅପହରଣ ଖବର ରାଷ୍ଟ୍ର ହୋଇଗଲା। ଟିଭି ଚ୍ୟାନେଲରେ ବିଗ୍ ବ୍ରେକିଙ୍। ଘନ ଘନ ଖବର ପ୍ରସାରଣ.. ଆର. ଉଦୟଗିରି ଥାନା ଓ ଜେଲ୍ ଉପରେ ମାଓବାଦୀଙ୍କ ହମଲା। ଅସ୍ତ୍ରାଗାର ଲୁଟି ନେଲେ, ଜେଲ୍ ଭାଙ୍ଗି କଏଦୀଙ୍କୁ ମୁକ୍ତ କରିଦେଲେ। ଥାନା ଅଧିକାରୀ ଓ ଜେଲ୍ ସୁପରିଣ୍ଟେଣ୍ଡେଣ୍ଟଙ୍କୁ ପଣବନ୍ଦୀ ରଖିଲେ ମାଓବାଦୀ। ବିଧାନସଭା ହୁଲସ୍ଥୁଲ ହୋଇଗଲା। ରାଜ୍ୟରେ ମାଓବାଦୀଙ୍କ ଆତଙ୍କକୁ ନେଇ ଉଦବେଗ ପ୍ରକାଶ କଲେ ବିରୋଧୀ। ଆଇନଶୃଙ୍ଖଳା ବ୍ୟବସ୍ଥା ଭୁଶୁଡ଼ିପଡ଼ିଲାଣି ବୋଲି କହି ସରକାରଙ୍କ ବିରୋଧରେ ନାରାବାଜି ଦେଲେ। ମାଓବାଦୀଙ୍କ କବଜାରେ ମୁଣ୍ଡ ଜାମିନ ଥିବା ଦୁଇ ଅଧିକାରୀଙ୍କୁ ସୁରକ୍ଷିତ ଉଦ୍ଧାର କରାଯିବା ପାଇଁ ସବୁ ପ୍ରକାର ପଦକ୍ଷେପ ନିଆଯାଉଛି ବୋଲି ସରକାର ପ୍ରତିଶ୍ରୁତି ଦେଲେ। ଦିନେ, ଦୁଇଦିନ, ତିନି ଦିନ... ଏମିତି ଦିନ ପରେ ଦିନ ଗଡ଼ି ଚାଲିଲା। ମାତ୍ର ଦୁଇ ଅଧିକାରୀଙ୍କୁ ମାଓବାଦୀ କେଉଁଠି ରଖିଲେ, ସୁରାକ୍ ପାଇଲେନି ସରକାର।

ସେପଟେ ଦୁଇ ଅଧିକାରୀଙ୍କ ଘରେ କାନ୍ଦ ବୋବାଲି ପଡ଼ିଗଲା। ଦୁଃଖରେ ଭାଙ୍ଗିପଡ଼ିଲେ ସମସ୍ତେ। ମାଓବାଦୀଙ୍କ କବଜାରୁ ସତରେ କ'ଣ ମୁକୁଳିବେ? ଦୁଇ ସରକାରୀ ଅଧିକାରୀଙ୍କୁ ମାଓବାଦୀ କ'ଣ ଜୀବିତ ଅବସ୍ଥାରେ ଛାଡ଼ିବେ? ଏମିତି ଅନେକ ପ୍ରଶ୍ନକୁ ନେଇ ଚାଲିଲା ଡିବେଟ। ପାନ ଦୋକାନଠୁ ଚା ଖଟି, ସବୁଠି ସେଇ ଗୋଟିଏ ଚର୍ଚ୍ଚା। ମାଓବାଦୀଙ୍କ କବଜାରୁ ଦୁଇ ପଣବନ୍ଦୀ କେବେ ମୁକୁଳିବେ?

ଏମିତି ଚର୍ଚ୍ଚାରେ ବିତିଗଲା ବାରଦିନ।

ମାଓବାଦୀଙ୍କ କବଜାରେ ଥିବା ପଣବନ୍ଦୀଙ୍କ ଖବର ନେବା ପାଇଁ ଆରମ୍ଭ ହେଲା କସରତ୍। ମୁଁ ସେତେବେଳେ ଇଟିଭି ଓଡ଼ିଆରେ ଥାଏ। ମାଓବାଦୀଙ୍କ ସହ ଯୋଗାଯୋଗ ପାଇଁ ଉଦ୍ୟମ ଜାରି ରଖିଥାଏ। ଏନଡ଼ିଟିଭିର ସାମ୍ୟାଦିକ ସଂପଦ ମହାପାତ୍ର

ମଧ୍ୟ ଯୋଗାଯୋଗ କରୁଥାନ୍ତି । ଦିନେ ମାଓବାଦୀ ଶିବିରରୁ ଆମ ଦୁଇଜଣଙ୍କୁ ଜଙ୍ଗଲ ଭିତରକୁ ଯିବା ପାଇଁ ଖବର ଆସିଲା । ଜଙ୍ଗଲ ଭିତରକୁ ଯିବା ପାଇଁ ମାଓବାଦୀଙ୍କ ଗ୍ରୀନ ସିଗନାଲ ମିଳିବା ପରେ ଆମେ କ୍ୟାମେରା ଟିମ୍ ସହ ଦୁଇଟି ଗାଡ଼ିରେ ଭୁବନେଶ୍ୱରରୁ ଯାତ୍ରା ଆରମ୍ଭ କଲୁ । ମୋ ସାଙ୍ଗେ କ୍ୟାମେରାମ୍ୟାନ ପ୍ରମୋଦ ପଟନାୟକ ଥାଏ । ସେ ଅଧାବାଟ ଯିବା ପର୍ଯ୍ୟନ୍ତ କୁଆଡ଼େ ଯାଉଛି, ଠିକରେ ଜାଣି ନ ଥିଲା । ମିଶନ ସଂପର୍କରେ ଯେପରି କେହି ନ ଜାଣିବେ, ସେଥିପାଇଁ ଖୁବ୍ ସତର୍କତାର ସହ ଆମେ ଜଙ୍ଗଲ ଯାତ୍ରା ଆରମ୍ଭ କଲୁ । ରାତି ରହଣୀ ପାଇଁ ସଂପଦ ଭାଇ ଗଜପତି ଜିଲ୍ଲାରେ ଥିବା ତପ୍ତପାଣି ଗେଷ୍ଟ ହାଉସ୍ ବୁକିଂ କଲେ ଏବଂ ରାତି ୯ ଟାରେ ଆମେ ଗେଷ୍ଟ ହାଉସରେ ପହଞ୍ଚିଗଲୁ । ପଣବନ୍ଦୀଙ୍କୁ ଠାବ କରିବାର ଜୋସ୍ ଏବଂ ଚ୍ୟାନେଲ ପାଇଁ ବ୍ରେକିଂ ନ୍ୟୁଜ ତିଆରି କରିବାର ନିଶା ଘାରିଥାଏ ଆମକୁ । ଆଖିକୁ ନିଦ ନ ଥାଏ । ଦିନସାରା କାମ କରି କରି ସମସ୍ତେ କ୍ଲାନ୍ତ । ପୁଣି ରାତି ୩ଟାରୁ ବାହାରିବାକୁ ହେବ । ତପ୍ତପାଣି ଗେଷ୍ଟ ହାଉସରେ ଦିନର ରେଡ଼ି । ସମସ୍ତେ ଦିନର ସାରି ଶୋଇବାକୁ ଗଲେ ।

ରାତି ୪ଟା । ତପ୍ତପାଣି ଗେଷ୍ଟ ହାଉସରେ ଆସି ଏକ ଜିପ୍ ପହଞ୍ଚିଲା । ଦୁଇ ସାମ୍ବାଦିକଙ୍କ ଟିମ୍ ରେଡ଼ି । କ୍ୟାମେରା, ଟ୍ରାଇଫୋର୍ଡ, ବୁମ୍ ରେଡ଼ି । ଦୁଇଟି ଯାକ ଗାଡ଼ି ରହିଲା ତପ୍ତପାଣି ଗେଷ୍ଟ ହାଉସରେ । କାଲେ ପୋଲିସ ସୁରାକ୍ ପାଇବ ସେଥିପାଇଁ ସବୁ ପ୍ରକାର ସତର୍କତା । ଫୁସ୍ ଫାସ୍ ଅନ୍ଧ ଅନ୍ଧ କଥା । ଗେଷ୍ଟ ହାଉସ କର୍ମଚାରୀ କି ବାହାର ଲୋକ ଯେମିତି କେହି କିଛି ସନ୍ଦେହ ନ କରନ୍ତି, ସେଥିପାଇଁ ଦୁଇଟି ଯାକ ଗାଡ଼ି ରହିଲା ଗେଷ୍ଟ ହାଉସ କ୍ୟାମ୍ପସରେ । ଡ୍ରାଇଭର ବି ରହିଲେ ସେଇଠି । ମାଓବାଦୀ ପଠାଇଥିବା ଜିପରେ ବାହାରି ପଡ଼ିଲୁ ସମସ୍ତେ । ପାହାଡ଼ ଜଙ୍ଗଲ ଘେରା ଅଙ୍କାବଙ୍କା ରାସ୍ତାରେ ଚାଲିଥିଲା ଜିପ୍ । କିଛିବାଟ ଯିବା ପରେ ପିରୁ ରାସ୍ତା ଛାଡ଼ି କଚ୍ଚା ରାସ୍ତା ଧରିଥିଲା । ଢିମା ଢିମା ପଥର ରାସ୍ତାରେ ଜିପ୍ କେତେବେଳେ ଡାହାଣକୁ ତ ପୁଣି କେତେବେଳେ ବାମକୁ ଢଳି ପଡୁଥିଲା । ମାତ୍ର ଜିପ୍ ଚାଳକ ଲୋକାଲ ଲୋକ ପରି ଲାଗୁଥିଲା । ଏମିତି ଖାଲ ଖମା ରାସ୍ତାରେ ସେ ଜିପ୍ ଚଲାଇବାରେ ଥିଲା ଅଭ୍ୟସ୍ତ ।

ଧୀରେ ଧୀରେ ସକାଳର ଆଲୁଅ ଚାରି ଆଡ଼େ ବିଛାଡ଼ି ହୋଇପଡ଼ିଲା । ରାସ୍ତାକଡ଼ରେ ଗାଁ ଚାଲି ଦୋକାନରେ କୋଇଲା ଚୁଲାରେ ଆଞ୍ଚ ଲଗାଉଥିଲା ଦୋକାନୀ । ବେଶୀ କିଛି ନ ହେଲେ ବି ଟିକେ ଚାହା ପିଇବା ପାଇଁ ଗାଡ଼ି ରହିଲା । ସମସ୍ତେ ଯେତେ ଶୀଘ୍ର ଚା ପିଇ ପୁଣି ଗାଡ଼ିରେ ବସିଲେ । ତପ୍ତପାଣିରୁ ପ୍ରାୟ ତିନିଘଣ୍ଟାର ଯାତ୍ରା ଶେଷ ହେଲା, ଯେତେବେଳେ ରାସ୍ତା ସରିଗଲା ଗୋଟେ ଗାଁ ମୁଣ୍ଡରେ । ଜିପ୍ ରହିଲା ଜଣଙ୍କ ବାରି ଅଗଣାରେ । ଆମେ ଜିପରୁ ଓହ୍ଲାଇବା ମାତ୍ରେ କେହି ଜଣେ ଆସି

ଆଗକୁ ଯିବା ପାଇଁ ବାଟ କଢ଼େଇ ନେଲେ। ବାରି ଭିତର ଦେଇ ଘର ଆଡ଼କୁ ମୁହାଁଇବା ବେଳକୁ ହାତରେ ବନ୍ଧୁକ ଧରି ଜଣେ ମାଓବାଦୀ ପଇଁତରା ମାରୁଥିଲା। ଚମ ଧୁଡ଼ୁ ଧୁଡ଼ୁ ଜଣେ ବୁଢ଼ୀ ଲୋକ ସକାଳର କଅଁଳ ଖରାରେ ବସି କିଛି ମଞ୍ଜି ଶୁଖାଉଥିଲେ। ମାତ୍ର ସାମୟିକଙ୍କୁ ଦେଖି ସେ ଉଠି ଛିଡ଼ା ହେଲେ ଏବଂ ବେଶ୍‌ ଦର୍ପ ଓ ଦାମ୍ଭିକତାର ସହ ନିଜ ଡାହାଣ ହାତକୁ ଉପରକୁ ଟେକି ମୁଠା କଲେ, ଏବଂ କହିଲେ ଲାଲ୍‌ ସଲାମ। ଆମେ ସମସ୍ତେ ଉପରକୁ ହାତ ଟେକି ମୁଠା କଲୁ ଏବଂ କହିଲୁ, ଲାଲ୍‌ ସଲାମ୍‌।

ଗୋଟିଏ ଧାଡ଼ିରେ ରହିଥିବା ଘର ଗୁଡ଼ିକ ଗୋଟିଏ ଗାଁ ପରି ମନେ ହେଉଥିଲା। ଆମେ ସମସ୍ତେ ଗୋଟିଏ ଘର ଭିତର ଦେଇ ପଶି ବାରିପଟକୁ ଗଲୁ। ଆମ ଆଗେ ଆଗେ ଚାଲିଥାନ୍ତି ଜଣେ ବ୍ୟକ୍ତି, ଫୁଲ ପ୍ୟାଣ୍ଟ, ସାର୍ଟସାଙ୍କୁ କାନ୍ଧରେ ଗାମୁଛା ଖଣ୍ଡେ ପଡ଼ିଥାଏ। ସେ ବାରିପଟକୁ ଯାଇ ବିଲ ହୁଡ଼ା ଧରିଲେ, ଆମେ ତାଙ୍କୁ ଅନୁସରଣ କରୁଥିଲୁ। କିଛି ବାଟ ବିଲ ହୁଡ଼ାରେ ଚାଲିବା ପରେ ପଡ଼ିଲା ଜଙ୍ଗଲ। ଜଙ୍ଗଲ ଦେଇ ବହିଯାଉଥିଲା ଝରଣା। ପାଦେ ପାଦେ ପାଣିରେ ଝରଣା ଡେଇଁ ଆମେ ଆଗକୁ ବଢ଼ିଲୁ। ହଠାତ୍‌ ଜଙ୍ଗଲ ଭିତରେ କେହି ଜଣେ ଆଓ୍ୱାଜ କଲା। ଆଉ ଲୋକର ଆଓ୍ୱାଜ ସରିବା ମାତ୍ରେ ଆଉ ଜଣଙ୍କ ଆଓ୍ୱାଜ ଶୁଭିଲା। ଆମକୁ ବାଟ କଢ଼ାଉଥିବା ବ୍ୟକ୍ତିଙ୍କୁ ପଚାରିଲୁ, ସେ କହିଲା, ଆମେ ଜଙ୍ଗଲ ଭିତରେ ଥିବା ମେସେଜ ମାଓବାଦୀଙ୍କ ପାଖକୁ ଦିଆଗଲା। ମାଓବାଦୀଙ୍କ ଆଡ୍ଡାକୁ ଯିବା ପାଇଁ ଆମ ସମସ୍ତଙ୍କ ମନରେ ଉସ୍ଫାହ ଥିବାରୁ ଯେତେବାଟ ଚାଲିଲେ ବି ରାସ୍ତା ଜଣାପଡ଼ୁ ନ ଥିଲା। ହାତରେ ବିସ୍କୁଟ ପ୍ୟାକେଟ ଓ ପାଣି ବୋତଲ ଧରି ଆମେ କେବଳ ପିଛା କରୁଥିଲୁ। କିଛିବାଟ ସମତଳ ରାସ୍ତା ଚାଲିବା ପରେ ଆମେ ପାହାଡ଼ି ରାସ୍ତା ଧରିଲୁ। ଅନାବନା ଜଙ୍ଗଲ ଆଡ଼େଇ ପାହାଡ଼ ଚଢ଼ିଲୁ। ଅଧା ଅଧା ପାହାଡ଼ ଉପରେ ବି ଆଦିବାସୀ ଲୋକ ଘର କରି ରହୁଥିବାର ଦେଖିଲୁ। ଯେଉଁଠି ପାହାଡ଼ ଅଧାରେ ଟିକେ ସମତଳ ଜାଗା ଦେଖିବାକୁ ମିଳୁଥିଲା, ସେଠି ସେମାନେ ଚାଷବାସ କରୁଥିଲେ। ଆମେ ଗୋଟିଏ ପାହାଡ଼ ଚଢ଼ି ତିଖରେ ପହଞ୍ଚି ଓହ୍ଲେଇବା ବେଳକୁ ଆଉ ଗୋଟିଏ ପାହାଡ଼ ଚଢ଼ିବା ଆରମ୍ଭ କରୁଥିଲୁ। ପାହାଡ଼ ଚଢ଼ିବା ଆମ ପାଇଁ ସବୁଠୁ କଷ୍ଟକର ଥିଲା। ପାହାଡ଼ ଚଢ଼ି ଚଢ଼ି ଏତେ ହାଲିଆ ହେଇଯାଉଥିଲୁ ଯେ, ପଥର ଉପରେ ଟିକେ ବିଶ୍ରାମ କରି ପୁଣି ଚାଲୁଥିଲୁ। ହଠାତ୍‌ ଆମ ନଜରରେ ପଡ଼ିଲା, ଅଧା ପାହାଡ଼ ଉପରେ ଗୋଟିଏ ଲମ୍ବା ଗଛ ଗରିଷ୍ଠାର ଟେକ୍‌ ଗେଟ। ଆମେ ଜାଣିଲୁ, ଆମେ ମାଓବାଦୀଙ୍କ ଆଡ୍ଡାରେ ପହଞ୍ଚି ସାରିଛୁ। ପ୍ରମୋଦକୁ କ୍ୟାମେରା ରେକର୍ଡ ଅନ୍‌ ରଖିବାକୁ କହି ଆଗକୁ ଚାଲିଲୁ। ଜଣେ ମହିଳା ମାଓବାଦୀ କ୍ୟାଡ଼ର ସେହି ଟେକ୍‌

ଗେଟ୍ ପାଖରେ ପଇଁତରା ମାରୁଥିଲେ। ଆମକୁ ଦେଖି ହାତ ଉପରକୁ ଟେକି ମୁଠା କରି କହିଲେ ଲାଲ୍ ସଲାମ। ଆମେ ବି ଲାଲ୍ ସଲାମ କହି ଆଗକୁ ବଢ଼ିଲୁ।

ଅଧା ପାହାଡ଼ରେ ମାଓବାଦୀଙ୍କ ଆଡ଼୍ଡା। ପ୍ରାୟ ପଚାଶ ଷାଠିଏ ଜଣ ମାଓବାଦୀ। ସେମାନଙ୍କ ଭିତରେ ମହିଳା ମାଓବାଦୀଙ୍କ ସଂଖ୍ୟା ବି କିଛି କମ୍ ନ ଥିଲା। ଆମକୁ ଦେଖି ମାଓବାଦୀ ନେତା ଶରତ ଓରଫ ସୁନୀଲ ଆମ ଆଡ଼କୁ ଆସି ଲାଲ୍ ସଲାମ କହି ଅଭ୍ୟର୍ଥନା ଜଣାଇଲେ। ଯେମିତି ଘରକୁ କେହି ନୂଆ ଅତିଥି ଆସିଛନ୍ତି। କେବଳ ମାଓ ନେତା ନୁହଁନ୍ତି, ଜଣଙ୍କ ପରେ ଜଣେ ମାଓବାଦୀ ଆମ ସହ କର ମର୍ଦ୍ଦନ କଲେ। ସେହି ପାହାଡ଼ ଉପରେ କିଛି ଦୂରରେ ଗୋଟିଏ ଗଛମୂଳେ ଛାଇରେ ବସିଥାନ୍ତି ଦୁଇ ଅପହୃତ। ସେମାନଙ୍କ ପାଖରେ ଚାରିଜଣ ସଶସ୍ତ୍ର ମାଓବାଦୀ। କାନ୍ଧରେ ରାଇଫଲ। ତେବେ ଆମକୁ ଦେଖି ଦୁଇ ଅପହୃତ ଅଧିକାରୀଙ୍କ ମନରେ ଟିକେ ଆଶ୍ୱସ୍ତି ଆସିଲା। କାରଣ ସେତେବେଳକୁ ସେମାନେ ଅପହରଣ ହେବାର ବାରଦିନ ବିତି ସାରିଥିଲା। ଖବର ଜାଣିବା ପାଇଁ ମାଓବାଦୀମାନେ ସେମାନଙ୍କୁ ଗୋଟିଏ ଛୋଟ ରେଡିଓ ଦେଇଥାନ୍ତି। ଆମେ ଏଥର ଆମ କାମ ଆରମ୍ଭ କରିଦେଲୁ। ଦୁଇ ଅପହୃତଙ୍କ ଇଣ୍ଟରଭ୍ୟୁ। ମାଓବାଦୀମାନେ ସେମାନଙ୍କୁ ପଣବନ୍ଦୀ କରି ଆଣିବା ପରେ ପ୍ରତିଦିନ ରାତିରେ ସେମାନଙ୍କ ଆଡ଼୍ଡା ବଦଳାଉଥିଲେ। ଚାରି ପାଞ୍ଚ କିଲୋମିଟର ଚାଲିବାକୁ ପଡ଼ୁଥିଲା। ଜଣଙ୍କ ଚପଲ ଛିଣ୍ଡିଯିବା ପରେ ସେମାନେ ତାଙ୍କୁ ଆଣି ନୂଆ ଚପଲ ଦେଇଥିଲେ। ପ୍ରତିଦିନ ସେମାନଙ୍କ ଖାଇବା ପିଇବା କଥା ଠିକରେ ବୁଝୁଥିଲେ। ମାତ୍ର ସେମାନେ ଘରକୁ ଫେରିବା ନେଇ ଅନିଶ୍ଚିତତା ଭିତରେ ଥିଲେ। ଆମ ଉପସ୍ଥିତି ସେମାନଙ୍କ ମନରେ ମୁକ୍ତିର ଆଶା ସଞ୍ଚାର କଲା।

ଦୁଇ ପଣବନ୍ଦୀଙ୍କ ଇଣ୍ଟରଭ୍ୟୁ ପରେ ଆମେ ମାଓବାଦୀ ନେତା ସୁନୀଲଙ୍କ ଇଣ୍ଟରଭ୍ୟୁ ନେଲୁ। ସେ କହିଲେ ଆମେ ଏ ସରକାରୀ ବ୍ୟବସ୍ଥାରେ ବିଶ୍ୱାସ କରୁନୁ। ସରକାର ଜନ ବିରୋଧୀ, ଆଦିବାସୀ ବିରୋଧୀ। ମାଓବାଦୀ ନାଁରେ ସାଧାରଣ ଲୋକଙ୍କ ଉପରେ ପୋଲିସ ଜୁଲୁମ କରୁଛି। ଏମିତି ଅନେକ କଥା। ତେବେ ପଣବନ୍ଦୀର କାରଣ ଜାଣିବାକୁ ଚାହିଁଲୁ। ସେମାନେ ସରକାରଙ୍କ ପାଖରେ ଦାବି ରଖିଲେ। ଦାବି ପୂରଣ ନ ହେବା ଯାଏ ଦୁଇ ପଣବନ୍ଦୀଙ୍କୁ ଛଡ଼ାଇବ ନାହିଁ ବୋଲି କହିଲେ। ମାତ୍ର କ୍ୟାମେରା ବାହାରେ ସେମାନଙ୍କଠୁ ସୂଚନା ମିଳିଲା, ସେମାନେ ଅସ୍ତ୍ରାଗାର ଲୁଟ କରି ବିପୁଳ ବନ୍ଧୁକ ଓ ଗୁଳି ଆଣିଥିବାରୁ ସେସବୁକୁ ଅନ୍ୟତ୍ର ସ୍ଥାନାନ୍ତର ପାଇଁ ପଣବନ୍ଦୀ ନାଟକ କରିଥିଲେ। ଏହାଦ୍ୱାରା ପୋଲିସ ସେମାନଙ୍କ ଉପରେ ଆକ୍ରମଣ କରିବ ନାହିଁ ଏବଂ ସେମାନେ ସହଜରେ ବନ୍ଧୁକ, ଗୁଳି ଅନ୍ୟତ୍ର ସହଜରେ ସ୍ଥାନାନ୍ତର କରିପାରିବେ।

ସେମାନେ ଯେଉଁ ବନ୍ଧୁକ, ଗୁଲି ସରକାରୀ ଅସ୍ତାଗାରରୁ ଲୁଟିଥିଲେ, ଆମ ଆଗରେ ସେସବୁକୁ ପ୍ରଦର୍ଶନ କରାଇଲେ। ଆମେ ଈଶ୍ୱରଭକ୍ତ ସାରି ଫେରିବା ପାଇଁ ପ୍ରସ୍ତୁତ ହେଲୁ। ସୁନୀଲ କହିଲେ, ଖାଇକି ଯିବା ପାଇଁ। ଆମ ସମସ୍ତଙ୍କ ପାଇଁ ଖାଇବା ବ୍ୟବସ୍ଥା କରାଯାଇଛି ବୋଲି କହିଲେ। ଦେଶୀ ଚିକେନ ସାଙ୍ଗକୁ ଭାତ। ମୁଁ ନିରାମିଷ ହୋଇଥିବାରୁ ସେମାନେ ଖାଲି ଟମାଟୋରେ ତିଆରି ତରକାରୀ ଦେଲେ। ତାକୁ ଖାଇ ଆମେ ଫେରିବା ରାସ୍ତା ଖୋଜିଲୁ। ଫେରିବା ବେଳେ ମାଓନେତା ସୁନୀଲ କହିଲେ, ଆପଣମାନେ ପ୍ରସ୍ତୁତ ଥିବେ, ଆମେ ଆପଣଙ୍କ ହାତରେ ହିଁ ଦୁଇ ପଣବନ୍ଦୀଙ୍କୁ ମୁକ୍ତ କରିବୁ।

ଦୁଇ ପଣବନ୍ଦୀ ଓ ମାଓବାଦୀ ନେତାଙ୍କ ଈଶ୍ୱରଭକ୍ତ ଧରି ଆମେ ବ୍ରହ୍ମପୁର ପହଞ୍ଚିବା ବେଳକୁ ରାତି ଏଗାରଟା। ପାହାଡ଼ ଚଢ଼ି ଖୁବ୍ କ୍ଲାନ୍ତ ଲାଗୁଥାଏ। ଆମେ ଗୋଟେ ଢାବାରେ ରାତ୍ରି ଭୋଜନ କରି ଭୁବନେଶ୍ୱର ବାହାରୁଥାଉ। ମୁଁ ସୁଟିଂ କରିଥିବା ନ୍ୟୁଜ୍ ବିଷୟରେ ମୋ ବ୍ୟୁରୋହେଡ଼୍ ଓ ନ୍ୟୁଜ୍ ହେଡ଼୍ଙ୍କୁ ଜଣାଇ ଦେଇଥାଏ ଏବଂ ରାତିରେ ଭୁବନେଶ୍ୱରରେ ପହଞ୍ଚି ନ୍ୟୁଜ ଫାଇଲ କରିବି ବୋଲି କହିଥାଏ। ମାତ୍ର ବ୍ରହ୍ମପୁରୁ କିଛିବାଟ ଭୁବନେଶ୍ୱର ଆସିବା ପରେ ବ୍ୟୁରୋହେଡ଼୍ ଫୋନ୍ କଲେ ଏବଂ କହିଲେ ବ୍ରହ୍ମପୁରରେ ଆମର ଟୁଏମବି ସେଣ୍ଟର ଅଛି। ତେଣୁ ବ୍ରହ୍ମପୁର ଅଫିସରୁ ନ୍ୟୁଜ୍ ଫାଇଲ କରନ୍ତୁ। ଯେହେତୁ ଆମେ ଦୁଇଜଣ ମୁଁ ଓ ଏନଡ଼ିଟିଭିର ସମ୍ପଦ ଭାଇ ଏକାଠି ରିପୋର୍ଟିଂ କରିବାକୁ ଯାଇଥିଲୁ, ତେଣୁ ବ୍ରହ୍ମପୁରରୁ ନ୍ୟୁଜ୍ ବ୍ରେକ୍ କରିବା ଠିକ୍ ହେବନି ବୋଲି ମୁଁ କହିଲି। ଆମେ ଭୁବନେଶ୍ୱରରୁ ଯିବା ବେଳଠୁ ଫେରିବା ପର୍ଯ୍ୟନ୍ତ ପରସ୍ପର ପ୍ରତି ବିଶ୍ୱାସ ଓ ସହଯୋଗରେ ମାଓବାଦୀ କ୍ୟାମ୍ପକୁ ଯାଇ ରିପୋର୍ଟିଂ କରିଥିବାରୁ ମୁଁ ବ୍ରହ୍ମପୁର ଅଫିସରୁ ନ୍ୟୁଜ୍ ବ୍ରେକ୍ କରିବାକୁ ମନା କଲି। ଏମିତି କଲେ ସମ୍ପଦ ଭାଇଙ୍କ ପ୍ରତି ବିଶ୍ୱାସଘାତକତା ହେବ ବୋଲି କହିଲି। ସେତେବେଳକୁ ରାତି ବାରଟା ପାଖାପାଖି ହେଲାଣି। ବ୍ରହ୍ମପୁର ଅଫିସରୁ ଯାଇ ନ୍ୟୁଜ୍ ବ୍ରେକ କଲାବେଳକୁ ରାତି ଦୁଇଟା ହୋଇଯିବ। ତେଣୁ ମୁଁ ଭୁବନେଶ୍ୱରରେ ପହଞ୍ଚି ନ୍ୟୁଜ୍ ବ୍ରେକ୍ କରିବି ବୋଲି ମୋ ବ୍ୟୁରୋ ହେଡ଼୍ ଓ ନ୍ୟୁଜ୍ ହେଡ଼୍ଙ୍କୁ ବୁଝେଇବାକୁ ଚେଷ୍ଟା କଲି। ମାତ୍ର ମୋ ମନୋଭାବ ବୁଝିବାକୁ ସେମାନେ ନାରାଜ ଥିଲେ। ରାମୋଜି ଫିଲ୍ମସିଟିରେ କାର୍ଯ୍ୟ କରୁଥିବା ତତକାଳୀନ ଇଟିଭି ଓଡ଼ିଆର ନ୍ୟୁଜ୍ ହେଡ଼୍ ମତେ ଅତି ରୁକ୍ଷ ଭାବେ ବ୍ରହ୍ମପୁର ଅଫିସ ଯାଇ ଷ୍ଟୋରୀ ଫାଇଲ କରିବାକୁ ନିର୍ଦେଶ ଦେଲେ। ମୁଁ ନାଚାର ଥିଲି। ସମ୍ପଦ ଭାଇ କହିଲେ, ଆପଣଙ୍କୁ ବସ୍ ଅର୍ଡର ମାନିବାକୁ ପଡ଼ିବ। ଆପଣ ବ୍ରହ୍ମପୁର ଯାଆନ୍ତୁ। ବ୍ରହ୍ମପୁର ଅଫିସକୁ ଯାଇ ଷ୍ଟୋରୀ ଫାଇଲ କଲି। ରାତି ଦୁଇଟାରେ ନ୍ୟୁଜ ବ୍ରେକ୍ ହେଲା। ମୁଁ

ସ୍ଟୋରୀ ଫାଇଲ୍ କରି ଭୁବନେଶ୍ୱର ଫେରିଲି। ସେପଟେ ସମ୍ପଦ ଭାଇ ଭୁବନେଶ୍ୱର ଆସି ଏନଡ଼ିଟିଭିରେ ସ୍ଟୋରୀ ଫାଇଲ୍ କରିବା ପରେ ପୋଲିସ ଡିଜିଙ୍କ ଇଷ୍ଟରଭ୍ୟୁ ଆଣି ଟେଲିକାଷ୍ଟ କଲେ। କିନ୍ତୁ ମୋ ଚ୍ୟାନେଲ୍ ନ୍ୟୁଜ୍ ହେଡ଼ଙ୍କ ନିର୍ଦ୍ଦେଶ ଯୋଗୁ ବ୍ରହ୍ମପୁରରୁ ରାତି ଦୁଇଟାରେ ନ୍ୟୁଜ୍ ବ୍ରେକ କରିବାର ଫଳ କେମିତି ଆମ ଚ୍ୟାନେଲକୁ ପଛରେ ପକାଇଦେଲା, ତାହା ମୁଁ ଏହାପର ଅଧ୍ୟାୟରେ ଉଲ୍ଲେଖ କରିଛି।

ମିସନ୍ ମାଣ୍ଟିମେରା

ସକାଳୁ ସକାଳୁ ମାଓବାଦୀଙ୍କ କବଳରେ ଦୁଇ ପଣବନ୍ଦୀ ସୁରକ୍ଷିତ ଥିବାର ପ୍ରଥମ ଦୃଶ୍ୟ ପ୍ରସାରଣ ହେଲା। ବିଧାନସଭା ଚାଲିଥିବାରୁ ଏ ଖବର ସେତେବେଳେ ସବୁଠୁ ଚର୍ଚ୍ଚିତ ଥିଲା। ଏ ଖବର ସରକାରଙ୍କୁ ଆଶ୍ୱସ୍ତି ଆଣିଦେଇଥିଲା, ଦୁଇ ଅପହୃତଙ୍କ ପରିବାର ବି ଆଶ୍ୱସ୍ତ ହୋଇଥିଲେ। ଆମେ ମାଓବାଦୀଙ୍କ ଦାବି ବିଷୟ ପ୍ରସାରଣ କରିଥିଲୁ। ମାତ୍ର ଏ ଖବର ପ୍ରସାରଣର ଦିନକ ପରେ ପୁଣି ମାଓବାଦୀ ଶିବିରରୁ ଖବର ଆସିଲା, ପୁଣିଥରେ ସେମାନଙ୍କ ଆଡ଼ାକୁ ଯିବାକୁ। ଏଥରକ ଦୁଇ ପଣବନ୍ଦୀଙ୍କୁ ସେମାନେ ଆମ ସହ ଛାଡ଼ିବେ ବୋଲି ସୂଚନା ଦେଇଥିଲେ। ତେବେ ସୁରକ୍ଷା ଦୃଷ୍ଟିରୁ ସେମାନଙ୍କ ସହ ହୋଇଥିବା କଥାବାର୍ତ୍ତା ଗୁପ୍ତ ରଖ୍ ଆମେ ତୁରନ୍ତ ବାହାରିପଡ଼ିଲୁ। ଏଥର ଆମ ମିସନରେ ଇଟିଭିର ଗୋଟିଏ ଟିମ୍, ଯେଉଁଥିରେ ମୁଁ ଓ ପ୍ରମୋଦ ଥିଲୁ ଏବଂ ଏନଡ଼ିଟିଭିର ଦୁଇଟି ଟିମ୍, ଯେଉଁଥିରେ ସମ୍ପଦ ଭାଇ ଓ ପୁରୁଷୋଉମ ସିଂ ଠାକୁର, କ୍ୟାମେରାରେ ସବ୍ୟସାଚୀ ପାଣିଗ୍ରାହୀ ଓ ଗୁଣ୍ଟିଚା ବଲବନ୍ତରାୟ ଥିଲେ। ଦୁଇଟି କାରରେ ଆମେ ପହଞ୍ଚିଲୁ ତପ୍ତପାଣି ଅତିଥି ଭବନରେ। ପୂର୍ବଭଳି ଏଥର ବି ତପ୍ତପାଣି ଆମକୁ ଯେମିତି ଅପେକ୍ଷା କରି ରହିଥିଲା। ଆମେ ପହଞ୍ଚିଲା ବେଳକୁ ରାତି ପ୍ରାୟ ୯ଟା। ଅତିଥି ଭବନ ଶୂନଶାନ୍। ଆମ ପାଇଁ ପ୍ରସ୍ତୁତ ଦିନର ଖାଇ ଆମେ ଶୋଇବାକୁ ଗଲୁ। ଆମକୁ ମିଳିଥିବା ସୂଚନା ଅନୁଯାୟୀ ସକାଳ ପାଞ୍ଚଟାରେ ଗଜପତି ଜିଲ୍ଲାର ମାଣ୍ଟିମେରା ଗାଁରେ ପହଞ୍ଚିବାକୁ ହେବ। ତେଣୁ ଆଖିକୁ ନିଦ ନ ଥାଏ। ତଥାପି ମୋବାଇଲରେ ଆଲାର୍ମ ଦେଇ ଆମେ ବିଛଣା ଧରିଲୁ। ଭୋର ଚାରିଟା। ଆଲାର୍ମ ଶବ୍ଦରେ ନିଦ ଭାଙ୍ଗିଗଲା। ୫ରକା ବାଟେ ଶାନ୍ତ, ସବୁଜ ତପ୍ତପାଣିର ଦୃଶ୍ୟ ଆମକୁ ପ୍ରଲୁବ୍ଧ କରୁଥିଲା। ଚଢ଼େଇଙ୍କ କିଚିରି ମିଚିରି ଶବ୍ଦ ଆମକୁ ଆଉ କିଛି ସମୟ ତପ୍ତପାଣିରେ ରହିଯିବାକୁ ବାଧ୍ୟ କରୁଥିଲା। ଆମେ ଆଉ ଡେରି କଲୁନି। ଖୁବ କମ୍ ସମୟ ଭିତରେ ବାହାରି ପଡ଼ିଲୁ ମାଣ୍ଟିମେରା ଗାଁ ଅଭିମୁଖେ।

କିଛି ଘଣ୍ଟାର ଯାତ୍ରା ପରେ ମୋହନା, ଅଡ଼ିବା ଦେଇ ଆମେ ପହଞ୍ଚି ଯାଇଥିଲୁ ମାଣ୍ଡିମେରା ଗାଁ ନିକଟରେ। ଗଜପତି ରାୟଗଡ଼ା ରାସ୍ତାକୁ ଲାଗି ପାହାଡ଼ ତଳେ ଏହି ଗାଁ ଟି ଅବସ୍ଥିତ। ଆମେ ପହଞ୍ଚିବା ବେଳକୁ ଗାଁ ଲୋକେ ଯିଏ ଯାହା ନିତ୍ୟକର୍ମ ସାରିବାରେ ବ୍ୟସ୍ତ ଥିଲେ। ଆମେ ରାସ୍ତାକଡ଼ରେ ଦୁଇଟି ଯାକ କାର୍ ପାର୍କିଂ କରି ବାହାରେ ବୁଲାବୁଲି କଲୁ। ଅପେକ୍ଷା କଲୁ ପରବର୍ତ୍ତୀ ମେସେଜକୁ। ମାତ୍ର ସମୟ ଗଡ଼ି ଚାଲିଲା, ହେଲେ ଆଉ କିଛି ମେସେଜ ଆମକୁ ମିଳିଲାନି। ଗାଁ ଲୋକଙ୍କ ସନ୍ଦେହ ଦୂର କରିବା ପାଇଁ କ୍ୟାମେରାମ୍ୟାନଙ୍କୁ ମାଣ୍ଡିମେରାରେ ସକାଳର ଦୃଶ୍ୟ ସୁଟିଂ କରିବାକୁ କହିଲୁ। କେହି କେହି ଅପରିଚିତ ଆସି ଆମକୁ ପଚାରିଲେ, କାହାକୁ ଅପେକ୍ଷା କରିଛନ୍ତି। ଆମେ ସୁଟିଂ କରିବାକୁ ଆସିଛୁ ଏବଂ ଆଉ ଏକ ଟିମ୍ ଆସୁଛି ବୋଲି କହି କିଛି ସମୟ ଗଡ଼େଇ ଦେଲୁ। ହେଲେ ଆମକୁ ପରବର୍ତ୍ତ ମେସେଜ ମିଳିଲାନି। ମାଓବାଦୀଙ୍କ ସହ ଯୋଗାଯୋଗ କରିବା ପାଇଁ ଆଉ କିଛି ବାଟ ନ ଥିଲା। ସେମାନେ କହିଥିଲେ ମାଣ୍ଡିମେରା ଗାଁରେ ପହଞ୍ଚିବା ପରେ ସେମାନେ ଆମକୁ ଯୋଗାଯୋଗ କରିବେ। ମାତ୍ର ସେମାନଙ୍କ ସହ ଆମର ଆଉ କୌଣସି ସଂପର୍କ ନ ଥିଲା। ଆମେ ନିଷ୍ପତ୍ତି ନେଲୁ ବାହାରେ ଅପେକ୍ଷା ନ କରି ମୋହନା ଆଇବିରେ ବିଶ୍ରାମ ନେବାକୁ। ଭାବିଥିଲୁ, ଦିନ ଭିତରେ କିଛି ନା କିଛି ମେସେଜ୍ ଆସିବ। ଦିନ ସାରା ଅପେକ୍ଷା କରିବା ପରେ ବି ମେସେଜ୍ ମିଳିଲାନି। ସଂଧ୍ୟାବେଳକୁ ଆମେ ପୁଣି ମାଣ୍ଡିମେରା ଗାଁ ଅଭିମୁଖେ ବାହାରିଲୁ। ମନ ଭିତରେ ଭୟ ଥାଏ, କାଳେ ଆମ ମିଶନ ସଂପର୍କରେ ପୋଲିସକୁ ସୁରାକ୍ ମିଳିଯିବ। ସଂଧ୍ୟାବେଳେ ଆମେ ମାଣ୍ଡିମେରା ଗାଁ ପାଖରେ ପହଞ୍ଚିବା ବେଳକୁ ଗାଁ ସାରା ଅନ୍ଧାର ଛାଇ ଯାଇଥିଲା। ଏମିତିକି ମୁହଁକୁ ମୁହଁ ବି ଦିଶୁ ନଥିଲା। ରାସ୍ତାକଡ଼ରେ ଡିବି ଆଲୁଅରେ ଦୋକାନଟିଏ ଖୋଲା ଥିଲା। ଆମେ ସେଠି ଚା ପିଇବା ବାହାନାରେ ଗାଡ଼ି ରଖିଲୁ। ଚା ଓ ଟେଜରାତି ବିକୁଥିବା ଦୋକାନୀକୁ ସାତ କପ୍ ଚା କରିବା ପାଇଁ କହି ଆମେ ଅନ୍ଧାରରେ ସୁରାକ୍ ଖୋଜିବାରେ ଲାଗିଲୁ। ହଠାତ୍ ଆମେ ଦେଖିଲୁ ଦୋକାନ ଭିତରୁ ଜଣେ ଲୋକ ହାତରେ ଗୋଟିଏ ବଡ଼ ବ୍ୟାଗରେ ସଉଦାପତ୍ର ଧରି ବାହାରିଗଲା। ଆମ ମନରେ ସନ୍ଦେହ ହେଲା।

ମୁଁ ଭାଇନା (ସଂଜ୍ଞଦ ମହାପାତ୍ର) କୁ କହିଲି, ଭାଇନା ଇଏ ମାଓବାଦୀ। ଭାଇନା କହିଲେ, ଆପଣ କେମିତି ଜାଣିଲେ ?

ମୁଁ କହିଲି, ସେ ଗୋଟେ ବଡ଼ ବ୍ୟାଗରେ ସଉଦାପତ୍ର ନେଇଗଲା। କେଜିକିଆ ଅମୁଲ ସ୍ତ୍ରେ ଏ ନିପଟ ମଫସଲରେ କିଏ ଖାଉଛି ? ନିଶ୍ଚିତ ସେ ପାହାଡ଼ ଉପରକୁ ନେଇଥିବ।

ଆମ ଦୁଇଜଣଙ୍କ କଥାବାର୍ତ୍ତା ଭିତରେ ସେ ଲୋକଟି ଅନ୍ଧାରରେ ଅନ୍ତର୍ଦ୍ଧାନ ହୋଇଯାଇଥିଲା। ଆମେ ଦୁଇଜଣ ରାସ୍ତା କଡ଼େ କଡ଼େ ସେ ଲୋକ ଯୁଆଡ଼େ ଯାଇଥିଲା, ଖୋଜିବାକୁ ଗଲୁ। ମୋ ସନ୍ଦେହ ସତ ହେଲା। ସେ ଲୋକଟି ସଉଦା ବ୍ୟାଗ ଗୋଟିଏ ଚାଲିଘରେ ରଖିଦେଇ ଆମ ଆଡ଼କୁ ଆସୁଥିଲା। ଆମକୁ ପଚାରିଲା, କୁଆଡ଼େ ଆସିଛନ୍ତି ? ମୁଁ ତୁରନ୍ତ କହିଲି, ଯାହା ପାଖକୁ ଆସିଛୁ, ଦେଖାଦର୍ଶନ ନାହିଁ। ସେ ପୁଣି ପଚାରିଲା, କୋଉଠୁ ଆସିଛନ୍ତି କି ? ଭାଇନା କହିଲେ, ଆମେ ସାମୟିକ, ଭୁବନେଶ୍ୱରରୁ ଆସିଛୁ। ଇଟିଭି, ଏନଡିଟିଭି। ଆମ କଥା ଶୁଣି ଲୋକଟି ନିଶ୍ଚିତ ହେଲା, ଆମେ ପୋଲିସ ଇନଫର୍ମର ନୁହଁ। କହିଲା, ହଉ ମୋ ପଛେ ପଛେ ଆସ। ଦିନସାରା ଆମେ ଚିନ୍ତାରେ ଥିଲୁ। ଏବେ ମନ ଭିତରେ ଦଲକାଏ ଖୁସି ଖେଳିଗଲା।

ଅନ୍ଧାର ଭିତରେ ସେ ଲୋକଟିକୁ ପିଛା କରି କରି ଆମେ ପହଞ୍ଚିଲୁ ରାସ୍ତାକଡ଼ ଏକ ଚାଲି ଘରେ। ଲଣ୍ଠନ ଆଲୁଅରେ ଝାପସା ଝାପସା ମୁହଁ ଦିଶୁଥାଏ। ଲୋକଟି କହିଲା, ସେମାନେ ବହୁତ ଦୂରରେ ଅଛନ୍ତି। ଆଜି ସକାଳ ସୁଦ୍ଧା ପହଞ୍ଚି ପାରିଲେନି। ଆପଣ ଚିଠି ଲେଖିକି ଦିଅନ୍ତୁ, ମୁଁ ରାତିରେ ସେମାନଙ୍କ ପାଖରେ ପହଞ୍ଚାଇ ଦେବି। ଆପଣ କାଲି ସକାଳେ ଆସିବେ।

ଆମେ ଆସନ୍ତାକାଲି କୋଉଠିକି ଆସିବୁ ବୋଲି ପଚାରିଲୁ। ସେ ଲୋକ ଜଣକ ଆମକୁ ମାଣ୍ଡିମେରାଠୁ ପ୍ରାୟ ଦେଢ଼ କିଲୋମିଟର ଦୂରରେ ଅପେକ୍ଷା କରିବାକୁ କହିଲା। ଆଉ ଗୋଟେ ଚିଠି ଲେଖ ଆମେ ମୋହନା ଆଇବିକୁ ଫେରି ଆସିଲୁ।

ବିଗ୍‌ ବ୍ରେକିଙ୍ଗକୁ ନେଇ ଫାଟ

ସକାଳେ ଆମେ ମାଣ୍ଡିମେରାଠୁ ଦେଢ଼ କିଲୋମିଟର ଆଗରେ ଥିବା ଆଉ ଏକ ଗାଁ ନିକଟରେ ପହଞ୍ଚିଲୁ। ମାତ୍ର ପୂର୍ବଦିନ ଭଳି ଅବସ୍ଥା ହେଲା। ରାସ୍ତାକଡ଼ରେ କିଛି ସମୟ ଅପେକ୍ଷା କରିବା ପରେ ବି କେହି ଆସିଲେନି। ପୁଣି ଚିନ୍ତାରେ ପଡ଼ିଗଲୁ ଆମେ। କାରଣ ମାଓବାଦୀଙ୍କ ସହ ଯୋଗାଯୋଗ କରିବାର ଆଉ କିଛି ମାଧ୍ୟମ ନ ଥିଲା। ଏମିତି କିଛି ସମୟ ପରେ ମୁଁ ଗୋଟିଏ କାର୍‌ ଧରି ମାଣ୍ଡିମେରା ଗାଁ ଆଡ଼େ ଆସିଲି। କାଲେ କିଛି ସୁରାକ୍‌ ମିଳିଯିବ। ମାଣ୍ଡିମେରା ଗାଁ ନିକଟରେ ଦି ଜଣ ଯୁବକଙ୍କୁ ବାଇକ୍‌ ସହ ଦେଖିଲୁ। ମାଓବାଦୀଙ୍କ ହାବଭାବ ଦେଖି ଦେଖି ଆମେ ଠଉରାଇ ନେଇଥିଲୁ ସେମାନେ ମାଓବାଦୀ ସମର୍ଥକ ଅଥବା ମାଓବାଦୀ ହୋଇଥିବେ। ଗୋଟିଏ ବାଇକରେ ଥାନ୍ତି ସେମାନେ। ଆମ ସହ କଥା ହେବା ପରେ ସେମାନେ କହିଲେ, ଆମକୁ ଫଲୋ କରନ୍ତୁ। ଆମେ ସେ ବିଷୟରେ କିଛି କହିପାରିବୁ ନାହିଁ। ମାତ୍ର ଜଣଙ୍କ ପାଖରେ ଆପଣଙ୍କୁ ପହଞ୍ଚାଇ ଦେବୁ। ଆମେ ତୁରନ୍ତ ଦୁଇଟି ଯାକ ଗାଡ଼ିରେ ସେମାନଙ୍କୁ ପିଛା କଲୁ। ପ୍ରାୟ ତିନି ଚାରି କଲୋମିଟର ରାସ୍ତା ଯିବା ପରେ ସେମାନେ ଗୋଟିଏ ଗାଁ ଭିତରକୁ ଆମକୁ ନେଇଗଲେ। ଗାଁ ଦାଣ୍ଡରେ ଜଣେ ମଧ୍ୟ ବୟସ୍କ ବ୍ୟକ୍ତି ଲୁଙ୍ଗି ଗଞ୍ଜି ପିନ୍ଧି ବସିଥାନ୍ତି। ଆମକୁ ଦେଖି କହିଲେ, ଲାଲ୍‌ ସଲାମ୍‌। ଆମେ ଲାଲ୍‌ ସଲାମ୍‌ କହି ଆସିବାର ଉଦ୍ଦେଶ୍ୟ କହିଲୁ। ସେ କହିଲେ, ଠିକ୍‌ ଅଛି। ସେମାନେ ଅସୁବିଧା ଯୋଗୁ ଆସିପାରିନାହାନ୍ତି। ଆପଣମାନେ ଦିନ ତିନିଟାରେ ଆସନ୍ତୁ। ଏଥର ଆମେ ଦ୍ୱନ୍ଦରେ ପଡ଼ିଗଲୁ। ପୁଣି ମୋହନା ଆଇବିକୁ ଫେରିବା ଠିକ୍‌ ହେବନି। କାଲେ ପୋଲିସ ସନ୍ଦେହ କରିବ, ଏଇ ଭୟ ମନକୁ ଆଚ୍ଛନ୍ନ କରି ରଖିଥିଲା। ଭଦ୍ରବ୍ୟକ୍ତି ଆମକୁ ନିର୍ଦ୍ଦିଷ୍ଟ ଜାଗାରେ ପହଞ୍ଚିବାକୁ କହିଲେ। ଆମେ ବିଶ୍ରାମ ନେବା ପାଇଁ ରାୟଗଡ଼ା ରାସ୍ତାରେ ଆଉ ୩୦ କିଲୋମିଟର ଆଗକୁ ପଲେଇଲୁ। ଗୁମୁଡ଼ା ନିକଟରେ ସରକାରୀ

ଡାକବଙ୍ଗଲାଟିଏ ଥିଲା। ସାମୟିକ ପରିଚୟ ଦେଇ କିଛି ସମୟ ଡାକବଙ୍ଗଲାରେ ଆଶ୍ରୟ ନେଲୁ। ଆମେ ସତର୍କ ଥିଲୁ, କାଲେ ଆମ ମିଶନ ସଂପର୍କରେ ପୋଲିସକୁ ଖବର ମିଳିଯିବ ଏବଂ ସବୁ ଫସର ଫାଟିଯିବ। ସେମିତି କିଛି ହେଲା। ବ୍ରେକିଂ ଖବର ଦୌଡ଼ରେ କାଲେ ଆମେ ପଛରେ ପଡ଼ିଯିବୁ, ସେଥିପାଇଁ ଦୁଇ ଚ୍ୟାନେଲରେ ଡେସ୍କ ଷ୍ଟାଫ୍ ବ୍ରେକିଂ ନ୍ୟୁଜ୍ ପକାଇଦେଲେ। ଏନଡ଼ି ଟିଭିରେ ଚାଲିଥାଏ, 'ଆଜ୍ ଛୁଟନେ କି ଆସ୍'। ଇଟିଭିରେ ଚାଲିଥାଏ, 'ଆଜି ପଣବନ୍ଦୀ ମୁକୁଳିବାର ସମ୍ଭାବନା'।

ସମ୍ପଦ ଭାଇନାଙ୍କ ଫୋନ୍ ରିଙ୍ଗ ହେଲା। ଭାଇନା ଫୋନ୍ ରିସିଭ୍ କଲେ। ଭାଇନାଙ୍କର ପୋଲିସ ହେଡ଼କ୍ୱାର୍ଟର ସାଙ୍ଗେ ଭଲ ସଂପର୍କ। ତାଙ୍କର ଜଣେ ବନ୍ଧୁ ଗୁଇନ୍ଦା ବିଭାଗର ଉଚ୍ଚପଦସ୍ଥ ଅଧିକାରୀ। ସେ ଫୋନ କରି କହିଲେ, ଆମେ ଜାଣିଛୁ, ଆପଣମାନେ ଜଙ୍ଗଲ ଭିତରେ ଅଛନ୍ତି।

ଭାଇନା ଟେନସନ୍ ହୋଇଗଲେ। କହିଲେ, ଆଜ୍ଞା। ଆମେ ଆସିଛୁ ଠିକ୍। କିନ୍ତୁ ଏଯାଏଁ କିଛି ଟେର ପାଇନୁ।

ସେପଟୁ ଶୁଭିଲା, କେତେବେଳେ ଛାଡ଼ିବେ। ଇଟିଭିରେ ବ୍ରେକିଂ ନ୍ୟୁଜ ଚାଲିଛି। ମାଓବାଦୀମାନେ ଆଜି ପଣବନ୍ଦୀଙ୍କୁ ଛାଡ଼ିବେ।। ମୋହନା, ଅଡ଼ବାରେ ପୋଲିସ ଆଲର୍ଟ କରାଯାଇଛି।

ଭାଇନା ବ୍ୟତିବ୍ୟସ୍ତ ହୋଇପଡ଼ିଲେ। କହିଲେ ଆଜ୍ଞା। ଆମେ ଦି ଦିନ ହେଲାଣି ଦୁଇ ପଣବନ୍ଦୀଙ୍କୁ ମୁକୁଳାଇ ନେବା ପାଇଁ ଆସି ଜଙ୍ଗଲରେ ବୁଲୁଛୁ। ଯଦି ଆପଣ ପୋଲିସ ଅପରେସନ କରିବେ, ତେବେ ଆମେ ଫେରିଯାଉଛୁ। ଏଥିରେ ଆମର କିଛି ସ୍ୱାର୍ଥ ନାହିଁ।

ନା ନା। ଆପଣମାନେ ସେମାନଙ୍କୁ ସାଙ୍ଗରେ ଧରି ଫେରନ୍ତୁ। ପୋଲିସ ଅଧିକାରୀଙ୍କ ସହ କଥା ହେବା ପରେ ଆମେ ବିବ୍ରତ ହୋଇପଡ଼ିଲୁ। ପୋଲିସ ପାଖରେ ସୂଚନା ଅଛି ବୋଲି ଜାଣିବା ପରେ ଭାଇନା ମୋ ଉପରେ ବିରକ୍ତ ହେଲେ। କହିଲେ, ଆପଣ କେମିତି ବ୍ରେକିଂ ନ୍ୟୁଜ୍ ପକାଇଦେଲେ। ଆମେ ଆଜ୍ଞା ନିଆଁ ଭିତରେ ରହିଛୁ। କେତେବେଳେ କ'ଣ ହେବ, କିଛି କହି ହେବନି। ପୋଲିସ ଅପରେସନ ବି ଆରମ୍ଭ ହୋଇଯାଇପାରେ। ଆପଣ ଏମିତି ଦାୟିତ୍ୱହୀନ କାର୍ଯ୍ୟ କରିବେ, ମୁଁ ଆଶା କରି ନ ଥିଲି।

ଭାଇନାଙ୍କ ସହ ମୋର ଦୀର୍ଘ ଦିନର ସଂପର୍କ। ମୁଁ ତାଙ୍କୁ ବୁଝେଇବାକୁ ଚେଷ୍ଟା କଲି। ମୁଁ ଆଜ୍ଞା କିଛି ବି ନ୍ୟୁଜ ଦେଇନି।

ସେ ବୁଝିବାକୁ ନାରାଜ ଥିଲେ। ମୁଁ ଆମ ହାଇଦ୍ରାବାଦ ଡେସ୍କୁ ଫୋନ

ଲଗାଇଲି । ଡେସ୍କ ବନ୍ଧୁ କହିଲେ, ଏନଡିଟିଭିରେ ବ୍ରେକିଂ ଚାଲିଛି, ପଣବନ୍ଦୀ ଆଜ୍ ଛୁଟନେ କି ଆଶ। ଆମେ ତାକୁ ଦେଖି ବ୍ରେକିଂ ପକାଇଲୁ ।

ଭାଇନା ତାଙ୍କ ଦିଲ୍ଲୀ ଅଫିସ୍ ଡେସ୍କକୁ ଫୋନ ଲଗାଇଲେ । କଥା ହୋଇ ଫୋନ୍ ମତେ ଧରାଇଦେଲେ । ସେମାନେ କହିଲେ, ଆମେ ପଣବନ୍ଦୀଙ୍କ ପରିବାର ସଦସ୍ୟଙ୍କ ବାଇଟ୍ ନେଇ ସ୍ଟୋରୀ ଟେଲିକାଷ୍ଟ କରିଛୁ । ସେମାନଙ୍କ ବାଇଟ ଉପରେ ଆମେ ହେଡିଂ ଦେଇଛୁ, ଛୁଟନେ କି ଆଶ ।

ବ୍ରେକିଂ ନ୍ୟୁଜ୍ କିଛି ସମୟ ପାଇଁ ଆମ ଦୁଇଜଣଙ୍କ ଭିତରେ ତିକ୍ତତା ଆଣିଦେଲା । ଭାଇନା କହିଲେ, ମୁଁ ଫେରିଯାଉଛି । ଆପଣ ରୁହନ୍ତୁ ।

ମୋ ଆଖିରେ ଲୁହ ଆସିଗଲା । ମତେ ଲାଗିଲା ୩୬ ଘଣ୍ଟାର ମିଶନ୍ ଫେଲ୍ ହେବାକୁ ଯାଉଛି ।

ମୁକ୍ତିର ଆନନ୍ଦ

ଅପରାହ୍ନ ତିନିଟା। ଆମେ ଠିକଣା ସ୍ଥାନରେ ପହଞ୍ଚି ଯାଇଥିଲୁ। କିଛି ଦୂରରେ ଗାଡ଼ି ରଖି ଆମେ ରାସ୍ତାକଡ଼ ଜଙ୍ଗଲ ଭିତରକୁ ଚାଲି ଚାଲି ଗଲୁ। ମାତ୍ର କାହାର ଟେର ପାଇଲୁନି। ଭାଇନା କହିଲେ, ଏବେ ଆପଣ କ'ଣ କରିବେ ? ବ୍ରେକିଂ ନ୍ୟୁଜ ପକାଇବାର ଫଳ। ପୋଲିସ୍ ଆଲର୍ଟ ଅଛି। ପୋଲିସ ଅପରେସନ ଭୟରେ ହୁଏତ ସେମାନେ ଆମକୁ ଦେଇଥିବା ସମୟରେ ଆସିଲେନି।

ସବୁ ଦୋଷ ମୋ ମୁଣ୍ଡରେ ଲଦି ଦେଲେ ଭାଇନା। ମୁଁ କହିଲି, ଠିକ୍ ଅଛି। ଆପଣ ଟିମ୍ ସହ ଭିତରେ ଥାଆନ୍ତୁ। ମୁଁ ରାସ୍ତା ଉପରକୁ ଯାଉଛି।

ଏମିତି ଦ୍ୱନ୍ଦ ଭିତରେ ନିଛାଟିଆ ଗଜପତି-ରାୟଗଡ଼ା ରାସ୍ତାରେ ମୁଁ ଏପଟ ସେପଟ ହେଉଥାଏ। ହଠାତ ଜଣେ ଅଳ୍ପ ବୟସର ପିଲାଟିଏ ରାସ୍ତାରେ ଆସୁଥିବାର ଦେଖିଲି। ସେ ପାଖକୁ ଆସି କହିଲା, ଗାଡ଼ି କାହିଁ ? ମୁଁ କହିଲି, କିଛି ଦୂରରେ ଅଛି।

ସେ କହିଲା, ଗାଡ଼ି ଶଂଖ ପାଖରେ ରଖିବାକୁ କୁହାଯାଇଥିଲା।

ମୁଁ ଗାଡ଼ି ପାଖକୁ ଦଉଡ଼ିବା ଆରମ୍ଭ କଲି। ଗାଡ଼ିଆସିବା ପରେ ଭାଇନା ଓ କ୍ୟାମେରା ଟିମକୁ ଡାକିଲି। କିଛି ମୁହୂର୍ତ ମଧ୍ୟରେ ସାଦା ପୋଷାକରେ ଥିବା କିଛି ଲୋକ ଦୁଇ ପଣବନ୍ଦୀଙ୍କୁ ରାସ୍ତାକଡ଼ ଜଙ୍ଗଲ ଭିତରୁ ଆମ ପାଖକୁ ଆଣିଲେ। ଆମ ସହ ହାତ ମିଳାଇଲେ। ଦୁଇ ପଣବନ୍ଦୀଙ୍କୁ ସୁରକ୍ଷିତ ଭାବେ ପହଞ୍ଚାଇବେ ବୋଲି କହି ସେମାନେ ସମସ୍ତେ ରାସ୍ତା କଡ଼ ଜଙ୍ଗଲ ଭିତରକୁ ଚାଲିଗଲେ। ଆମେ ଗୋଟିଏ ଇନୋଭା ଗାଡ଼ିରେ ଦୁଇ ପଣବନ୍ଦୀଙ୍କୁ ବସାଇ ମୋହନା ଥାନା ଅଭିମୁଖେ ବାହାରିଲୁ। ଆମର ଯୋଜନା ଥିଲା ସେମାନଙ୍କୁ ମୋହନା ଥାନାରେ ଛାଡ଼ିଦେବୁ। ରାସ୍ତାରେ ଆସିବା ବେଳେ ଗାଡ଼ି ଭିତରେ ଆମେ ସେମାନଙ୍କର ଇଷ୍ଟରଭ୍ୟୁ ସୁଟିଂ କଲୁ। ମାଓବାଦୀଙ୍କ ସହ କେମିତି ସେମାନଙ୍କର ଦିନ କଟୁଥିଲା, ସେ ବିଷୟରେ ପଚାରିଲୁ।

ସେମାନେ ଖୁବ୍ ଖୁସି ଥିଲେ । ମୁକ୍ତିର ଆନନ୍ଦ ସେମାନଙ୍କ ମୁହଁରେ ପରିସ୍ଫୁଟ ହେଉଥିଲା । ମାଓବାଦୀମାନେ ସେମାନଙ୍କୁ କୌଣସି ଅତ୍ୟାଚାର କରିନାହାଁନ୍ତି ବୋଲି କହିଲେ । ବରଂ ଛାଡ଼ିବା ବେଳେ ସେମାନଙ୍କୁ ନୂଆ ପୋଷାକ ଦେଇ ଆତିଥ୍ୟର ସହ ବିଦାୟ ଦେଇଛନ୍ତି ବୋଲି କହିଲେ ।

ଆମ ଗାଡ଼ି ଅଡ଼ବା ଥାନା ନିକଟରେ ପହଞ୍ଚିବା ବେଳକୁ ରାସ୍ତା ଦୁଇକଡ଼େ ହଜାର ହଜାର ଲୋକ ରୁଣ୍ଡ ହୋଇସାରିଥିଲେ । ଆର୍. ଉଦୟଗିରି ଥାନା ଓଆଇସି ରଞ୍ଜନ ମଲ୍ଲିକ ଏବଂ ଜେଲ୍ ସୁପରିଣ୍ଟେଣ୍ଡେଣ୍ଟ ରବୀନ୍ଦ୍ର ସେଠୀଙ୍କୁ ମାଓବାଦୀମାନେ ମୁକ୍ତ କରିଦେଇଛନ୍ତି ବୋଲି ଖବର ପ୍ରସାରଣ ହେଉଥିଲା । ଆମେ ଅଡ଼ବା ଥାନା ନିକଟରେ ପହଞ୍ଚିବା ବେଳକୁ ପୋଲିସ ନାକାବନ୍ଦୀ କରିଥିଲା । ଆମେ ଅଟକିଲୁ । ରାସ୍ତା ଉପରେ ଅଡ଼ବା ଥାନା ଅଧିକାରୀ ବି ଆମକୁ ଅପେକ୍ଷା କରି ରହିଥିଲେ । ଆମେ ଦୁଇ ପଣବନ୍ଦୀଙ୍କୁ ଅଡ଼ବା ଥାନା ଅଧିକାରୀଙ୍କୁ ହସ୍ତାନ୍ତର କରି ଫେରିଲୁ । ମାଓବାଦୀଙ୍କ ନିକଟରୁ ମୁକ୍ତ ହୋଇଥିବା ଦୁଇ ଅଧିକାରୀଙ୍କ ଆଖି ଖୁସିରେ ଲୁହ ଛଳ ଛଳ ହୋଇଯାଇଥିଲା ।

ପ୍ରଫେସନାଲ ଚିଟିଙ୍

ଅପରାହ୍ନ ତିନିଟା ବେଳକୁ ମାଓବାଦୀମାନେ ଦୁଇ ପଣବନ୍ଦୀଙ୍କୁ ମୁକ୍ତ କଲେ। ଯେଉଁ ସ୍ଥାନରେ ସେମାନେ ପଣବନ୍ଦୀଙ୍କୁ ମୁକ୍ତ କଲେ, ସେତେବେଳେ ସେଠୁ ମୋବାଇଲ୍ ନେଟ୍‌ୱାର୍କ ଲାଗୁ ନ ଥିଲା। ତେଣୁ ନ୍ୟୁଜ୍ ବ୍ରେକ୍ କରିବା ଆଉ ସମ୍ଭବ ନ ଥିଲା। ମାତ୍ର ପୂର୍ବଥର ମୁଁ ବ୍ରହ୍ମପୁରରୁ ନ୍ୟୁଜ୍ ବ୍ରେକ କରିଥିବାରୁ ସମ୍ପଦ ଭାଇ ଏଥରକ ଖବର ବ୍ରେକ୍ କରିବା ପାଇଁ ଓବି ଭ୍ୟାନ୍ ମଗାଇଥିଲେ ଏବଂ ଦୁଇଟି କାର ନେଇ ଯାଇଥିଲେ। ପଣବନ୍ଦୀଙ୍କୁ ରିଲିଜ୍ କରିବାର ଭିଡ଼ିଓ ସୁଟିଂ କରିବା ପରେ ସେ ଗୋଟିଏ ଗାଡ଼ିରେ ଓବି ଭ୍ୟାନ ପର୍ଯ୍ୟନ୍ତ କ୍ୟାସେଟ୍ ପଠାଇ ଦେଇଥିଲେ। ସେ ଓବି ମଗାଇଥିବା କଥା ବି ମୁଁ ଜାଣି ନଥିଲି। ପଣବନ୍ଦୀ ରିଲିଜ୍ ପରେ ମୁଁ ତାଙ୍କ ଇନୋଭାରେ ବସି ସୁଟିଂ କରୁଥିବା ବେଳେ ସେ ଯେତେବେଳେ ଆଉ ଗୋଟିଏ ଗାଡ଼ିରେ ତପ୍ତପାଣି ପର୍ଯ୍ୟନ୍ତ କ୍ୟାସେଟ୍ ପଠାଇଲେ, ସେତେବେଳେ ମୁଁ ଜାଣିଲି। ସେ ମତେ କହିଲେ, ଆପଣଙ୍କର କ'ଣ ଅଛି, ଆପଣ ତ ବ୍ରହ୍ମପୁର ଟ୍ୟୁଏମବିରୁ ନ୍ୟୁଜ ପଠାଇବେ। ଆଉ ମତେ ବ୍ରହ୍ମପୁର ପହଞ୍ଚିବାକୁ ଅତି କମରେ ତିନି ଘଣ୍ଟା ଲାଗିଯିବ। ଏଥର ମୁଁ ଜାଣିଲି, ଗତଥର ବ୍ରହ୍ମପୁରରୁ ନ୍ୟୁଜ୍ ବ୍ରେକ୍ କରିବାର ପରିଣାମ। ସେ ତପ୍ତପାଣି ଆସି ସବୁ ଫୁଟେଜ୍ ପଠାଇଦେଲେ। ମୁଁ ବ୍ରହ୍ମପୁର ଆସି ଫୁଟେଜ୍ ପଠାଇବା ବେଳକୁ ସନ୍ଧ୍ୟା ହୋଇଯାଇଥିଲା। ଅତଏବ ମୋ ଚ୍ୟାନେଲରେ ନ୍ୟୁଜ୍ ସନ୍ଧ୍ୟା ସାତଟା ବୁଲେଟିନରେ ପ୍ରସାରଣ ହୋଇଥିଲା। ମାତ୍ର ଦୁଃଖର କଥା ହେଉଛି, ପାହାଡ଼ ଜଙ୍ଗଲ ବୁଲି ବୁଲି ଏତେ ପରିଶ୍ରମ କରିବା ପରେ ବି ଅଫିସରୁ ବାହା-ବା ମିଲି ନ ଥିଲା। କ'ଣ ପାଇଁ ଅପହୃତଙ୍କ ମୁକ୍ତି ଖବର ଏନଡ଼ିଟିଭି ବ୍ରେକ୍ କଲା ଏବଂ ଇଟିଭି ପଛରେ ପଡ଼ିଗଲା, ଯାକୁ ନେଇ ରାମୋଜି ଫିଲ୍ମ ସିଟି ସ୍ଥିତ ଅଫିସରେ ମାନସ ମନ୍ଥନ ଚାଲିଲା। ତତ୍କାଲିନ ନ୍ୟୁଜ ହେଡ଼ ନିଜ ଭୁଲ୍ ଛୁପେଇବା ପାଇଁ ଡ଼େସ୍କ ମିଟିଂରେ କହିଲେ, ଆମ ରିପୋର୍ଟର କୋ-ଅପରେଟ୍ କଲାନି। ଏ କଥା

ଏଠାରେ ଉଲ୍ଲେଖ କରିବାର ଅଭିପ୍ରାୟ କାହାକୁ ସାଧାରଣରେ ନିନ୍ଦିତ କରିବା ପାଇଁ ନୁହେଁ। ମାତ୍ର ଟିଭି ଚ୍ୟାନେଲ ଭିତରେ କେମିତି ଅସହିଷ୍ଣୁତା, ଈର୍ଷା ବସା ବାନ୍ଧିଥାଏ, ଏହା ତାର ଉଦାହରଣ। ବସ୍ କଥାରେ ତାଳ ମିଳାଇଲେ ପ୍ରମୋସନ୍ ମିଳୁଥିଲା, ନ ହେଲେ ଯେତେ କାମ କଲେ ବି କେହି ପ୍ରଶଂସା କରୁ ନଥିଲେ। ସେତେବେଳେ ପରିସ୍ଥିତି ଏମିତି ହୋଇଥିଲା ଯେ, ଏହି ପ୍ରସଙ୍ଗକୁ ନେଇ ମୁଁ ରାମୋଜୀ ରାଓଙ୍କ ଦୃଷ୍ଟି ଆକର୍ଷଣ କରିଥିଲି। ଆଉ ଶେଷରେ ରାମୋଜୀ ରାଓଙ୍କ ଦସ୍ତଖତରେ ଏକ ପ୍ରଶଂସା ପତ୍ର ମିଳିଥିଲା, ଯାହା ମୋ ପାଇଁ ସବୁଠୁ ବଡ଼ ସାର୍ଟିଫିକେଟ୍ ଥିଲା।

ଏବେ ଆମେ ଯେମିତି ମୋବାଇଲରେ ଭିଡ଼ିଓ ସୁଟିଂ କରି ହ୍ୱାଟ୍ସଆପରେ ତତ୍‌କ୍ଷଣାତ ପଠାଇ ଦେଉଛୁ, ସେତେବେଳେ ସେ ସୁବିଧା ନ ଥିଲା। ଇଣ୍ଟରନେଟ୍‌ରେ ଫିଡ୍ ପଠାଇବାକୁ ବିଭିନ୍ନ ସ୍ଥାନରେ ଟ୍ୟୁ‌ଏମ୍‌ବି ସେଣ୍ଟର କରାଯାଉଥିଲା। ରିପୋର୍ଟରମାନେ ବିଭିନ୍ନ ସ୍ଥାନରୁ ନ୍ୟୁଜ୍ ରେକର୍ଡ଼ କରି କ୍ୟାସେଟ୍ ଟ୍ୟୁ‌ଏମ୍‌ବି ସେଣ୍ଟରକୁ ପଠାଉଥିଲେ ଏବଂ ସେଣ୍ଟରରୁ ସେସବୁ ଫିଡ୍ ହାଇଦ୍ରାବାଦ ଅଫିସକୁ ଯାଉଥିଲା।

ଖୁସି ସାଉଁଟୁଥିଲା ସୁନୀଲ

ଆଜି ବହୁତ ଖୁସି ଥିଲା ସୁନୀଲ ଓରଫ ଶରତ। ଆନ୍ଧ୍ର – ଓଡ଼ିଶା ମାଓବାଦୀ କମିଟିରେ ଢେର୍ ସାରା ପ୍ରଶଂସା ମିଳିଛି ତାକୁ। କମିଟିର କୋର୍ ଟିମରେ ଥିବା ଟପ୍ ଦଶଜଣଙ୍କ ତାଲିକାରେ ତା ନାଁ ରହିଛି। ପ୍ରଶଂସା ସାଙ୍ଗକୁ ପଦୋନ୍ନତି ବି ମିଳିଛି। ଓଡ଼ିଶାର ବାଂଶଧାରା କମିଟିର ମୁଖ୍ୟ ଥିବା ସୁନୀଲ ପଣ୍ଡା ଏବେ ଆନ୍ଧ୍ର ଓଡ଼ିଶା ମାଓବାଦୀ କମିଟିର ଟପ୍ ଦଶଜଣଙ୍କ ମଧ୍ୟରେ ଜଣେ। ସେଥିପାଇଁ ଖୁବ୍ ଖୁସି ସିଏ। ଆର. ଉଦୟଗିରି ଜେଲ ଓ ଥାନା ଉପରେ ଆକ୍ରମଣ, ଅସ୍ତାଗାର ଲୁଟ୍ ଏବଂ ଦୁଇ ସରକାରୀ ବାବୁଙ୍କୁ ପଣବନ୍ଦୀ କରି ରଖିବା ଭଳି ଘଟଣାରେ ସବୁ ଶ୍ରେୟ ମିଳିଛି ସୁନୀଲଙ୍କୁ। ସଂଗଠନରେ ସବୁବେଳେ ଆନ୍ଧ୍ର ପ୍ରଦେଶ କ୍ୟାଡ଼ରଙ୍କ ହାକିମତ୍ ଚାଲି ଆସିଛି। ଅନେକ ସମୟରେ ସେମାନଙ୍କ ହାକିମତରେ ଅଣନିଶ୍ୱାସୀ ହୋଇଯାଏ ସୁନୀଲ। ଦିନରାତି ଲାଗି ଲାଗି ସଂଗଠନ ବିସ୍ତାର କରିବା ପରେ ବି ତେଲୁଗୁ ମାଓବାଦୀଙ୍କ ଗାଳି ଶୁଣିବାକୁ ପଡ଼େ। ଏଇଟା କରିପାରିଲନି, ସେଇଟା କରିପାରିଲନି କହି ବିରକ୍ତ ହୁଏ ସେ କଳା ଭୁସୁଣ୍ଡା ରାଓ। ମନେ ମନେ ଖୁବ୍ ରାଗୁଥିଲା ସୁନୀଲ। ହେଲେ ମିଶନ ଆର. ଉଦୟଗିରିର ସଫଳତା ସେମାନଙ୍କ ପାଟି ଚୁପ୍ କରିଦେଇଛି। ଯେତିକି ଅସ୍ତ୍ରଶସ୍ତ୍ର ଲୁଟ୍ ହୋଇଥିଲା, ସେଥିରୁ ଅଧାରୁ ଅଧିକ ଆନ୍ଧ୍ର ଓ ଛତିଶଗଡ଼କୁ ପଠାଇ ଦିଆଯାଇଛି। ବାକି ଯାହା ରହିଲା, କିଛି ନିଜ ବ୍ୟବହାର ପାଇଁ ରଖି ଅବଶିଷ୍ଟ ଜଙ୍ଗଲ ଭିତରେ ମାଟି ତଳେ ପୋତି ଦେଇଛି ସେ। ନା ପୋଲିସ, ନା ଅନ୍ୟ ମାଓବାଦୀ, କେହି ବି ସୁରାକ୍ ପାଇବେନି। ସେ ମାଓବାଦୀ ସଂଗଠନରେ ଯୋଗ ଦେବା ପରଠୁ ଓଡ଼ିଶାରେ ସଂଗଠନ ବିସ୍ତାର କରିଛି। କ୍ୟାଡ଼ର ବି ବଢ଼ିଛନ୍ତି। କୋରାପୁଟ, ରାୟଗଡ଼ା, ଗଞ୍ଜାମ, ଗଜପତି, କନ୍ଧମାଳ ସବୁଠି ସଂଗଠନ ଏବେ ସକ୍ରିୟ। ତଥାପି ବେଳେ ବେଳେ ମନ ଭିତରେ ଭୟ ଆସେ ସୁନୀଲର। ସେଥିପାଇଁ ସବୁକଥା ସେ ଜଣକୁ କହେ। ସିଏ ହେଉଛି ସୁରେଖା। ତା

ପତ୍ନୀ। ଭୁବନେଶ୍ୱରରେ ରହୁଥିଲେ ବି ସବୁ ହିସାବ ତା ପାଖରେ। ଆଜି ଆସିବ ବୋଲି ଇନ୍‌ଫର୍ମ କରିଥିଲା, କିନ୍ତୁ ଏଯାଏଁ ଆସିନି। ମାତ୍ର ଆସିବ ନିଶ୍ଚୟ। ସୁରେଖା କଥା ମନକୁ ଆସୁ ଆସୁ ଅନ୍ୟମନସ୍କ ହୋଇଗଲା ସୁନୀଲ।

ସୁରେଖା ଏବଂ କୁନି ଝିଅ ସ୍ମୃତିକୁ ଛାଡ଼ି ସେ ଅଣ୍ଡରଗ୍ରାଉଣ୍ଡ ହେବାର ୧୧ ବର୍ଷ ହୋଇଗଲାଣି। ଏହା ଭିତରେ ଅନେକ ଥର ସେ ଘରକୁ ଯାଇଛି, ରାତିରେ ରହି ପୁଣି ସକାଳୁ ଜଙ୍ଗଲକୁ ଫେରିଛି। ସୁରେଖା ବି ଅନେକବାର ଜଙ୍ଗଲକୁ ଆସି କ୍ୟାମ୍ପରେ ରହିଛି। ମାତ୍ର ଆଜି ତାର ସୁରେଖା ଓ ସ୍ମୃତି କଥା ବେଶୀ ମନେ ପଡ଼ୁଛି। ଯେତେ ଯାହା ହେଲେ ବି ସୁରେଖା ଓ ସ୍ମୃତିକୁ କ'ଣ ସେମାନଙ୍କ ଅଧିକାର ସେ ଦେଇପାରିଛି ? ଘରେ ତାର ବୁଢ଼ା ବାପା, ମାଆଙ୍କ ପ୍ରତି ତା କର୍ତ୍ତବ୍ୟ ଠିକ ଭାବେ କରିପାରିଛି ? ଏମିତି ଅନେକ ଦ୍ୱନ୍ଦ୍ୱ ଭିତରେ ଛନ୍ଦି ହୋଇଯାଉଥିଲା ସୁନୀଲ। ପୁଣି ନିଜକୁ ବୁଝାଉଥିଲା, ଏତେ ଦୁର୍ବଲ ହେବା ଠିକ୍ ନୁହେଁ। ସେ ଯେଉଁ ଆଦର୍ଶ ପ୍ରତିଷ୍ଠା ପାଇଁ ଘର, ପରିବାର ଛାଡ଼ିଛି, ପଛକୁ ଫେରି ଚାହିଁବା ତା ପାଇଁ ଭୀରୁତା ହେବ।

ସୁରେଖା ମୋବାଇଲ କାଢ଼ି ଟାଇମ ଦେଖିଲା। ଆଉ ଅଳ୍ପ ସମୟ ପରେ ସେ ପହଞ୍ଚିଯିବ ତା ଡେଷ୍ଟିନେସନରେ। ବହୁତ ଦିନ ପରେ ସୁନୀଲଙ୍କ ସହ ଭେଟ ହେବ। ତାର ଠିକ୍ ମନେ ପଡ଼ୁଛି, ପ୍ରଥମ ଦେଖାରେ ହିଁ ସେ ସୁନୀଲଙ୍କୁ ଭଲ ପାଇ ବସିଥିଲା। କି ଭାଷଣ ଦେଉଥିଲେ ସୁନୀଲ। ମାନିବାକୁ ପଡ଼ିବ ତାଙ୍କ ଭାଷଣକୁ। ରାଜମହଲ ଛକରେ ଗୋଟାଏ ଟ୍ରଲି ଉପରେ ଛିଡ଼ା ହୋଇ ସେଦିନ ଭାଷଣ ଦେଉଥାନ୍ତି ସୁନୀଲ। .. ଆଉ ନୁହେଁ। ସହିବାର ସବୁ ସୀମା ଅତିକ୍ରମ କରିଗଲାଣି। ଏମିତି ସ୍ୱାଧୀନତାର ମାନେ କିଛି ନାହିଁ। ଯେଉଁ ସମାଜରେ ଗରିବ ଲୋକଟିଏ ଦିନକୁ ଦି ଓଳା ଭଲରେ ପେଟ ପୁରାଇ ଖାଇପାରୁନି, ସେ ସମାଜକୁ ମୁଁ ଧିକ୍କାର କରୁଛି। ପୁଞ୍ଜିପତିଙ୍କ ଟଙ୍କାରେ ନିର୍ବାଚନ ଲଢ଼ି କ୍ଷମତା ଦଖଲ କରୁଥିବା ରାଜନେତାଙ୍କୁ ମୁଁ ଧିକ୍କାର କରୁଛି। ଏମିତି ମିଛ ଗଣତନ୍ତ୍ରରେ ଆମେ ବିଶ୍ୱାସ କରୁନୁ। ଏ ପୁଞ୍ଜିପତି ଗଣତାନ୍ତ୍ରିକ ବ୍ୟବସ୍ଥାର ମୂଲୋପ୍ଲାଟନ କରିବାକୁ ହେଲେ ଆମକୁ ସଶସ୍ତ୍ର ସଂଗ୍ରାମ ଦରକାର ...ଇତ୍ୟାଦି ଇତ୍ୟାଦି....।

ସୁରେଖା ତାଲି ମାରୁଥିଲା। ତାର ମନେ ନ ଥିଲା ଯେ, ସେ କାର ଭିତରେ ଅଛି।

ସୁନୀଲଙ୍କ ପରିବାର ଓ ସୁରେଖାଙ୍କ ପରିବାର ଭିତରେ ଥିଲା ମଧୁର ସଂପର୍କ। ଉଭୟ ଥିଲେ କମ୍ୟୁନିଷ୍ଟ। ସାମ୍ୟବାଦର ପତାକା ସେମାନଙ୍କୁ ଏକ୍ କରି ରଖିଥିଲା। ସମାଜରେ ସମସ୍ତେ ସମାନ। ଉଚ୍ଚ-ନୀଚ, ଧନୀ-ଗରିବ ମଧ୍ୟରେ ଥିବା ପାର୍ଥକ୍ୟକୁ

ଖୁବ୍ ବିରୋଧ କରୁଥିଲେ ସେମାନେ। ସମାଜରେ ଅଳ୍ପ ପ୍ରତିଶତ ଲୋକ ଧନୀ ହୋଇ ଚାଲିଥିବେ, ସୁନା ଚାମଚରେ ଖାଉଥିବେ, ମଖ ମଲ ମଲ ଗଦିରେ ଶୋଉଥିବେ। ଆଉ ସର୍ବାଧିକ ଲୋକ ଦୁଃଖ, ଯନ୍ତ୍ରଣାରେ ସଢୁଥିବେ। ଏ କେମିତିକା ନ୍ୟାୟ। ସାମ୍ୟବାଦର ପତାକା ତଳେ ଏକ ଜାତି ବିହୀନ, ଶୋଷଣ ବିହୀନ, ସମାନତା ପୂର୍ଣ୍ଣ ସମାଜ ଗଠନର ସ୍ୱପ୍ନ ଦେଖୁଥିଲା କିଶୋର ସୁନୀଲ।

ସୁନୀଲର ଘର ଥିଲା ସାମ୍ୟବାଦର ଘର। ବାପା ସୀତାକାନ୍ତ ଥିଲେ କମ୍ୟୁନିଷ୍ଟ ପାର୍ଟିର ଜଣେ ଚାଣୁଆ ନେତା। କଥା ଯେମିତି, କାମ ସେମିତି। ଗରିବ, ଖଟିଖିଆଙ୍କ ପାଖରେ ପରିଚିତ ସେ ସୀତାଭାଇ ନାଁରେ। ଜମିଦାର କି ସାହୁକାର କାହାକୁ ଠକିବାର ଶୁଣିଲେ ସୀତାଭାଇ ସିଧା ପହଞ୍ଚିଯାଆନ୍ତି ସେମାନଙ୍କ ପାଖରେ। ପଛରେ ଥାନ୍ତି କିଛି ସମର୍ଥକ। ଲୋକଙ୍କ ଆଗରେ ଗାଲି ମନ୍ଦ କରି ଠକିଥିବା ଲୋକଙ୍କୁ ନ୍ୟାୟ ଦେବା ହେଉଛି ତାଙ୍କର କାମ। ତେଣୁ ସୀତାକାନ୍ତ ପଣ୍ଡାଙ୍କ ନାଁ ଶୁଣିଲେ ସମସ୍ତେ ଡରନ୍ତି। ଦୁଇ ଦଶନ୍ଧି ତଳେ ସେ ନିଜ ନିର୍ବାଚନମଣ୍ଡଳୀରୁ ବିଧାୟକ ଭାବେ ନିର୍ବାଚିତ ହୋଇଥିଲେ। ତେଣୁ ବାପାଙ୍କ ସାମ୍ୟବାଦର ଆଦର୍ଶ ଛାପ ପିଲାଦିନୁ ସୁନୀଲଙ୍କୁ ବି ପ୍ରଭାବିତ କରିଥିଲା। ମାଟ୍ରିକ ପାଶ ପରେ ସୁନୀଲ ପୁରୀ ଏସସିଏସ କଲେଜରେ ପ୍ଲସ ଟୁ ଓ ଗ୍ରାଜୁଏସନ କଲା। କଲେଜ ପାଠପଢ଼ା ବେଳେ ଛାତ୍ରସଂଘରେ ସାମିଲ ହେବା ତାଙ୍କ ଜୀବନକୁ ନୂଆ ମୋଡ଼ ଦେଇଥିଲା। ପାଠପଢ଼ା ସରିବା ପରେ ସାମ୍ୟବାଦ ଚିନ୍ତାଧାରାରେ ଛାତ୍ରସଂଘ କରିବା, ରାଜ୍ୟସାରା ବୁଲି ବୁଲି ଛାତ୍ରଛାତ୍ରୀଙ୍କୁ ଏକଜୁଟ କରିବା ତାଙ୍କର ନିଶା ହୋଇଗଲା। ସେ ଭାବୁଥିଲେ, ରାଜ୍ୟର ଛାତ୍ରଶକ୍ତି ତଥା ଯୁବଶକ୍ତିକୁ ଏକାଠି କରିପାରିଲେ ସବୁ ସୁଧୁରିଯିବ। ଅନ୍ୟାୟ, ଭ୍ରଷ୍ଟାଚାର ବନ୍ଦ ହୋଇଯିବ। ସକାଳ ହେଲେ ସେ ଗୋଟିଏ କଲେଜରୁ ଆଉ ଗୋଟିଏ କଲେଜକୁ ସାଇକେଲରେ ବାହାରିଯାଆନ୍ତି। ଛାତ୍ରସଂଘରେ କେମିତି ଅଧିକରୁ ଅଧିକ ପିଲା ସାମିଲ ହେବେ, ସେହି ଉଦ୍ୟମରେ ଲାଗିଯାଆନ୍ତି। ଛାତ୍ରସଂଘରେ ସଦସ୍ୟ ହେବା ପାଇଁ ପଚାଶ ପଇସାର ରସିଦ କାଟନ୍ତି। ଆଉ ଛାତ୍ରସଂଘ ସଂଗଠନ ପରିଚାଳନା ପାଇଁ କେତେବେଳେ ମାର୍କେଟରୁ ତ ଆଉ କେତେବେଳେ ଟ୍ରେନରେ ଚଢ଼ି ଯାତ୍ରୀଙ୍କଠୁ ଚାନ୍ଦା ସଂଗ୍ରହ କରନ୍ତି। ହାତରେ ଗୋଟିଏ ଡବା ଧରି ଲୋକଙ୍କୁ ସାମ୍ୟବାଦ ସଂପର୍କରେ ବୁଝାନ୍ତି। ଯିଏ ବୁଝିଲା, ସିଏ ଦିଅନ୍ତି। ଆଉ କେହି ଶଳା ଭିକାରୀ କହି ଗାଲି କରନ୍ତି। ବାପା କମ୍ୟୁନିଷ୍ଟ ପାର୍ଟିରୁ ତିନିଥର ବିଧାୟକ ହୋଇଥିଲେ ବି ତାର ଆଚରଣ ଉଚ୍ଚାରଣରେ ସେମିତି କିଛି ଅହଂକାର ଦୃଶ୍ୟ ହେଉ ନଥିଲା। ବରଂ ରାଜଧାନୀରେ ଟିଉସନ କରି ସେ ଛାତ୍ରସଂଘ କରୁଥିଲା, ସମାଜକୁ ବଦଳାଇବାର ସ୍ୱପ୍ନ ଦେଖୁଥିଲା। କେତେବେଳେ ଖାଉଥିଲା ତ ଆଉ

କେତେବେଳେ ପକେଟରେ ପଇସା ନ ଥିଲେ ଭୋକ ଓପାସରେ ରହିଯାଉଥିଲା। ଅଶୀ-ନବେ ଦଶକରେ ଏମିତି ଚାଲିଥିଲା ଛାତ୍ର ରାଜନୀତି। କଲେଜ ନିର୍ବାଚନରେ ପ୍ରାର୍ଥୀ ଦେବା ଏବଂ ସେମାନଙ୍କୁ ନିର୍ବାଚନ ଜିତାଇ ଆଣିବାକୁ ସେତେବେଳେ ସବୁଠୁ ବଡ଼ ସଫଳତା ମନେ କରାଯାଉଥିଲା। ଛାତ୍ର ଅବସ୍ଥାରୁ ହିଁ ଭବିଷ୍ୟତ ରାଜନୀତି ପାଇଁ କ୍ୟାଡ଼ର ତିଆରି କରୁଥିଲେ ନେତାମାନେ। କଲେଜକୁ କଲେଜ ବୁଲି କ୍ୟାଡ଼ର ତିଆରି କରୁଥିବା ବେଳେ ସୁରେଖାଙ୍କ ସହ ଘନିଷ୍ଟତା ବଢ଼ିଥିଲା ସୁନିଲଙ୍କର। ପରସ୍ପରକୁ କମ୍ରେଡ଼ କହି ସମ୍ବୋଧନ କରୁଥିଲେ।

ସୁରେଖାଙ୍କ କାର୍ ଘାଟି ରାସ୍ତା ଡେଇଁ ଗୋଟିଏ ଗାଁ ମୁଣ୍ଡରେ ଅଟକିଲା। ଆଦିବାସୀ ଗାଁ। ଗାଁର କିଛି ଯୁବକ ଓ ମହିଳା ସୁରେଖାଙ୍କୁ ଅପେକ୍ଷା କରି ରହିଥିଲେ। ସୁରେଖା କାରରୁ ଓହ୍ଲାଇ ଓହ୍ଲାଇ ସେମାନେ ତାଙ୍କ ବେକରେ ଗେଣ୍ଠୁମାଳ ପକାଇଲେ। ଲାଲ୍ ସଲାମ୍ କହି ପାଛୋଟି ନେଲେ। ସୁରେଖା ସ୍ମିତହାସ୍ୟରେ ସମସ୍ତଙ୍କ ଭଲମନ୍ଦ ପଚାରି ବୁଝୁଥିଲେ। ଚାହୁଁ ଚାହୁଁ ଗାଁଟା ଯାକ ଲୋକ ଏକାଠି ହୋଇଗଲେ। କମ୍ରେଡ଼ ସୁନୀଲଙ୍କ ପତ୍ନୀ ସୁରେଖା ତାଙ୍କ ଗାଁକୁ ଆସିଛନ୍ତି। ଖୁସିର ସୀମା ନ ଥିଲା। ଆତିଥ୍ୟରେ ପୋଟି ପକାଇଲେ।

ମାଓବାଦୀଙ୍କ ଉପରେ ଏତେ ଆସ୍ଥା କ'ଣ ପାଇଁ ?

ମାଓବାଦୀଙ୍କ ନାଁ ଶୁଣିଲେ ସମସ୍ତେ ଛାନିଆ ହୋଇ ଯାଉଥିଲେ। ସ୍ଥାନୀୟ ଲୋକେ, ବ୍ୟବସାୟୀ, ସରକାରୀ ଅଫିସର ଏବଂ ପୋଲିସ। ଏହି ଭୟ ହିଁ ସେମାନଙ୍କୁ ବଳ ଯୋଗାଉଥିଲା। ଗରିବ ଲୋକଙ୍କ ଉପରେ ସାହୁକାର, ମହାଜନମାନଙ୍କର ଅତ୍ୟାଚାର, ସରକାରୀ ବାବୁମାନଙ୍କର ଶୋଷଣରୁ ମୁକ୍ତି ଦେବା ପାଇଁ ମାଓବାଦୀମାନେ ସଂଗ୍ରାମ କରୁଥିଲେ। ସେମାନଙ୍କର ବିଶ୍ୱାସ ଥିଲା, ସଶସ୍ତ୍ର ସଂଗ୍ରାମରେ ସେମାନଙ୍କର ବିଜୟ ହେବ। ଷାଠିଏ ଦଶକରୁ ପଶ୍ଚିମବଙ୍ଗରୁ ଆରମ୍ଭ ହୋଇଥିବା ନକ୍ସଲବାଡ଼ି ଆନ୍ଦୋଲନର ନିଆଁ କ୍ରମଶଃ ସାରା ଦେଶକୁ ବ୍ୟାପିଥିଲା। ଆଉ କାଲକ୍ରମେ ନକ୍ସଲ ଆନ୍ଦୋଲନର ନେତାମାନଙ୍କ ଭିତରେ ବିଭିନ୍ନ ଗୋଷ୍ଠୀ ମୁଣ୍ଡ ଟେକିଥିଲା। ଆଉ ସେମାନେ ଭିନ୍ନ ଭିନ୍ନ ନାଁରେ ପରିଚିତ ହେଉଥିଲେ। ନବେ ଦଶକ ପରେ ଓଡ଼ିଶାର ଅବିଭକ୍ତ କୋରାପୁଟ ଓ ଗଞ୍ଜାମ ଜିଲ୍ଲାରେ ସିପିଆଇ ମାଓବାଦୀ ସଂଗଠନ ଏହିସବୁ ଅଞ୍ଚଲରେ ନିଜର ସ୍ଥିତି ସୁଦୃଢ଼ କରିଥିଲା। ଏହି ସଂଗଠନର ମୁଖ୍ୟ କମିଟି ଆନ୍ଧ୍ରପ୍ରଦେଶରେ ଥିବାବେଲେ ସେମାନେ ଆନ୍ଧ୍ର ଓଡ଼ିଶା ସୀମାନ୍ତ ଭୌଗୋଲିକ ପରିବେଶର ସୁଯୋଗକୁ ହାତଛଡ଼ା କରି ନ ଥିଲେ। ମାଲକାନଗିରି, କୋରାପୁଟ, ରାୟଗଡ଼ା, ଗଜପତି ପ୍ରଭୃତି ଜିଲ୍ଲାର ପାହାଡ଼ ଜଙ୍ଗଲ ଘେରା ଅଞ୍ଚଲର ବାସିନ୍ଦାଙ୍କ ଦୁଃଖ, ଦୁର୍ଦ୍ଦଶା ମାଓବାଦୀଙ୍କ ଉତ୍ଥାନରେ ସାହାଯ୍ୟ କରିଥିଲା। ଦୁର୍ଗମ ଅଞ୍ଚଲକୁ ରାସ୍ତାଘାଟ ସୁବିଧା ନ ଥିଲା। ପାହାଡ଼, ଜଙ୍ଗଲ ଭିତରେ ମାଇଲ ମାଇଲ ରାସ୍ତା ଚାଲି ଚାଲି ଗାଁ ଲୋକଙ୍କ ପାଖରେ ପହଞ୍ଚିବାକୁ ସରକାରୀ ବାବୁମାନଙ୍କ ଆଗ୍ରହ ନ ଥିଲା। ଯେଉଁ ବାବୁମାନଙ୍କ ପୋଷ୍ଟିଂ ହେଉଥିଲା, ସେମାନେ ମାସକୁ ଥରେ ଅଧେ ଆସି ଦରମା ନେଇ ପଲାଉଥିଲେ। ସ୍କୁଲରେ ମାଷ୍ଟର

ନ ଥିଲେ କି ହସପିଟାଲରେ ଡାକ୍ତର। ଜମିଜମା ଆଦି କାଗଜପତ୍ର କାମରେ ବ୍ଲକକୁ ଯିବାକୁ ହେଲେ ଗାଁ ଲୋକଙ୍କୁ ସକାଳୁ ବାହାରିବାକୁ ପଡୁଥିଲା। ଫେରିଲା ବେଳକୁ ସଂଧ୍ୟା ହୋଇଯାଉଥିଲା। ସେଠରେ ପୁଣି ବ୍ଲକ ଅଫିସରେ ପହଞ୍ଚିବା ବେଳକୁ କେତେବେଳେ ସରକାରୀ ବାବୁଙ୍କ ଦେଖା ମିଳୁ ନ ଥିଲା ତ ଆଉ କେତେବେଳେ ବାବୁମାନେ ଲାଞ୍ଚ ପାଇବା ପାଇଁ ବାରମ୍ବାର ଦଉଡ଼ାଉଥିଲେ। ବିଚରା ଆଦିବାସୀ ହନ୍ତସନ୍ତ ହୋଇ ମରିବା ଛଡ଼ା ଆଉ ବାଟ କିଛି ନ ଥିଲା।

ଏମିତି ବ୍ଲକ ଅଫିସକୁ ଧାଇଁ ଧାଇଁ ଚପଲ ଘୋରି ହୋଇଯାଇଥିଲା ଶାମୁ ମାଝିର। ସରକାର ବୁଢ଼ାବୁଢ଼ୀଙ୍କୁ ବାର୍ଦ୍ଧକ୍ୟ ଭତ୍ତା ଦେଉଛନ୍ତି। ମାତ୍ର ତା ବାପାର ବାର୍ଦ୍ଧକ୍ୟ ଭତ୍ତା ଏ ଯାଏ ମିଳିଲାନି। ପଞ୍ଚାୟତକୁ ଦଉଡ଼ି ଦଉଡ଼ି ନିରାଶ ହେବା ପରେ ବ୍ଲକକୁ ଯାଇଥିଲା। ବିଡ଼ିଓଙ୍କୁ ଗୁହାରୀ କରିବ। ଗୁହାରି କରିବା ଦୂରେ ଥାଉ, ବିଡ଼ିଓଙ୍କ ଦର୍ଶନ ପାଇଲାନି ସେ। ସରପଞ୍ଚ କହିଲା, ତୋ ବାପା ନାଁ ତାଲିକାରେ ନାହିଁ। ବିଡ଼ିଓ କହିଲେ ହେଇଯିବ। ତିନିଶହ ଟଙ୍କା ଭତ୍ତା ପାଇବା ପାଇଁ ଶାମୁ ମାଝୀ ମାସ ମାସ ଧରି ପଞ୍ଚାୟତ ଅଫିସ, ବ୍ଲକ ଅଫିସ ଧାଇଁ ଧାଇଁ ହାଲିଆ ହୋଇଗଲା। ଏମିତି ମନ ମାରି ବସିଥିଲା ଶାମୁ। ଅଳ୍ପ ପାଠଶାଠ ପଢ଼ିଥିବା ଗାଁର ରୋଷନ ଗାଁ ଲୋକଙ୍କ ପାଇଁ ଥିଲା ସବୁଠୁ ପାଠୁଆ। ରୋଷନ ସବୁ ଶୁଣିବା ପରେ ଶାମୁକୁ କହିଲା, ଆଜି ରାତିରେ ମୋ ସାଙ୍ଗେ ଚାଲ। ତୋର ସବୁ ସମସ୍ୟାର ସମାଧାନ ହୋଇଯିବ। ଆମେ ଆମର ହକ୍ ମାଗୁଛେ। ସିଏ କ'ଣ ତା ଘରୁ ଆଣି ଦେଉଛି କି ? ଆମେ ଭାଇ ପାଖକୁ ଯିବା।

ସଂଧ୍ୟାରେ ରୋଷନ ଓ ଶାମୁ, ଭାଇ ପାଖକୁ ଚାଲିଲେ। ଗାଁ ପାଖ ଜଙ୍ଗଲରେ ଡେରା ପକାଇଥିଲେ ମାଓବାଦୀ। ଶାମୁ ଜୁହାର ହେଲା।

କମ୍ରେଡ଼ ସୁନୀଲ ପଚାରିଲେ, କ'ଣ ହେଇଛି ରୋଷନ ?

ରୋଷନ୍ କହିଲା, ଇଏ ଶାମୁ। ବୁଢ଼ା ବାପାର ବାର୍ଦ୍ଧକ୍ୟ ଭତ୍ତା ପାଇବା ପାଇଁ ମାସ ମାସ ଧରି ଧାଇଁଲାଣି।

ଶାମୁ ପରି କେତେ ଲୋକ ଅଛନ୍ତି, ଯେଉଁମାନେ ବାର୍ଦ୍ଧକ୍ୟ ଭତ୍ତା ପାଇନାହାଁନ୍ତି। ପଚାରିଲା ସୁନୀଲ।

ରୋଷନ ପାଖାପାଖି ଗାଁର ହିସାବ ଦେଲା।

ସପ୍ତାହକ ପରେ ପଞ୍ଚାୟତକୁ ଯାଇ ଦେଖା କରିବାକୁ କହିଲା ସୁନୀଲ।

ପରଦିନ ସକାଲେ ବ୍ଲକ ଅଫିସ ଆଗରେ ଗୋଟେ ପୋଷ୍ଟର ଲାଗିଥିଲା। ସେଠରେ ଲେଖାଥିଲା — ସପ୍ତାହକ ଭିତରେ ସବୁ ବାର୍ଦ୍ଧକ୍ୟ ଭତ୍ତା ଦିଆଯିବା ଦରକାର। ଖିଲାପ ହେଲେ ପ୍ରଜାକୋର୍ଟରେ ବିଡ଼ିଓ ଦଣ୍ଡିତ ହେବେ। ସିପିଆଇ ମାଓବାଦୀ।

ଆରମ୍ଭ ହୋଇଗଲା ତନାଘନା। କିଏ କିଏ ବୁଢ଼ାବୁଢ଼ୀ ବାର୍ଦ୍ଧକ୍ୟ ଭତ୍ତା ପାଇନାହାଁନ୍ତି, ତାଲିକା ପ୍ରସ୍ତୁତ ହେଲା। ସରକାରୀ ନିର୍ଦ୍ଦେଶରେ ବର୍ଷ ବର୍ଷ ଧରି ଯେଉଁ କାମ ହେଉ ନ ଥିଲା, ସପ୍ତାହକ ଭିତରେ ସରକାରୀ ବାବୁମାନେ ଗାଁ କୁ ଗାଁ ବୁଲି ବୁଢ଼ାବୁଢ଼ୀଙ୍କୁ ଭତ୍ତା ଦେଲେ।

ଖାଲି ଭତ୍ତା ନୁହେଁ, ଗାଁ ଲୋକଙ୍କ ଛୋଟମୋଟ ସମସ୍ୟାର ସମାଧାନ ପାଇଁ ପଞ୍ଚାୟତ ଅଫିସରୁ ବ୍ଲକ ଅଫିସ, ଥାନା ଯାଏଁ ସବୁଠି ପହଞ୍ଚୁଥିଲା କମ୍ରେଡ ସୁନୀଲର ମେସେଜ୍। ଗାଁ ଲୋକଙ୍କ କାମ ହୋଇଯାଉଥିଲା। ଆଉ ଯେଉଁଠି କାମ ଅଟକୁଥିଲା, ସେଠି ସରକାରୀ ବାବୁଙ୍କୁ ପ୍ରଜାକୋର୍ଟ୍କୁ ଧରି ଆଣୁଥିଲେ ମାଓବାଦୀ। ଏମିତି ହେଉଥିଲା, ସେମାନଙ୍କ ଆଦେଶ ନ ମାନିଲେ ଲୋକଙ୍କ ଆଗରେ ମାଡ଼ ମାରୁଥିଲେ, ଗୁଲି କରି ହତ୍ୟା ବି କରୁଥିଲେ।

ଲୋକଙ୍କୁ ନ୍ୟାୟ ଦେବା ପାଇଁ ସଶସ୍ତ୍ର ସଂଗ୍ରାମ କରୁଥିଲା ସୁନୀଲ। ଆଉ ଯେଉଁ ଲୋକ ଥରେ ଉପକାର ପାଉଥିଲା, ସେ ସବୁଦିନ ପାଇଁ ସୁନୀଲ ନିକଟରେ ମୁଣ୍ଡ ନୁଆଁଇ ଦେଉଥିଲା। ଏମିତି ଗୋଟିଏ ଗୋଟିଏ ଗାଁକୁ ମାଓବାଦୀ ଗାଁରେ ପରିଣତ କରିବାରେ ସଫଳ ହୋଇଥିଲା ସେ। ଜଙ୍ଗଲ ଭିତରେ ମାଓବାଦୀଙ୍କ ଅବସ୍ଥିତି ସଂପର୍କରେ ପୋଲିସ ସୁରାକ୍ ପାଉଥିଲେ ବି ଅପରେସନ ବେଳକୁ ଗାଁ ଲୋକଙ୍କ ସାହାଯ୍ୟରେ ସହଜରେ ଖସି ଯାଉଥିଲେ ମାଓବାଦୀ।

କେମିତି ରେଶମା ପାଲଟିଗଲା ରାନୀ ସିଂ

ମାଓବାଦୀଙ୍କ ଟାର୍ଗେଟରେ ଗରିବ ଆଦିବାସୀ । ଜମିଦାରର କରଜ ଶୁଝି ନ ପାରି ବର୍ଷ ବର୍ଷ ବେଠି ଖଟୁଥିବା ଯୁବକ, ପୋଲିସ ଅତ୍ୟାଚାରରେ ଅତିଷ୍ଠ ଆଦିବାସୀ ପରିବାର, ଖାଇବାକୁ ପାଉ ନ ଥିବା ଅସହାୟ କିଶୋର କିଶୋରୀ । ଏମାନଙ୍କୁ ଏକାଠି କରୁଥିଲେ କ୍ୟାଡ଼ର ମାଓବାଦୀ । ଜଙ୍ଗଲ ଭିତରେ ଆୟୋଜନ ହେଉଥିଲା ସଭା । ଶୋଷଣ ବିହୀନ ନୂଆ ସମାଜର ସ୍ୱପ୍ନ ଦେଖାଉଥିଲା ସୁନୀଲ । ଆମେ ଏମିତି ଏକ ସମାଜ ଗଢ଼ିବା, ଯେଉଁଠି ଜମିଦାରର ଶୋଷଣ ନ ଥିବ, ପୋଲିସର ଅତ୍ୟାଚାର ନ ଥିବ, କେହି ଭୋକିଲା ରହୁ ନ ଥିବେ । ଅଳ୍ପ କେତେଜଣଙ୍କ ପାଖରେ ଶହ ଶହ ହେକ୍ଟର ଜମି ରହିବ, ଅନ୍ୟମାନେ ପୁରୁଷ ପୁରୁଷ ଧରି ପେଟ ପୋଷିବା ପାଇଁ ଖଟୁଥିବେ, ଏ ବ୍ୟବସ୍ଥାକୁ ହଟାଇବାକୁ ହେବ । ଏଥିପାଇଁ ଆମକୁ ସଂଗ୍ରାମ କରିବାକୁ ହେବ । ସଶସ୍ତ୍ର ଲଢ଼େଇ କରିବାକୁ ହେବ । ଏଥିପାଇଁ ସବୁ ଖର୍ଚ୍ଚ ସଂଗଠନ ବହନ କରିବ । କ୍ୟାଡ଼ରମାନଙ୍କ ଖାଇବା ପିଇବା, ପୋଷାକ, ଭତ୍ତା, ବନ୍ଧୁକ ସବୁ ଦେବ ।

କମ୍ରେଡ ସୁନୀଲଙ୍କ ଭାଷଣରେ ଅନେକ ଆଦିବାସୀ ଯୁବକ ଯୁବତୀ ଅଭିଭୂତ ହୋଇଯାଉଥିଲେ । ଯେଉଁମାନେ ସାମିଲ ହେଉଥିଲେ, ସେମାନେ ଆଉ ପଛକୁ ଫେରି ପାରୁ ନ ଥିଲେ । ସେମାନଙ୍କ ନାଁରେ ମାଓବାଦୀ ମୋହର ଲାଗି ଯାଉଥିଲା । ପୋଲିସର ଭୟ ସେମାନଙ୍କୁ ଆଉ ଭିଟାମାଟିକୁ ଯିବାକୁ ଦେଉ ନ ଥିଲା । ଦୁନିଆ ତାକୁ ଜାଣୁଥିଲା ମାଓବାଦୀ ଭାବରେ । ଏମିତି ଜଣେ ଥିଲା ରେଶମା ।

ଦୁନିଆକୁ ଭଲକରି ଦେଖିବା ଆଗରୁ ବାପାକୁ ହରାଇଥିଲା ରେଶମା । ବାପା ତାକୁ କାନ୍ଧରେ ବସେଇ ବଜାରକୁ ନେଉଥିଲା । ହୋଟେଲରେ ବରା, ପକୁଡ଼ି ଖାଇବାକୁ ଦେଉଥିଲା । ଝାପସା ଝାପସା ମନେ ପଡୁଛି ରେଶମାର । କେତେବେଳେ ଯାନି ଯାତରା ହେଲେ ତା ପାଇଁ ବାପା ବେଲୁନ କିଣି ଦେଉଥିଲା । ବାଉଁଶରେ ତିଆରି ବାଜା

କିଣିଦେବା ପାଇଁ ବାପା ପାଖରେ ଜିଦ୍ କରୁଥିଲା। ବାପାକୁ ହରାଇବା ପରେ ସବୁ ଖୁସି ଯେମିତି ତାର ପାଣି ଫୋଟକା ପରି ମିଳେଇଗଲା। ମା ପରଘରେ ମୂଲ ଲାଗି ଯାହା ରୋଜଗାର କରୁଥିଲା, ସେଥିରେ ଦି ଜଣ ଯାକ ଖାଇ ପେଟ ପୋଷୁଥିଲେ। କିନ୍ତୁ ମନ ପୁରୁ ନ ଥିଲା। ତା ମା ସବୁଦିନେ ତାକୁ ଘରେ ଛାଡ଼ି ଦେଇ ମୂଲ ଲାଗିବାକୁ ପଳାଉଥିଲା, ରେଶମା ଘରେ ଏକା ରହୁଥିଲା।

ଦିନେ ଘରେ ଏକା ଥିଲା ରେଶମା। ରାତିରେ ଗାଁ ସାହୁକାର ଘରୁ ଚୋରି ହୋଇଥିବା ଜିନିଷ ଖୋଜିବା ପାଇଁ ଗାଁ ଦାଣ୍ଡରେ ପୂଜାପାଠ ଚାଲିଲା। କ୍ଷେତୁ ପଧାନ ତା ଘରୁ ଗୋଟେ ଖଟ ଟେକି ଆଣିଲା। ଖଟ ଉପରେ ଫୁଲ ପାଣି ପକାଇବା ପରେ କହିଲା, ଚୋର ଏଥର ନିଶ୍ଚୟ ଧରାହେବ। ଖଟିଆ ଧରିବ ଚୋର। ଚାରି ଲୋକ ଖଟିଆ କାନ୍ଧେଇଲେ। ଗୋଟିଏ ପଟ ଖଟିଆ ଗୋଡ଼ ଧରିଥାଏ କ୍ଷେତୁ ପଧାନ। ଦାଣ୍ଡ ପିଣ୍ଡାରେ ବସି ରେଶମା ଦେଖୁଥିଲା ଖଟିଆ ବୁଲିବାର ମଜା। ଗାଁ ଦାଣ୍ଡରେ ସାତ ଆଠ ଘେରା ଖଟିଆ ବୁଲିବା ପରେ କ୍ଷେତୁ ପଧାନ ସିଧା ମାଡ଼ି ଚାଲିଲା ରେଶମା ଘର ଆଡ଼େ। ଦୁଲ୍ କିନା ଖଟିଆଟାକୁ ପକାଇଦେଲା ରେଶମା ଘର ପିଣ୍ଡାରେ। ପାଟି କରି କହିଲା, ଏଇ ରେଶମା ଚୋର। ବାର ବର୍ଷ ବୟସର ରେଶମା କିଛି ବୁଝି ପାରୁ ନ ଥିଲା। ସେ ଖାଲି କହୁଥିଲା, କ୍ଷେତୁ ଭାଇ ମୁଁ କ'ଣ ଚୋରୀ କଲି।

କ୍ଷେତୁ କହୁଥିଲା, ହଁ ତୁ ଚୋରୀ କରିଛୁ। ଖଟିଆ ତୋ ଘରକୁ ଆସିଲା।

ରେଶମା କିଛି ବୁଝି ପାରୁ ନ ଥିଲା। ତା ବାପା ମଲା ପରଠୁ କ୍ଷେତୁ ତାକୁ ଅନେକ ଥର ବାହାନା କରି ପାଖକୁ ଡାକିଛି। ଘରେ କେହି ନ ଥିବା ବେଳେ ତାକୁ ଟେକି ଧରି ଜବରଦସ୍ତ ଗେଲ କରିଛି। କ୍ଷେତୁର ବଦମାସୀ କଥା ସେ ତା ମାକୁ କହିବା ପରେ କ୍ଷେତୁକୁ ଖୁବ୍ ଗାଲି କରିଥିଲା ତା ମା। ଗାଁ ଲୋକେ ବି କ୍ଷେତୁକୁ ସମସ୍ତଙ୍କ ଆଗରେ ବିରକ୍ତ ହୋଇଥିଲେ। ଖୁବ୍ ଅପମାନିତ ହୋଇଥିଲା କ୍ଷେତୁ। ଆଜି ସବୁ ରାଗ ଶୁଝାଇ ଦେଲା। ରେଶମା କିଛି ବୁଝିବା ଆଗରୁ ତାକୁ ଦି ହାତରେ ଟେକି ନେଇଥିଲା କ୍ଷେତୁ। ସାହୁକାର ଲୋକେ ଘେରି ଯାଇଥିଲେ। ରେଶମା ପାଟି କରି କାନ୍ଧୁଥିଲା। ମୁଁ ଚୋରୀ କରିନି ବୋଲି କାନ୍ଦି କାନ୍ଦି କହୁଥିଲା। ହେଲେ ସାହୁକାର ଲୋକେ କହୁଥିଲେ, ତୁ ଚୋର। ତୋ ମା ବି ଚୋର। କେହି ତା କଥା ଶୁଣିଲେନି। କିଏ ତାକୁ ଚାପୁଡ଼ା ମାରୁଥିଲା ତ ଆଉ କିଏ ତା ବୁଟିକୁ ଧରି ଘୋଷାଡ଼ୁଥିଲା। ମା ମା ବୋଲି ଚିକ୍ରାର କରୁଥିଲା ରେଶମା। ହେଲେ ତା ମା ଘରକୁ ଫେରିବା ଆଗରୁ ସାହୁକାର ଲୋକେ ତାକୁ ପୋଲିସ ଜିମା ଦେଇଦେଲେ। ତା ମାଆ ଫେରିବା ପରେ ଥାନାକୁ ଯାଇ ପୋଲିସକୁ ବହୁତ କାକୁତି ମିନତୀ କଲା। ଗୋଡ଼ ଧରିଲା। ଆମେ ଚୋରୀ କରିନୁ

ବୋଲି କହିଲା । ହେଲେ କେହି ଶୁଣିଲେନି । ଥାନାବାବୁ ନାଲି ଆଖି ଦେଖେଇ ତା
ମାକୁ ବିଦା କରିଦେଲେ । ରାତିରେ ଥାନା ଭିତରେ ଏକା ଥିଲା ରେଶମା । ଥାନାବାବୁ
ତା ସାଙ୍ଗେ ଯାହା କଲା, ତା କହନା ବାହାରେ । ଜୋର ଜବରଦସ୍ତ ତା ଦେହରୁ
ପୋଷାକ ଖୋଲିନେଲା । ଆଉ ତା ପରେ ....

ଦିନେ କି ଦୁଇଦିନ ନୁହେଁ, ପାଞ୍ଚଦିନ ଯାଏଁ ଥାନା ଭିତରେ ସେ ଚିକ୍ଢାର
କରୁଥିଲା । ବୁକୁ ଫଟାଇ କାନ୍ଦୁଥିଲା । ମା ମା ବୋଲି ଡାକୁଥିଲା । ହେଲେ ସବୁ ଡାକ,
ସବୁ ଚିକ୍ଢାର ଯେମିତି ଥାନା ଭିତରେ ହିଁ ମିଳେଇ ଯାଉଥିଲା । ଆଉ ପାଞ୍ଚଦିନ ପରେ
ଥାନାବାବୁ ତାକୁ ଆଣି ଯେତେବେଲେ ଗାଁରେ ଛାଡ଼ି ଦେଇଗଲେ, ସେତେବେଲେ
ସେ ଏକା ହୋଇଗଲା । ଆଉ ତା ମାଆକୁ ପାଇ ନ ଥିଲା । ବହୁତ ଖୋଜିଲା, ହେଲେ
ମା କୁ କୋଉଠି ପାଇଲାନି ।

ୟା ଭିତରେ ତିନିବର୍ଷ ବିତିଗଲାଣି । ରେଶମା ବଡ଼ ହୋଇଗଲାଣି । ତାର ଆଉ
କାହାକୁ ଡର ନାହିଁ । ସେ ଭଲ ଭାବେ ସମାଜକୁ ଚିହ୍ନିସାରିଲାଣି । ହେଲେ ତିନିବର୍ଷ
ତଲର କଥାକୁ ସେ ଭୁଲିବ କେମିତି । ରାତି ହେଲେ ତାକୁ ଏବେବି ଲାଗେ, ଦିଟା
ବଳିଷ୍ଠ ବଳିଷ୍ଠ ହାତ ତା ଆଡ଼କୁ ମାଡ଼ି ଆସୁଛି । ତାକୁ ଜୋରଜବରଦସ୍ତ ଖିନ୍‌ଭିନ୍‌
କରିଦେଉଛି । ସେ ଚିକ୍ଢାର କରେ । କାନ୍ଦେ । ହେଲେ ପାଖରେ କେହି ନ ଥାନ୍ତି
ବୁଝେଇବାକୁ । କୁଆଡ଼େ ଗଲା ତା ମା ? ଅସହାୟ ଲାଗେ ତାକୁ । ଆଜି ପାଖ ଗାଁର
ସୁନେରୀ ଆସିଥିଲା ତା ପାଖକୁ । କହିଲା, ସବୁ କଥା ସେ ଜାଣିଛି । ପାଖ ଜଙ୍ଗଲରେ
ମାଓବାଦୀଙ୍କ କ୍ୟାମ୍ପ ପଡ଼ିଛି । ଚାଲ୍‌ ସେଠିକି ଯିବା । ମୁଁ ଶୁଣିଛି, ଅସମ୍ଭବକୁ ସମ୍ଭବ
କରିଦେଉଛନ୍ତି ସେମାନେ । ସାହୁକାର, ପୋଲିସ ସମସ୍ତେ ସେମାନଙ୍କୁ ଡରୁଛନ୍ତି । ତୁ
ଥରେ ଚାଲ୍‌, ଦେଖିବୁ ତତେ ବି ସମସ୍ତେ ଡରିବେ ।

ସୁନେରୀ କଥାରେ ରେଶମାର ମନେପଡ଼ିଗଲା ଖେତୁ ପ୍ରଧାନ, ସାହୁକାର,
ଥାନାବାବୁ କଥା । ମନେ ମନେ ଭାବିଲା, ସେ କାହାରିକୁ ଛାଡ଼ିବ ନାହିଁ । ଆଖି
ଆଗରେ ନାଚିଗଲା ତା ମା ର ମୁହଁ । ସେ ମାଓବାଦୀ ହେବ । କାନ୍ଧରେ ବନ୍ଧୁକ ପକାଇ
ସମସ୍ତଙ୍କ ଉପରେ ପ୍ରତିଶୋଧ ନେବ । ତା ଆଖିରୁ କେଇଟୋପା ଲୁହ ଗଡ଼ି ଆସିଲା ।
ଲୁହ ପୋଛି ରେଶମା କହିଲା, ଚାଲ୍‌ ଯିବା ।

ଚଉଦ ବର୍ଷର ରେଶମା ଆଖିରେ ଜଳୁଥିଲା ପ୍ରତିଶୋଧର ନିଆଁ । ସାହି ପଡ଼ିଶା,
ଗାଁଲୋକେ କେହି ତାକୁ ନ୍ୟାୟ ଦେଇପାରିଲେନି । ସାହୁକାର ଡରରେ ସମସ୍ତେ ଚୁପ୍‌
ରହିଲେ । ଏବେ ତୋର କାହାରିକୁ ଡର ନାହିଁ । ପାହାଡ଼, ଝରଣା, ଜଙ୍ଗଲ .. ସବୁକୁ
ଡେଇଁ ଡେଇଁ ଆଗକୁ ଚାଲିଥିଲା ରେଶମା ।

ଅଧା ପାହାଡ଼ ଉପରେ ମାଓବାଦୀଙ୍କ କ୍ୟାମ୍ପ। ରେଶମା ଓ ସୁନେରୀ ପହଞ୍ଚିଗଲେ ମାଓବାଦୀଙ୍କ ପାଖରେ। ସମସ୍ତଙ୍କ ହାତରେ ବନ୍ଦୁକ। ରେଶମା ଚାରିଆଡ଼କୁ ଟିକେ ଆଖି ପହଁରେଇ ଆଣିଲା। ପାହାଡ଼ ଉପରେ ଚାରିକଡ଼େ ଛାଡ଼ି ଛାଡ଼ି ହୋଇ ଛିଡ଼ା ହୋଇଛନ୍ତି ମାଓବାଦୀ। ଆଗରୁ ସେ ମାଓବାଦୀଙ୍କ କଥା ଶୁଣିଥିଲା, ଆଜି ସେ ନିଜ ଆଖିରେ ଦେଖୁଛି। ଖାଲି ପୁରୁଷ ପିଲା ନୁହଁନ୍ତି, ଝିଅମାନେ ବି କାନ୍ଧରେ ବନ୍ଦୁକ ପକାଇ ଛିଡ଼ା ହୋଇଛନ୍ତି। ସୁନେରୀ ଜଣେ ମହିଳା ମାଓବାଦୀଙ୍କ ସହ କଥା ହେଲା ପରେ ସେମାନେ ତାଙ୍କୁ ଗୋଟେ ତମ୍ବୁ କ୍ୟାମ୍ପ ଭିତରକୁ ନେଇଗଲେ। ତମ୍ବୁ କ୍ୟାମ୍ପ ଭିତରେ ତଳେ ବସିଥିଲେ ଜଣେ ଡେଙ୍ଗା ଯୁବକ। ସମସ୍ତେ ତାଙ୍କୁ କମ୍ରେଡ଼ ବୋଲି ସମ୍ବୋଧନ କରୁଥିଲେ। ରେଶମା ଓ ସୁନେରୀଙ୍କୁ ବସିବାକୁ କହିଲେ ସେ। ସୁନେରୀ କହିଲା, ଭାଇ ଇଏ ରେଶମା। ବହୁତ ଦୁଃଖୀ ଝିଅଟିଏ। ଗାଁ ସାହୁକାରଠୁ ଆରମ୍ଭ କରି ପୋଲିସ, ସମସ୍ତେ ତା ଉପରେ ଅତ୍ୟାଚାର କରିଛନ୍ତି।

କମ୍ରେଡ଼ ରେଶମାର ଦୁଃଖ କାହାଣୀ ଶୁଣି ମନଦୁଃଖ କଲେ। କହିଲେ ଆମ ସମାଜ ହିଁ ଏମିତି। ଯେପର୍ଯ୍ୟନ୍ତ ଆମେ ନିଜକୁ ଦୁର୍ବଳ ଭାବୁଥିବା, ସମସ୍ତେ ଆମ ଉପରେ ଏମିତି ଅତ୍ୟାଚାର କରୁଥିବେ। ନିଜକୁ ଦୃଢ଼ ହେବାକୁ ପଡ଼ିବ। ବ୍ୟସ୍ତ ହୁଅନା। ତୁମେ ଠିକ୍ ଜାଗାରେ ପହଞ୍ଚି ଯାଇଛ। ଆଜିଠୁ ତମ ଦୁଃଖ ହେଉଛି ଆମ ଦୁଃଖ।

କମ୍ରେଡ଼ଙ୍କ କଥା ଶୁଣିବା ପରେ ରେଶମା ଟିକେ ହାଲକା ହେଉଥିଲା। ତାକୁ ଲାଗୁଥିଲା, ଏତେ ଦିନ ପରେ ତା ଦୁଃଖ କେହି ଶୁଣିଲା।

କମ୍ରେଡ଼ କହିଲେ, ଆଜିଠୁ ତମେ ଆଉ ରେଶମା ହେଇ ରହିବ ନାହିଁ।

ରେଶମା ଆଶ୍ଚର୍ଯ୍ୟ ହେଲା।

ସେ କହିଲେ ରେଶମା ବଦଳରେ ତୁମେ ପରିଚିତ ହେବ ରାଣୀ ନାଁରେ। ରାଣୀ ସିଂ। ଆଜି ତମ ଜୀବନରେ ନୂତନ ସୂର୍ଯ୍ୟୋଦୟର ଦିନ। ଆମ ଟିମରେ ତୁମ ଭଳି ଆହୁରି ଅଠର ଜଣ ଝିଅ ଅଛନ୍ତି। ସେଥିପାଇଁ ଚିନ୍ତା କରନି।

ରେଶମା ପାଲଟିଗଲା ରାଣୀ ସିଂ। ମାଓବାଦୀ ରାଣୀ ସିଂ।

ନୟାଗଡ଼ ହମଲା ଓ ଅପରେସନ ଗସମା

୨୦୦୮, ଫେବ୍ରୁଆରୀ ମାସ । ପ୍ରବଳ ଶୀତରେ ଥରୁଥାଏ ଓଡ଼ିଶା । ସନ୍ଧ୍ୟା ହେଉ ହେଉ ଶୂନଶାନ୍ ହୋଇଯାଇଥାଏ ରାସ୍ତାଘାଟ । ଦିନସାରା କାମ କରି କରି ଟିକିଏ ହାଲିଆ ମାରୁଥାନ୍ତି ନୟାଗଡ଼ ଥାନାର ବାବୁମାନେ । ରାସ୍ତାକଡ଼ରେ କିଛି ଲୋକ ନିଆଁ ପୋଇଁ ସେକି ହେଉଥାନ୍ତି । ରାତି ପ୍ରାୟ ୧୦ ଟା ହେବ । ହଠାତ୍ ସହରରେ ଲାଇନ୍ କଟିଗଲା । ଲାଇନ କଟିବା କିଛି ବଡ଼କଥା ନୁହେଁ । ଥାନାରେ ଏସଆଇ ବାବୁ ମହମବତୀ ଲଗାଇବାକୁ ହାବିଲଦାରଙ୍କୁ କହିଲେ । ଦଶପଲ୍ଲା ପଟୁ ସହର ଭିତରକୁ ଦୁଇଟି ଟ୍ରକ ପ୍ରବେଶ କଲା । କେହି କିଛି ଭାବିବା ପୂର୍ବରୁ ଗୁଳିର ଆୱାଜ ଶୁଭିଲା । ଗୁଳିର ଆୱାଜ ଶୁଣିବା ମାତ୍ରେ ରାସ୍ତା ଉପରେ ଧାଁ ଦଉଡ଼ ଆରମ୍ଭ ହୋଇଗଲା । ନିଆଁ ପୋଉଁଥିବା ଲୋକେ କିଏ କୁଆଡ଼େ ଦୌଡ଼ି ପଳାଇଲେ । କିଛି ବୁଲା କୁକୁର ଭୁକିବା ଆରମ୍ଭ କରିଦେଲେ । ଟ୍ରକ ଦିଟା ରହିଲା ଠିକ୍ ଥାନା ସାମନାରେ । ଫଟାଫଟ୍ ହାତରେ ବନ୍ଦୁକ ଧରି ଥାନାକୁ ଘେରାଉ କରିଦେଲେ ମାଓବାଦୀ । ଆଉ କିଛି ମାଓବାଦୀ ଥାନାଠୁ ଅନତି ଦୂରରେ ଥିବା ଏସପିଙ୍କ ଅଫିସ ଓ ଘର ଉପରେ ନଜର ରଖିଲେ । ତା ପରେ ଗୁଳି ବର୍ଷା । ମାଓବାଦୀଙ୍କ ଅଚାନକ ଆକ୍ରମଣର ଟିକେ ବି ସୁରାକ୍ ପାଇ ନ ଥିଲା ଜିଲ୍ଲା ପୋଲିସ । ମାଓବାଦୀଙ୍କୁ ମୁକାବିଲା କରିବା ବି ସମ୍ଭବ ନ ଥିଲା । ତଥାପି କିଛି ସମୟ ଚାଲିଲା ଘମାଘୋଟ ଫାୟରିଂ । ଦି ଜଣ ପୋଲିସ କର୍ମଚାରୀ ଚଲିପଡ଼ିଲେ । ଆଉ ଯିଏ ରହିଲେ, ହାତ ଟେକିଦେଲେ । ମାଓବାଦୀଙ୍କ ଟାର୍ଗେଟରେ ଥିଲା ଅସ୍ତାଗାର । ନୟାଗଡ଼ ଅସ୍ତାଗାରରେ ଭରପୁର ଥିଲା ଅସ୍ତ । ବନ୍ଦୁକ ଓ ଗୁଳି ଲୁଟିବାରେ ଲାଗିପଡ଼ିଲେ ମାଓବାଦୀ । ସେଥିପାଇଁ ଦିଟା ଟ୍ରକ ନେଇ ଆସିଥିଲେ ସେମାନେ । ଦି ଘଣ୍ଟା ଧରି ଚାଲିଲା ଲୁଟପାଟ୍ । ମାଓବାଦୀଙ୍କ ମୁକାବିଲା ପାଇଁ ଜିଲ୍ଲା ବାହାରୁ ପୋଲିସ ବି ପହଞ୍ଚି ପାରିଲାନି । ବେଧଡ଼କ ନୟାଗଡ଼ ଅସ୍ତାଗାରରୁ ଗୁଳିଗୋଲା, ବନ୍ଦୁକ ଲୁଟିନେଲେ

ମାଓବାଦୀ। ତା ପରେ ସିପିଆଇ ମାଓବାଦୀ ଜିନ୍ଦାବାଦ। ଇନକିଲାବ୍ ଜିନ୍ଦାବାଦ। ଅର୍ଦ୍ଧରାତ୍ରିରେ ଯେତେବେଳେ ସମସ୍ତେ ଶୋଇପଡ଼ିଥିଲେ, ଦୁର୍ଗ ଦଖଲ କରିବାର ବିଜୟ ମନାଉଥିଲେ ମାଓବାଦୀ। ଜିଲ୍ଲା ବାହାରୁ ପୋଲିସ ଫୋର୍ସ ବି ପହଞ୍ଚିପାରିଲାନି ନୟାଗଡ଼ରେ। ନୟାଗଡ଼ ଆକ୍ରମଣ ଓ ଅସ୍ତ୍ରାଗାର ଲୁଟ୍ ପରେ ଦଶପଲ୍ଲା ଦେଇ ପଳାଇଯାଇଥିଲେ ମାଓବାଦୀ।

ମାଓବାଦୀ ଯିବା ପରେ ଆରମ୍ଭ ହେଲା ତନାଘନା। ଓଡ଼ିଶା ପୋଲିସର ନିଦ ହଜିଗଲା। ସେକ୍ରେଟାରିଏଟ ଚଳଚଞ୍ଚଳ ହୋଇଉଠିଲା। ଗୃହ ସଚିବ, ପୋଲିସ ଡିଜି, ଇଣ୍ଟେଲିଜେନ୍ସର ପଦାଧିକାରୀ, ସିଆରପିଏଫ ଡିଜି ସମସ୍ତେ ପହଞ୍ଚିଗଲେ ସେକ୍ରେଟାରିଏଟରେ। ଜିଲ୍ଲା ହେଡ଼କ୍ୱାର୍ଟରକୁ ଆସି ମାଓବାଦୀ ଅସ୍ତ୍ରାଗାର ଲୁଟିନେବା ଏବଂ ପୋଲିସ ଗୁଇନ୍ଦା ବିଭାଗ ଟେର ନ ପାଇବା ସମସ୍ତଙ୍କୁ ଚକିତ କରିଥିଲା। ମୁଖ୍ୟମନ୍ତ୍ରୀ ବିରକ୍ତ ହେଲେ। ପୋଲିସ ଡିଜି କହିଲେ, ଅପରେସନ ହେବ। ସରକାର ଅନୁମତି ଦେଲେ ଅପରେସନ। ନୟାଗଡ଼ ସହରଠୁ ବେଶୀ ଦୂରକୁ ସେମାନେ ଯାଇ ନାହାଁନ୍ତି। ଦି ଟ୍ରକ ଭର୍ତ୍ତି ଗୁଲି ଗୋଲା ବନ୍ଦୁକ ନେଇ ଯିବା ଏତେ ସହଜ ନୁହେଁ। ତେଣୁ ଅପରେସନ ପାଇଁ ପ୍ରସ୍ତୁତ ହେବା ଦରକାର। ମାତ୍ର ଅପରେସନ ବେଳେ ସାଧାରଣ ଲୋକଙ୍କ ଜୀବନ ବି ଯାଇପାରେ। କାରଣ ମାଓବାଦୀମାନେ ଲୁଟିଥିବା ଅସ୍ତ୍ର ପାସ୍ କରିବା ପାଇଁ ସାଧାରଣ ଲୋକଙ୍କୁ ହିଁ ଢାଲ କରିବେ। ଦୋ ଛକିରେ ପଡ଼ିଗଲେ ସରକାର। ମାଓବାଦୀଙ୍କ ମୁକାବିଲା ପାଇଁ ଗ୍ରୀନ ସିଗନାଲ ଦେଲେ ମୁଖ୍ୟମନ୍ତ୍ରୀ। କିନ୍ତୁ ଏ କଥା ବି କହିଲେ, ଜଣେ ହେଲେ ସାଧାରଣ ଲୋକ ଯେପରି ମୃତାହତ ନ ହୁଅନ୍ତି, ସେଥିପାଇଁ ସାବଧାନ ରହିବେ।

ହାତରେ ସମୟ ବହୁତ କମ୍। ଯେତେଶୀଘ୍ର ଅପରେସନ ଆରମ୍ଭ ହେବ, ସେତେ ଭଲ। ମାଓବାଦୀ ମୁକାବିଲାରେ ଅଭିଜ୍ଞ ପଦାଧିକାରୀଙ୍କୁ ନେଇ ତିଆରି କରାଗଲା ଟିମ୍। ସଙ୍ଗେ ସଙ୍ଗେ ଆରମ୍ଭ ହେଲା ଅପରେସନ ଗସମା। ଅପରେସନ ଗସମା ଏଇଥିପାଇଁ ଦିଆଗଲା, ନୟାଗଡ଼ରୁ କନ୍ଧମାଲ ଯିବା ରାସ୍ତାରେ ପାହାଡ଼ ଜଙ୍ଗଲ ଘେରା ଗସମା ପାହାଡ଼ ଉପରେ ଲୁଟି ରହିଥିଲେ ମାଓବାଦୀ। ପାହାଡ଼ ଜଙ୍ଗଲ ଦେଇ ଲୁଟିଥିବା ଅସ୍ତ୍ରଶସ୍ତ୍ର ଠିକଣା ସ୍ଥାନରେ ପହଞ୍ଚାଇବାକୁ ଚାଲିଥିଲା ଯୋଜନା। ସିଆରପିଏଫ୍ ଯବାନ, ପୋଲିସ ଫୋର୍ସର ମିଳିତ ଟିମ୍ ଗସମା ପାହାଡ଼କୁ ଘେରିଗଲେ। ଗୁଲିଗୋଲା ଆୱାଜରେ କମ୍ପିଉଠିଲା ଗସମାର ପାଦଦେଶ। ମାତ୍ର ସୁବିଧା ସ୍ଥିତିରେ ଥିଲେ ମାଓବାଦୀ। ପାହାଡ଼ ଉପରୁ ପୋଲିସ ଓ ଯବାନଙ୍କ ଉପରକୁ ଆକ୍ରମଣ କରିବା ସହଜ ଥିଲା। କିନ୍ତୁ ମାଓବାଦୀଙ୍କ ଉପରେ ଆକ୍ରମଣ କରିବା ଯବାନଙ୍କ ପାଇଁ ଏତେ ସହଜ ନ ଥିଲା। ପୁଣି ସାଧାରଣ

ଲୋକଙ୍କ ଜୀବନ ଯିବାର ଭୟ ବି ରହିଥିଲା। ତଥାପି ଗସମା ଅପରେସନ ପୋଲିସ ପାଇଁ ବଡ଼ ଚ୍ୟାଲେଞ୍ଜ ଥିଲା। ସକାଳ ଯାଇ ସଞ୍ଜ ହେଲା, କିନ୍ତୁ ଅପରେସନ ବନ୍ଦ ହେଲାନି। ମାଓବାଦୀଙ୍କ ଗୁଳିରେ କିଛି ପୋଲିସ ଓ ଯବାନ ସହିଦ ହୋଇଗଲେ। ତଥାପି ପଛକୁ ହଟିଲେନି ଯବାନ। ଯବାନଙ୍କ ଗୁଳିରେ ବହୁ ମାଓବାଦୀ ନିହତ ହେଲେ। ତିନିଦିନ ଧରି ଚାଲିଲା ଅପରେସନ ଗସମା। ଶେଷରେ ଅନେକ ଅସ୍ତ୍ରଶସ୍ତ୍ର ଜଙ୍ଗଲ ଭିତରେ ଫୋପାଡ଼ି ଦେଇ ମାଓବାଦୀ ଜଙ୍ଗଲ ଭିତରକୁ ପଳାଇଗଲେ। ଅପରେସନ ଗସମାରେ ଏୟାର ଷ୍ଟ୍ରାଇକ୍ ପାଇଁ ସରକାର ଅନୁମତି ଦେଲେନି। ଯେଉଁଥିପାଇଁ ଅନେକ ଯବାନଙ୍କୁ ସହିଦ ହେବାକୁ ପଡ଼ିଥିଲା।

ସହିଦ ପୋଲିସ ଅଧିକାରୀ ଓ ଯବାନଙ୍କ ମରଶରୀରକୁ ସୁସଜ୍ଜିତ ଶୋଭାଯାତ୍ରାରେ ସେମାନଙ୍କ ଗାଁକୁ ପଠାଇଲେ ସରକାର। ଶୋକାକୁଳ ପରିବେଶରେ ତୋପ ସଲାମୀ ସହ ଅନ୍ତ୍ୟୃଷ୍ଟିକ୍ରିୟା ସଂପନ୍ନ ହେଲା। ବୀର ସହିଦ ଅମର ରହେ, ସ୍ଲୋଗାନରେ ଗାଁ ଦାଣ୍ଡ କମ୍ପି ଉଠୁଥିଲା। ଯବାନଙ୍କ ଗୁଳିରେ ନିହତ ମାଓବାଦୀଙ୍କ ମୃତଦେହକୁ ଚିହ୍ନଟ କରାଯିବା ପରେ ସେମାନଙ୍କ ପରିବାରକୁ ହସ୍ତାନ୍ତର କରାଯାଇଥିଲା। ମାତ୍ର ନିହତ ମାଓବାଦୀଙ୍କୁ ମାଓବାଦୀମାନେ ସହୀଦ ଆଖ୍ୟା ଦେଇ ସେମାନଙ୍କ ପାଇଁ ସ୍ମୃତି ସ୍ତମ୍ଭ ତିଆରି କରୁଥିଲେ।

ଅପରେସନ ଗସମା ରାଜ୍ୟରେ ମାଓବାଦୀଙ୍କ ବିସ୍ତାରକୁ ରୋକିବାରେ ସଫଳ ହୋଇପାରି ନ ଥିଲା। ବରଂ ସରକାର କିଛି ଦକ୍ଷ ଅଧିକାରୀଙ୍କୁ ହରାଇଥିଲେ। ଅନ୍ୟପକ୍ଷରେ ନୟାଗଡ଼ ସହରରୁ ଅସ୍ତ୍ରାଗାର ଲୁଟ୍ କରିବା ମାଓବାଦୀଙ୍କ ମନୋବଳ ବଢ଼ାଇ ଦେଇଥିଲା। ନୟାଗଡ଼ ଅସ୍ତ୍ରାଗାର ଲୁଟ୍ ପରେ ସୁନୀଲକୁ ପ୍ରମୋସନ ମିଳିଥିଲା। କେବଳ ଓଡ଼ିଶା ନୁହେଁ, ଲୁଟ୍ ଅସ୍ତ୍ରଶସ୍ତ୍ରରୁ କିଛି ନିଜ ପାଇଁ ରଖି ବାକିସବୁ ଅନ୍ୟ ରାଜ୍ୟକୁ ପଠାଇ ଦେଇଥିଲା ସୁନୀଲ। ଗୋଟିକ ପରେ ଗୋଟିଏ ହମଲା ସୁନୀଲକୁ ଯେତିକି ଖୁସି କରୁଥିଲା, ସେତିକି ସରକାରଙ୍କ ଚିନ୍ତା ବଢ଼େଇ ଦେଇଥିଲା। ସୁନୀଲକୁ ଧରିବା ପାଇଁ ସରକାର ଘୋଷଣା କଲେ ପୁରସ୍କାର ରାଶି। ୧୦ ଲକ୍ଷ ଟଙ୍କାର ପୁରସ୍କାର ରାଶି। ହେଲେ ସୁନୀଲର ଭାଗ୍ୟ ଟାଣ ଥିଲା। ପୋଲିସର କର୍ଡଂ ଅପରେସନରୁ ସହଜରେ ଖସି ଯାଉଥିଲା ସୁନୀଲ।

ଲକ୍ଷ୍ମଣାନନ୍ଦ ସରସ୍ବତୀଙ୍କ ହତ୍ୟାକାଣ୍ଡ ପଛରେ କିଏ ?

୨୩ ଅଗଷ୍ଟ ୨୦୦୮ । ଜନ୍ମାଷ୍ଟମୀ ପାଇଁ ଉସ୍ବବମୁଖର ଥିଲା ସାରା ରାଜ୍ୟ । କନ୍ଦମାଳ ଜିଲ୍ଲା ତୁମୁଡ଼ିବନ୍ଧ ବ୍ଲକରେ ଥିବା ଜଲେଶପେଟା ଆଶ୍ରମରେ ବି ବେଶ ଧୂମଧାମରେ ପାଳନ ହେଉଥିଲା ଜନ୍ମାଷ୍ଟମୀ । ଶହ ଶହ ହିନ୍ଦୁ ଭକ୍ତ ମୁଣ୍ଡରେ କଳସ ଧରି ଶୋଭାଯାତ୍ରାରେ ସାମିଲ ହୋଇଥିଲେ । କଳସ ଶୋଭାଯାତ୍ରା ଆଶ୍ରମ ସ୍ଥଳିରେ ପହଞ୍ଚିବା ପରେ ଆରମ୍ଭ ହୋଇଥିଲା ଯଜ୍ଞ । ରାଜ୍ୟର ବିଭିନ୍ନ ପ୍ରାନ୍ତରୁ ସାଧୁସନ୍ତଙ୍କ ସମାଗମ ହୋଇଥିଲା । ଆଖପାଖ ଗାଁରୁ ପ୍ରତିବର୍ଷ ଜନ୍ମାଷ୍ଟମୀ ପାଳନ ପାଇଁ ଲୋକେ ଧାଁ ଆସିଥାନ୍ତି ଆଶ୍ରମକୁ । ଜନ୍ମାଷ୍ଟମୀ ପାଳନ ସହ ସ୍ୱାମୀ ଲକ୍ଷ୍ମଣାନନ୍ଦ ସରସ୍ୱତୀଙ୍କ ଆଶୀର୍ବାଦ ନିଅନ୍ତି, ପ୍ରସାଦ ସେବନ କରି ଘରକୁ ଫେରନ୍ତି । ଖାଲି ଆଖପାଖ ଅଞ୍ଚଳ ନୁହେଁ, ସାରା ରାଜ୍ୟରେ ସ୍ୱାମୀ ଲକ୍ଷ୍ମଣାନନ୍ଦ ସରସ୍ୱତୀଙ୍କୁ ହିନ୍ଦୁ ଧର୍ମର ଜଣେ ପ୍ରଚାରକ ଭାବେ ସମସ୍ତେ ଯେମିତି ଭଲପାଆନ୍ତି, ସେମିତି ସମ୍ମାନ କରନ୍ତି । ବିଶ୍ୱହିନ୍ଦୁ ପରିଷଦର ମାର୍ଗଦର୍ଶକ ଭାବେ ହିନ୍ଦୁ ଧର୍ମର ସୁରକ୍ଷା କାର୍ଯ୍ୟରେ ସେ ବ୍ରତୀ । ବିଶେଷକରି ଆଦିବାସୀ ଅଧୁଷିତ ଅଞ୍ଚଳରେ ଯେଉଁଠି ଧର୍ମାନ୍ତରଣ କାର୍ଯ୍ୟ ଜୋରସୋରରେ ଚାଲିଥାଏ, ସେଠି ସେ ପହଞ୍ଚିଯାଆନ୍ତି । ବଳପୂର୍ବକ ହେଉ ଅବା ଲୋଭ ଦେଖାଇ ହେଉ, ଧର୍ମ ପରିବର୍ତ୍ତନର ସପକ୍ଷରେ ସେ ନୁହଁନ୍ତି । ଏମିତି ଧର୍ମ ପରିବର୍ତ୍ତନକୁ ରୋକିବା ପାଇଁ ସେ ଜଲେଶପେଟା ଆଶ୍ରମକୁ ନିଜର କର୍ମଭୂମି କରିଦେଇଥିଲେ । ଗୋମାତା ସୁରକ୍ଷା ପାଇଁ ଲୋକଙ୍କୁ ବୁଝାଉଥିଲେ । ଗରିବ ହିନ୍ଦୁମାନଙ୍କୁ ଖ୍ରୀଷ୍ଟିଆନ ଧର୍ମରେ ଦୀକ୍ଷିତ କରୁଥିବା ଧର୍ମ ପ୍ରଚାରକଙ୍କ ନିକଟରୁ ହିନ୍ଦୁ ଧର୍ମାବଲମ୍ବୀଙ୍କୁ ପୁଣି ସ୍ୱଧର୍ମକୁ ଫେରାଇ ଆଣିବାରେ ତାଙ୍କର ଅଭିଯାନ ଦୀର୍ଘବର୍ଷ ଧରି ଚାଲିଥିଲା । ସେ ଯେବେଠୁ ଜଲେଶପେଟାକୁ ନିଜ କର୍ମଭୂମି କରିଦେଇଥିଲେ,

ସେବେଠୁ ଧର୍ମାନ୍ତରଣ ପ୍ରକ୍ରିୟା ବାଧାପ୍ରାପ୍ତ ହେବାରେ ଲାଗିଲା। ରଥ ସଦୃଶ ଏକ ଗାଡ଼ିରେ ଲାଲ୍ ରଙ୍ଗର ପତାକା ବାନ୍ଧି ସହଯୋଗୀମାନଙ୍କ ସହ ସେ ଯେତେବେଳେ ଗାଁକୁ ଗାଁ ବୁଲୁଥିଲେ, ସେତେବେଳେ ଲୋକଙ୍କ ମନରେ ଧର୍ମ ପ୍ରତି ଏକ ଆବେଗ ସୃଷ୍ଟି କରିବାରେ ସେ ସଫଳ ହେଉଥିଲେ। ତା' ସାଙ୍ଗକୁ ରାଷ୍ଟ୍ରୀୟ ସ୍ୱୟ ସେବକ ସଂଘର ସଦସ୍ୟମାନେ ଖାକି ହାଫ୍ ପ୍ୟାଣ୍ଟ, ଧଳା ସାର୍ଟ, ମୁଣ୍ଡରେ ଟୋପି ଓ ହାତରେ ବାଡ଼ି ଧରି ଯେତେବେଳେ ଗାଁ ପରିକ୍ରମା କରୁଥିଲେ, ସେତେବେଳେ ସାଧାରଣରେ ଏକ କମ୍ପନ ସୃଷ୍ଟି ହେବାକୁ ଲାଗିଲା। ସ୍ୱାମୀଜୀଙ୍କ ପ୍ରତି ଲୋକେ ଆକୃଷ୍ଟ ହେବାକୁ ଲାଗିଲେ। ଧର୍ମ ପରିବର୍ତନ ନ କରିବାକୁ ସେ ବୁଝାଉଥିଲେ। ଧର୍ମ ପରିବର୍ତନ ବିରୋଧରେ ସ୍ୱାମୀଜୀଙ୍କ ଅଭିଯାନ ଅନେକଙ୍କ ପାଇଁ କଷ୍ଟଦାୟକ ଥିଲା। ବର୍ଷ ବର୍ଷ ଧରି ଧର୍ମ ପରିବର୍ତନ ପାଇଁ ଟାର୍ଗେଟ ରଖୁଥିବା ଧର୍ମ ପ୍ରଚାରକଙ୍କ ଟାର୍ଗେଟ ପୁରା ହୋଇପାରୁ ନ ଥିଲା। ଫଳରେ ବିଦେଶରୁ ଆସୁଥିବା ଟଙ୍କା ବି କମି ଯାଉଥିଲା। ମାତ୍ର ହିନ୍ଦୁ ଧର୍ମ ଛାଡ଼ି ଖ୍ରୀଷ୍ଟ ଧର୍ମ ଗ୍ରହଣ କରିନେଉଥିବା ପରିବାର ଖୁବ୍ କମ୍ ଦିନ ଭିତରେ ନିଜର ଚାଲିଚଳଣ, ଢଙ୍ଗଢଙ୍ଗ ବଦଳାଇ ଦେଉଥିଲେ। ହିନ୍ଦୁ ଧର୍ମର ଉଚ୍ଚ-ନୀଚ, ଛୁଆଁଅଛୁଆଁ ଭେଦଭାବ ପାଇଁ କନ୍ଧମାଲର ବିଶେଷ କରି ପାଣ ସଂପ୍ରଦାୟର ଲୋକେ ଖ୍ରୀଷ୍ଟିଆନ ହୋଇଯିବାକୁ ଶ୍ରେୟ ମଣୁଥିଲେ। ଆଉ ଯିଏ ଖ୍ରୀଷ୍ଟିଆନ ହେଉଥିଲେ, ଖ୍ରୀଷ୍ଟ ଧର୍ମର ପ୍ରଚାର ପ୍ରସାର କରୁଥିବା ଅନୁଷ୍ଠାନ ସେମାନଙ୍କୁ ଆର୍ଥିକ ସହାୟତାର ହାତ ବଢ଼ାଉଥିଲେ। ଜଲେଶପେଟା, ତୁମୁଡ଼ିବନ୍ଧ, ବ୍ରାହ୍ମଣୀଗାଁ ଅଞ୍ଚଳ ବୁଲି ଆସିଲେ ସ୍ପଷ୍ଟ ଜଣାପଡ଼ିଯାଉଥିଲା, କାହା ଘର ରୂପାନ୍ତରିତ ଖ୍ରୀଷ୍ଟିଆନ, ଆଉ କିଏ ଆଦିବାସୀ। ତେବେ ସବୁର ମୂଳ କାରଣ ଥିଲା ଦାରିଦ୍ୟ। ନ ହେଲେ କିଏ କାହିଁକି ଧର୍ମ ପରିବର୍ତନ କରନ୍ତା ?

ଲୋଭରେ ପଡ଼ି ହିନ୍ଦୁ ଧର୍ମ ଛାଡ଼ି ଖ୍ରୀଷ୍ଟିଆନ ଧର୍ମ ଗ୍ରହଣ କରୁଥିବା ଗରିବ ପରିବାରଙ୍କୁ ସ୍ୱାମୀ ଲକ୍ଷ୍ମଣାନନ୍ଦ ସରସ୍ୱତୀ ହିନ୍ଦୁ ଧର୍ମକୁ ଫେରାଇ ଆଣିବା ସହ ସେମାନଙ୍କୁ ସ୍ୱାବଲମ୍ବୀ କରିବା ପାଇଁ କାର୍ଯ୍ୟ କରୁଥିଲେ। ଚକାପାଦରେ ପ୍ରତିଷ୍ଠା କରିଥିଲେ ସଂସ୍କୃତ ଗୁରୁକୁଲ। ଆଉ ଚକାପାଦ ଆଶ୍ରମ ହିଁ ଥିଲା ସ୍ୱାମୀ ଲକ୍ଷ୍ମଣାନନ୍ଦ ସରସ୍ୱତୀଙ୍କ ମୁଖ୍ୟ କର୍ମଭୂମି। ମାତ୍ର ଜଲେଶପେଟାରେ ସେ ପ୍ରତିଷ୍ଠା କରିଥିଲେ ଆବାସିକ ବାଲିକା ବିଦ୍ୟାଳୟ ବା କନ୍ୟାଶ୍ରମ। ସେହିପରି କୋଟିଙ୍ଗିଆରେ ପ୍ରତିଷ୍ଠା କରିଥିଲେ ଧନ୍ୱନ୍ତରୀ ସ୍ୱାସ୍ଥ୍ୟ କେନ୍ଦ୍ର। ବିଶ୍ୱହିନ୍ଦୁ ପରିଷଦର କାର୍ଯ୍ୟକର୍ତା ଥିବା ସ୍ୱାମୀଜୀଙ୍କ ଏମିତି ବହୁବିଧ ପଦକ୍ଷେପ ଧର୍ମାନ୍ତରଣରେ ବାଧା ସୃଷ୍ଟି କରୁଥିଲା। ଖ୍ରୀଷ୍ଟିଆନ ଧର୍ମ ଗ୍ରହଣ କରୁଥିବା ଅନେକ ପାଣ ଓ ଆଦିବାସୀଙ୍କୁ ହିନ୍ଦୁ ଧର୍ମକୁ ଫେରାଇ ଆଣିବାରେ ସେ ସଫଳ

ହେଉଥିଲେ । ତେବେ ସ୍ୱାମୀଜୀଙ୍କ ଏସବୁ କାର୍ଯ୍ୟକୁ ବରଦାସ୍ତ କରିପାରୁ ନ ଥିଲେ ବିଭିନ୍ନ ଖ୍ରୀଷ୍ଟିଆନ ସଂଗଠନ । ସେମାନଙ୍କୁ ଶକ୍ତି ଯୋଗାଉଥିଲେ ସ୍ଥାନୀୟ କଂଗ୍ରେସ ନେତା । ଅତଏବ କଂଗ୍ରେସ ସମର୍ଥିତ ଧର୍ମାନ୍ତରିତ ପାଣ ଖ୍ରୀଷ୍ଟିଆନ ଏବଂ ବିଜେପି ଓ ସଂଘ ପରିବାର ସମର୍ଥିତ ହିନ୍ଦୁଙ୍କ ମଧ୍ୟରେ ଏକପ୍ରକାର ଅଘୋଷିତ ଶୀତଳ ଯୁଦ୍ଧ ଚାଲିଥିଲା କନ୍ଧମାଲରେ ।

ପ୍ରତିବର୍ଷ ଭଳି ୨୦୦୮ରେ ବି ଜନ୍ମାଷ୍ଟମୀ ପାଇଁ ଆଶ୍ରମ ପରିସର ଥିଲା ଉତ୍ସବମୁଖର । ପୂର୍ବଦିନରୁ ଆଶ୍ରମ ଅନ୍ତେବାସୀମାନେ ଖୁବ୍ ଯନ୍ତର ସହ ସଜାଇଥିଲେ ଆଶ୍ରମକୁ । ପୂଜାପାଠ, ଯଜ୍ଞ, ନାମ ସଂକୀର୍ତ୍ତନ ଆୟୋଜନ ହୋଇଥିଲା । ରାଜ୍ୟର ବିଭିନ୍ନ ଅଞ୍ଚଲରୁ ସ୍ୱାମୀ ଲକ୍ଷ୍ମଣାନନ୍ଦ ସରସ୍ୱତୀଙ୍କ ଶିଷ୍ୟମାନେ ଆସି ପହଞ୍ଚିଥିଲେ ଜଲେଶପେଟା କନ୍ୟାଶ୍ରମରେ । ସେତେବେଲେ କନ୍ୟାଶ୍ରମରେ ପ୍ରାୟ ୧୩୦ ଜଣ ଛାତ୍ରୀ ରହୁଥିଲେ । ଦିନସାରା ଜନ୍ମାଷ୍ଟମୀ ପାଳନକୁ ନେଇ ଉତ୍ସବମୁଖର ଥିଲା ଆଶ୍ରମ ପରିସର । ରାତି ଆଠଟା ବେଲକୁ କୋଟପାଡ଼ ପଟୁ ପ୍ରାୟ ଚାଲିଶରୁ ପଚାଶ ଜଣ ସଶସ୍ତ୍ର ଯୁବକ ଜଲେଶପେଟା ଆଶ୍ରମରେ ପ୍ରବେଶ କରିଥିଲେ । ସମସ୍ତେ ମୁହଁରେ କପଡ଼ା ବାନ୍ଧିଥିଲେ । କେହି ଚିହ୍ନିବା ସମ୍ଭବ ନ ଥିଲା । କେହି କିଛି କହିବା ଆଗରୁ ହଠାତ୍ ବନ୍ଧୁକର ଗର୍ଜନ ଶୁଭିଲା । ଘଟଣା ସମୟରେ ସ୍ୱାମୀଜୀ ଶୌଚାଲୟ ଭିତରେ ଥିଲେ । କୁରାଢ଼ିରେ ଶୌଚାଲୟ କବାଟ ତାଡ଼ି ସ୍ୱାମୀଜୀଙ୍କୁ ଲକ୍ଷ୍ୟ କରି ଗୁଲି ଚଲାଇବା ଆରମ୍ଭ କରିଥିଲେ ଆତତାୟୀ । ଆଉ ମୁହୂର୍ଭକ ମଧ୍ୟରେ ସ୍ୱାମୀଜୀ ଟଲିପଡ଼ିଥିଲେ । ସ୍ୱାମୀଜୀଙ୍କ ସହ ଆଉ ପାଞ୍ଚଜଣ ସହଯୋଗୀ ବି ଆଖ୍ ବୁଜିଥିଲେ । ସେମାନଙ୍କ ମଧ୍ୟରେ ଥିଲେ ତାଲଚେରରୁ ଆସିଥିବା ମାତା ଅମୃତାନନ୍ଦୀ, ମାତା ସୁଧାମୟୀ, ବୌଦ୍ଧରୁ ଆସିଥିବା କିଶୋର ବାବା, ଗଜପତିରୁ ଆସିଥିବା ଜଣେ ଆଶ୍ରମ ଅନ୍ତବାସିନୀଙ୍କ ଅଭିଭାବକ । ସ୍ୱାମୀଜୀଙ୍କ ସମେତ ପାଞ୍ଚଜଣଙ୍କ ରକ୍ତ ଜୁଡ଼ୁବୁଡ଼ୁ ମୃତଦେହ ତଲେ ପଡ଼ି ରହିଥିଲା । ଆଖ୍ ଆଗରେ ସବୁ ଘଟଣା ମୁହୂର୍ଭକ ମଧ୍ୟରେ ଘଟିଗଲା ପରେ ବି କେହି ନିଜକୁ ବିଶ୍ୱାସ କରିପାରିଲେନି । ସମସ୍ତେ ମୂକ, ଜଡ଼ । କୋଲାହଲ ଆଶ୍ରମ ପରିସର ହଠାତ୍ ଶୋକାଚ୍ଛନ୍ନ ହୋଇଗଲା ।

ସ୍ୱାମୀ ଲକ୍ଷ୍ମଣାନନ୍ଦଙ୍କ ମୃତ୍ୟୁ ଖବର ଚାହୁଁ ଚାହୁଁ ରାଷ୍ଟ୍ର ହୋଇଗଲା । ଜଲେଶପେଟା ଆଶ୍ରମକୁ ଲୋକଙ୍କ ସୁଅ ଛୁଟିଲା । ସମସ୍ତଙ୍କ ଆଖିରେ ଲୁହ । ସ୍ୱାମୀଜୀଙ୍କ ଦେହାନ୍ତ ଖବରରେ କେବଲ କନ୍ଧମାଲ ଜିଲ୍ଲା ନୁହେଁ, ସମଗ୍ର ଓଡ଼ିଶା ସ୍ତବ୍ଧ ହୋଇଗଲା ।

ସବୁଠୁ ଗୁରୁତ୍ୱପୂର୍ଣ୍ଣ ପ୍ରସଙ୍ଗ ହେଉଛି, ଏହି ନାରକୀୟ କାଣ୍ଡ ଘଟିବା ବେଲେ ସ୍ୱାମୀଜୀଙ୍କ ବ୍ୟକ୍ତିଗତ ସୁରକ୍ଷା କର୍ମଚାରୀ ବି ଛୁଟିରେ ଚାଲି ଯାଇଥିଲେ । ସ୍ୱାମୀଜୀଙ୍କୁ

ହତ୍ୟା କରିବା ପାଇଁ ୧୯ ତାରିଖରେ ଡାକଯୋଗେ ଏକ ଚିଠି ଆଶ୍ରମକୁ ଆସିଥିଲା। 'ପାହାଡ଼ିଆ ବୃନ୍ଦଗଣ'ଙ୍କ ନାଁରେ ଆସିଥିବା ଏହି ଚିଠିରେ ତାଙ୍କୁ ସପ୍ତାହକ ମଧ୍ୟରେ ଉଠାଇନେବାକୁ ଧମକ ଦିଆଯାଇଥିଲା। ଚିଠି ପାଇବା ପରେ ଆଶ୍ରମ ପକ୍ଷରୁ ତୁମୁଡ଼ିବନ୍ଧ ଥାନାରେ ଏତଲା ଦିଆଯାଇଥିଲା। ମାତ୍ର ଥାନାବାବୁ ଚିଠିକୁ ଗୁରୁତ୍ୱ ଦେଇ ନଥିଲେ କି ସ୍ୱାମୀଜୀଙ୍କ ସୁରକ୍ଷା ପାଇଁ କୌଣସି ପଦକ୍ଷେପ ନେଇ ନ ଥିଲେ। ଅଥବା ଏକଥା ମଧ୍ୟ ହୋଇପାରେ ସେ ସ୍ୱାମୀଜୀଙ୍କୁ ହତ୍ୟା କରାଯିବା ପାଇଁ ଚାଲିଥିବା ଷଡ଼ଯନ୍ତ୍ର ସଂପର୍କରେ ଜାଣିଥିବାରୁ ଚୁପ୍ ରହିଯାଇଥିଲେ। ଯେଉଁଥିପାଇଁ ତୁମୁଡ଼ିବନ୍ଧ ଥାନାରେ ଏତଲା ଦେବାର ୩୬ ଘଣ୍ଟା ପରେ ସ୍ୱାମୀଜୀଙ୍କୁ ଗୁଲି କରି ମାରିଦିଆଗଲା। ଅତଏବ ନିଜର ଦାୟିତ୍ୱ ଠିକଣା ଭାବେ ସଂପାଦନ କରି ନଥିବା ତତ୍କାଳୀନ ତୁମୁଡ଼ିବନ୍ଧ ଥାନା ଅଧିକାରୀ ପ୍ରଥମ ଅପରାଧୀ।

ତା'ପରଦିନ ସକାଳୁ କଡ଼ା ପୋଲିସ ସୁରକ୍ଷା ଭିତରେ ଜଲେଶପେଟ଼ା ଆଶ୍ରମରୁ ସ୍ୱାମୀଜୀଙ୍କ ଅନ୍ତିମ ଶୋଭାଯାତ୍ରା ବାହାରିଲା। ଜଲେଶପେଟାରୁ ଚକାପାଦ। ରାମନାମ ସତ୍ୟ ହେ... ରେ କମ୍ପୁଥିଲା ଗଗନ ପବନ। ହରିନାମ ସଂକୀର୍ତ୍ତନ କରି କରି ହଜାର ହଜାର ଶୋକାକୁଲ ଜନତା ସ୍ୱାମୀଜୀଙ୍କ ଅନ୍ତିମ ଶୋଭାଯାତ୍ରାରେ ସାମିଲ ହୋଇଥିଲେ। ପୁରୋଭାଗରେ ଥିଲେ ମନ୍ତ୍ରୀ, ବିଧାୟକ, ସାଂସଦ ରାଜନେତା। ଶୋଭାଯାତ୍ରା ଯେତେବେଳେ ଖ୍ରୀଷ୍ଟିଆନ ଲୋକେ ରହୁଥିବା ଅଞ୍ଚଳ ଓ କ୍ୟାଥୋଲିକ ଚର୍ଚ୍ଚ ଦେଇ ଅତିକ୍ରମ କଲା, ସେତେବେଳେ ପ୍ରତିଶୋଧର ନିଆଁ ହୁତୁହୁତୁ ହୋଇ ଜଳିବା ଆରମ୍ଭ କଲା। ଦୁଇ ଧର୍ମାବଲମ୍ବୀଙ୍କ ମଧ୍ୟରେ ଆରମ୍ଭ ହୋଇଗଲା ଦଙ୍ଗା। ଶୋଭାଯାତ୍ରା ଉପରକୁ ଟେକା, ପଥର ଫୋପାଡ଼ିବା ଆରମ୍ଭ ହୋଇଗଲା। ଶୋଭାଯାତ୍ରାକାରୀ ଖ୍ରୀଷ୍ଟିଆନ ଲୋକେ ରହୁଥିବା ସାହିରେ ପଶି ଘରେ ନିଆଁ ଲଗେଇ ଦେଲେ। ଯିଏ ଯାହାକୁ ପାରିଲା, ପିଟିଲା। ଯିଏ ଯାହାକୁ ପାରିଲା ଯେମିତି ଅତ୍ୟାଚାର କଲା। ହଜାର ହଜାର ହିନ୍ଦୁ ଧର୍ମ ସଂଗଠନ ସମର୍ଥକ ଭାରତ ମାତା କୀ ଜୟ ଧ୍ୱନୀ ଦେଇ ଖ୍ରୀଷ୍ଟିଆନଙ୍କ ଉପରେ ଅତ୍ୟାଚାର କରିବା ଆରମ୍ଭ କରିଦେଲେ। ଯଦିଓ ପୋଲିସ ସୁରକ୍ଷା ଭିତରେ ସ୍ୱାମୀଜୀଙ୍କ ଅନ୍ତ୍ୟେଷ୍ଟିକ୍ରିୟା ସଂପନ୍ନ ହେଲା, ମାତ୍ର ଧର୍ମ ନାଁରେ ନିଆଁ ହୁତୁହୁତୁ ହୋଇ ଜଳୁଥିଲା।

୨୪ ଅଗଷ୍ଟ ୨୦୦୮, ସଂଧ୍ୟା ସମୟ। ଖ୍ରୀଷ୍ଟିଆନ ସଂଗଠନ ଦିବ୍ୟଜ୍ୟୋତି ସେଣ୍ଟର ନିକଟରେ ପହଞ୍ଚିଲେ ୪୦ ରୁ ୫୦ ସଶସ୍ତ୍ର ଯୁବକ। କାହା ହାତରେ ଲାଠି ତ ଆଉ କାହା ହାତରେ ମାରଣାସ୍ତ୍ର। ଖବର ମିଳିଥିଲା, ଦିବ୍ୟଜ୍ୟୋତି ସେଣ୍ଟର ଭିତରେ ଲୁଚି ରହିଛନ୍ତି ନନ୍। ନନ୍‌ଙ୍କୁ ଧରିବାକୁ ହେବ। ପାନେ ଚଟଖେଇବାକୁ ହେବ। ମାତ୍ର

୨୮ ବର୍ଷୀୟା। ନନ୍ ଦଙ୍ଗାକାରୀଙ୍କ ଆସିବା ପୂର୍ବରୁ ପଛପଟ ଦ୍ୱାର ଦେଇ ଜଙ୍ଗଲ ଭିତରକୁ ପଳାଇଥିଲେ। ହେଲେ ନନ୍ ଙ୍କ ପିଛା ଛାଡ଼ି ନ ଥିଲେ ଦଙ୍ଗାକାରୀ ଉନ୍ମତ୍ତ ଯୁବକ। ତା ପରଦିନ ୨୫ ଅଗଷ୍ଟରେ ଜଙ୍ଗଲ ଭିତରେ ଜଣେ ହିନ୍ଦୁ ବ୍ୟକ୍ତିଙ୍କ ଘରେ ଆଶ୍ରୟ ନେଇଥିବା ନନଙ୍କୁ ଠାବ କଲେ ଦଙ୍ଗାକାରୀ। ଭାରତ ମାତା କୀ ଜୟ.. କହି ଘର ଭିତରୁ ଚୁଟି ଧରି ବାହାରକୁ ଘୋଷାଡ଼ି ଆଣିଲେ ନନଙ୍କୁ। ରକ୍ତମୁଖା ହିଂସ୍ର ପଶୁଙ୍କ ଭିତରେ ନୀରିହ ହରିଣୀ ପରି ଭୟାତୁରା ନନ୍ ଛାଡ଼ିଦେବାକୁ ନେହୁରା ହେଉଥିଲେ। ମାତ୍ର ନନ୍ ଦେହର ମାଂସ ଖାଇବାର ମୋହ ସେମାନଙ୍କୁ ଏମିତି ଗ୍ରାସ କରିଥିଲା ଯେ, ତାର ଆର୍ତ ଚିକ୍ରାର କାହାକୁ ଶୁଭି ନ ଥିଲା। ସଶସ୍ତ୍ର ଦଙ୍ଗାକାରୀ ନନକୁ ଜଙ୍ଗଲ ଭିତରକୁ ନେଇ ପଳାଇଥିଲେ। ଦଙ୍ଗାକାରୀଙ୍କ ଦ୍ୱାରା ଗଣଦୁଷ୍କର୍ମର ଶୀକାର ହୋଇଥିଲେ ନନ୍। ତା ପରେ ବି ରକ୍ଷା ମିଲି ନ ଥିଲା। ଆଉ ଏକ ଦଙ୍ଗାକାରୀ ଗୋଷ୍ଠୀ ପହଞ୍ଚି ଚିକ୍ରାର କରୁଥିଲେ, କୁଆଡ଼େ ଗଲା ନନ୍। ନନଙ୍କୁ ସେମାନେ ଉଲଗ୍ନ କରି ରାସ୍ତାରେ ଚଲାଇ ଚଲାଇ ନେଲେ। ସମସ୍ତେ ଦେଖ୍ ମଜା ନେଉଥିଲେ। ଏମିତିକି ପୋଲିସ ବି ଏ ଦୃଶ୍ୟ ଦେଖ୍ ନ ଦେଖିଲା ପରି ରହିଥିଲା। ଦଙ୍ଗାକାରୀଙ୍କ ଦ୍ୱାରା ବାରମ୍ବାର ଦୁଷ୍କର୍ମର ଶୀକାର ହୋଇଥିଲେ ନନ୍। ନନଙ୍କ ଅଭିଯୋଗ ଆଧାରରେ ପୋଲିସ ୨୭ ଜଣ ଅଭିଯୁକ୍ତଙ୍କୁ ଗିରଫ କରିଥିଲା।

(୨୦୧୪ ମାର୍ଚ ୧୪, ନନ୍ ଗଣଦୁଷ୍କର୍ମ ମାମଲାରେ ୩ ଜଣ ଅଭିଯୁକ୍ତ ଦୋଷୀ ସାବ୍ୟସ୍ତ ହେଲେ , ୬ ଜଣ ଅଭିଯୁକ୍ତ ପ୍ରମାଣ ଅଭାବରୁ ନିର୍ଦ୍ଦୋଷରେ ଖଲାସ ହୋଇଗଲେ।)

ମାଓବାଦୀଙ୍କ ସାମ୍ବାଦିକ ସମ୍ମିଳନୀ

ସ୍ୱାମୀ ଲକ୍ଷ୍ମଣାନନ୍ଦ ସରସ୍ୱତୀଙ୍କ ହତ୍ୟାକାଣ୍ଡ ଏବଂ ପରବର୍ତ୍ତୀ ଦଙ୍ଗା ପଛରେ ଗୋଟିଏ କାରଣ ଜଳ ଜଳ ଦିଶୁଥିଲା ଧର୍ମାନ୍ତରଣ । ଏପର୍ଯ୍ୟନ୍ତ ହିନ୍ଦୁ ଓ ଖ୍ରୀଷ୍ଟିଆନ ଧର୍ମର ତଥାକଥିତ ନେତାମାନଙ୍କ ପରସ୍ପର ବିରୋଧୀ ଅଭିଯୋଗ ଓ ପ୍ରତି-ଅଭିଯୋଗ ଖବରକାଗଜ ପୃଷ୍ଠା ମଣ୍ଡନ କରୁଥିଲା । ଉଭୟ ସଂଗଠନର ନେତାମାନେ ଏମିତି ବିବୃତି ଦେଉଥିଲେ, ଯେମିତି ହୋମଯଜ୍ଞରେ ଘିଅ ଢଳା ହେଉଥିଲା । ଦଙ୍ଗା ଥମିବା ନାଁ ଧରୁ ନଥିଲା । ଏଭଳି ପରିସ୍ଥିତି ଭିତରେ ସିପିଆଇ ମାଓବାଦୀ ବାଂଶଧାରା କମିଟି ପକ୍ଷରୁ ଜଙ୍ଗଲ ଭିତରେ ଡକାଗଲା ସାମ୍ବାଦିକ ସମ୍ମିଳନୀ । ଖୁବ୍ ଗୁପ୍ତରେ ଭୁବନେଶ୍ୱରର ଜଣେ ବରିଷ୍ଠ ସାମ୍ବାଦିକଙ୍କ ନିକଟକୁ ଏହି ସୂଚନା ଆସିବା ପରେ ବିବିସି, ଏନଡ଼ିଟିଭି, ହିନ୍ଦୁ, ଇଟିଭି ଓଡ଼ିଆ ଏବଂ ଓଟିଭିର ଦଶଜଣ ସାମ୍ବାଦିକ ଓ କ୍ୟାମେରାମ୍ୟାନଙ୍କ ଏକ ପ୍ରତିନିଧି ଦଳ ଜଙ୍ଗଲ ଯାତ୍ରା ଆରମ୍ଭ କଲେ । ଇଟିଭି ଓଡ଼ିଆର ପ୍ରତିନିଧି ଭାବେ ମୁଁ ମଧ୍ୟ ଏହି ଟିମରେ ସାମିଲ ଥିଲି । ଆମେ ସୋରଡ଼ାରୁ ଦାରିଙ୍ଗବାଡ଼ି ରାସ୍ତାରେ କିଛି ବାଟ ଯିବା ପରେ ଗୋଟିଏ ଗାଁ ନିକଟରେ ପହଞ୍ଚିଲୁ । ସେଠି ଗାଡ଼ି ରଖି ଚାଲି ଚାଲି ଜଙ୍ଗଲ ଭିତରକୁ ପଶିଲୁ । ଆମକୁ ଦିଆଯାଇଥିବା ସୂଚନା ମୁତାବକ ଆମେ ଠିକଣା ଜାଗାରେ ପହଞ୍ଚିବା ପରେ ଜଣେ ସଶସ୍ତ୍ର ମାଓବାଦୀ ଆମକୁ ଜଙ୍ଗଲ ଭିତରକୁ ନେଇଗଲେ । ସାମ୍ବାଦିକ ଭାବେ ଆମେ ଯଦିଓ ଅନେକ ସାମ୍ବାଦିକ ସମ୍ମିଳନୀରେ ଯୋଗ ଦେଇଥିଲୁ, କିନ୍ତୁ ପାହାଡ଼ ଜଙ୍ଗଲ ଭିତରେ ଜଣେ ମାଓବାଦୀ ନେତାଙ୍କ ଦ୍ୱାରା ଡକାଯାଇଥିବା ସାମ୍ବାଦିକ ସମ୍ମିଳନୀରେ ଯୋଗ ଦେବାକୁ ନେଇ ସମସ୍ତେ ବେଶ୍ ଉସାହିତ ଥିଲେ । ଆମେ ସେମାନଙ୍କ ଆଡ଼ାରେ ପହଞ୍ଚିବା ମାତ୍ରେ ଜଣେ ଡେଙ୍ଗା ଯୁବକ, ଯିଏ ମୁହଁକୁ କପଡ଼ାରେ ଢାଙ୍କି ରଖିଥିଲେ, ଲାଲ୍ ସଲାମ କହି ସ୍ୱାଗତ କଲେ । ସବୁ ସାମ୍ବାଦିକଙ୍କ ସହ କରମର୍ଦ୍ଦନ କଲେ । ସେ ତାଙ୍କ ନାଁ ସୁନୀଲ ଓରଫ ଶରତ ବୋଲି ପରିଚୟ ଦେଲେ । ପୂର୍ବରୁ

ଗଣମାଧ୍ୟମକୁ ବିଭିନ୍ନ ସମୟରେ ସୁନୀଲ ଓରଫ ଶରତ ନାଁରେ ପ୍ରେସ ଇସ୍ତାହାର ଆସୁଥିବାରୁ ସାମ୍ବାଦିକମାନେ ଏହି ନାଁ ସହିତ ପରିଚିତ ଥିଲେ। ସୁନୀଲ ଓ ଶରତ ଭଳି ଛଦ୍ମ ନାଁରେ ସବ୍ୟସାଚୀ ପଣ୍ଡା ମାଓବାଦୀ ବାଂଶଧାରା କମିଟିର ନେତୃତ୍ୱ ନେଉଥିବା କଥା ଆମେ ଅସମର୍ଥିତ ସୂତ୍ରରୁ ଜାଣିଥାଉ। ତେବେ ସେ ସବ୍ୟସାଚୀ ପଣ୍ଡା ହୁଅନ୍ତୁ ଅବା ସୁନୀଲ କି ଶରତ, ସ୍ୱାମୀ ଲକ୍ଷ୍ମଣାନନ୍ଦ ସରସ୍ୱତୀଙ୍କ ହତ୍ୟାକାଣ୍ଡ ଭଳି ଅତ୍ୟନ୍ତ ସ୍ୱର୍ଶକାତର ପ୍ରସଙ୍ଗ ଉପରେ ମାଓବାଦୀଙ୍କ ମନ୍ତବ୍ୟ ରେକର୍ଡ କରିବା ପାଇଁ ଆମେ ତତ୍ପର ଥାଉ।

ସାମ୍ବାଦିକ ସମ୍ମିଳନୀର ସାରାଂଶ ଥିଲା ଏମିତି, " ହିନ୍ଦୁ ଧର୍ମ ପ୍ରଚାରକ ସ୍ୱାମୀ ଲକ୍ଷ୍ମଣାନନ୍ଦ ସରସ୍ୱତୀଙ୍କ କାର୍ଯ୍ୟକୁ ନେଇ ସ୍ଥାନୀୟ ଅଞ୍ଚଳରେ ଅସନ୍ତୋଷ ରହିଥିଲା। ସେ ଗୋ ସୁରକ୍ଷା ଦିଗରେ କାର୍ଯ୍ୟ କରୁଥିବାରୁ ଯେଉଁ ସଂପ୍ରଦାୟ ଗୋମାଂସ ଭକ୍ଷଣ କରୁଥିଲେ, ସେମାନେ ତାଙ୍କୁ ବିରୋଧ କରୁଥିଲେ। ବଳପୂର୍ବକ ପୁନଃଧର୍ମାନ୍ତରଣ କରାଉଥିଲେ। ଆଦିବାସୀମାନେ ହିନ୍ଦୁ ନୁହଁନ୍ତି। ସେମାନେ ପ୍ରକୃତି ଉପାସକ ହୋଇଥିବା ବେଳେ ସେମାନଙ୍କୁ ହିନ୍ଦୁ କହି ଧର୍ମ ପ୍ରଚାର କରୁଥିଲେ। ସନ୍ୟାସୀ ନାଁରେ ସେ ଜଣେ ଭଣ୍ଡ ଥିଲେ। ଆମେ ତାଙ୍କୁ ସ୍ୱାମୀଜୀ ବୋଲି ଗ୍ରହଣ କରିବାକୁ ପ୍ରସ୍ତୁତ ନୋହୁ। ତେଣୁ ଏଭଳି ଅଶାନ୍ତ ପରିବେଶ ସୃଷ୍ଟି କରୁଥିବା ବୃଦ୍ଧ ଧର୍ମ ପ୍ରଚାରକଙ୍କୁ ଆମେ (ମାଓବାଦୀ) ହତ୍ୟା କରିଦେଲୁ। ଇତ୍ୟାଦି ଇତ୍ୟାଦି ..... "

ତା ପରଦିନ ମାଓବାଦୀ ନେତାଙ୍କ ସାକ୍ଷାତକାର ସବୁ ସମ୍ବାଦପତ୍ର ଓ ଗଣମାଧ୍ୟମ ପୃଷ୍ଠାରେ ପ୍ରକାଶ ପାଇଲା। ଇଟିଭି ଓଡ଼ିଆରେ ମୁଁ ନେଇଥିବା ସାକ୍ଷାତକାର ପ୍ରସାରିତ ହେଲା। ଏହି ସାମ୍ବାଦିକ ସମ୍ମିଳନୀ ପରେ ସ୍ୱାମୀ ଲକ୍ଷ୍ମଣାନନ୍ଦ ସରସ୍ୱତୀଙ୍କ ହତ୍ୟାକାଣ୍ଡର କାରଣ ଏବଂ ପ୍ରକୃତ ହତ୍ୟାକାରୀକୁ ନେଇ ଦ୍ୱନ୍ଦ୍ୱ ଦେଖାଦେଲା। ହିନ୍ଦୁଧର୍ମ ସଙ୍ଗଠନ ହତ୍ୟାକାଣ୍ଡର ଆରୋପ ଖ୍ରୀଷ୍ଟିଆନଙ୍କ ଉପରେ ଲଗାଇଥିବା ବେଳେ ଏବେ ମାଓବାଦୀଙ୍କ ସାମ୍ବାଦିକ ସମ୍ମିଳନୀ ପରେ ସେମାନେ ନିଜକୁ ନିର୍ଦ୍ଦୋଷ ବୋଲି କହିବାକୁ ଲାଗିଲେ। ଏମିତି ସ୍ୱାମୀଜୀଙ୍କ ହତ୍ୟାକାରୀକୁ ନେଇ କିଛିଦିନ କାଦୁଅ ଫୋପଡ଼ା ଫୋପଡ଼ି ଚାଲିଲା।

ଏବେ ପ୍ରଶ୍ନ ଉଠୁଛି, ମାଓବାଦୀମାନେ ହିନ୍ଦୁ ନା ଖ୍ରୀଷ୍ଟିଆନ ? ସେମାନେ କାହା ସ୍ୱାର୍ଥ ରକ୍ଷା କରିବା ପାଇଁ ସ୍ୱାମୀଜୀଙ୍କୁ ହତ୍ୟା କଲେ ? ଏବଂ ସ୍ୱାମୀଜୀଙ୍କୁ ହତ୍ୟା କରିବା ଦ୍ୱାରା ଯେଉଁମାନଙ୍କ ସ୍ୱାର୍ଥ ସାଧନ ହେଲା, ସେମାନଙ୍କ ସହ ମାଓବାଦୀଙ୍କ ସଂପର୍କ କ'ଣ ?

ଏହି ପ୍ରସଙ୍ଗରେ କିଛି ପ୍ରଶ୍ନ ଏବେ ବି ମୋ ମନକୁ ଆନ୍ଦୋଳିତ କରୁଛି। ଭୁବନେଶ୍ୱରରୁ ଆମେ ଦଶଜଣ ସାମ୍ବାଦିକ ମାଓବାଦୀଙ୍କ ଡାକରାରେ ଜଙ୍ଗଲ ଭିତରକୁ

ଯିବା ସଂପର୍କରେ ଗୁଇନ୍ଦା ବାବୁମାନେ କେମିତି ଜାଣି ପାରିଲେନି। ନା ସରକାରଙ୍କ ଗୁପ୍ତ ନିର୍ଦ୍ଧେଶରେ ମାଓବାଦୀ ସାମ୍ବାଦିକ ସମ୍ମିଳନୀ ଡାକିଥିଲେ ? ଜାତୀୟ ସମ୍ବାଦପତ୍ରରେ କାର୍ଯ୍ୟ କରୁଥିବା ଜଣେ ବରିଷ୍ଠ ସାମ୍ବାଦିକ ମତେ କହିଲେ, ସରକାର ଜାଣି ନ ଥିଲେ ଆମେ କ'ଣ ଜଙ୍ଗଲ ଭିତରକୁ ଯାଇ ପାରିଥାନ୍ତେ ? ଯେତେବେଳେ ଦଙ୍ଗା ଥମିବାର ନାଁ ଧରିଲାନି ଏବଂ ଜାତୀୟ ଓ ଅନ୍ତର୍ଜାତୀୟସ୍ତରରେ ଦଙ୍ଗାକୁ ନେଇ ନବୀନ ପଟ୍ଟନାୟକଙ୍କ ସରକାର ବଦନାମ ହେଲା, ସେତେବେଳେ ମାଓବାଦୀଙ୍କୁ ଦୋଷ ମୁଣ୍ଡେଇବା ପାଇଁ ସରକାର ଡିଲ୍ କରିଥିଲେ। ଯଦି ଏହି ବରିଷ୍ଠ ସାମ୍ବାଦିକଙ୍କ କଥାରେ କିଛି ସତ୍ୟତା ଥାଏ, ତେବେ ମାଓବାଦୀ ଓ ସରକାର ଚଲାଉଥିବା ରାଜନେତାଙ୍କ ମଧ୍ୟରେ ଥିବା ଗୁପ୍ତ ବୁଝାମଣାକୁ ଏହା ସୂଚିତ କରାଉଛି। ଅତଏବ ମାଓବାଦୀମାନେ ସ୍ୱାମୀ ଲକ୍ଷ୍ମଣାନନ୍ଦ ସରସ୍ୱତୀଙ୍କୁ ହତ୍ୟା କରିବା ପାଇଁ ଏବଂ ହତ୍ୟା କରିବାର ସଂପୂର୍ଣ୍ଣ ଦୋଷ ନିଜ ମୁଣ୍ଡକୁ ନେବା ପାଇଁ କାହା କାହା ସାଙ୍ଗରେ ଡିଲ୍ କରିଥିଲେ, ତାହା ତଦନ୍ତ ସାପେକ୍ଷ।

ବିଚାର ବିଭାଗୀୟ ତଦନ୍ତ କମିଶନରେ ଜେରା

ସବୁ ସ୍ପର୍ଶକାତର ପ୍ରସଙ୍ଗକୁ ସରକାର ଯେମିତି ହ୍ୟାଣ୍ଡେଲ କରନ୍ତି, ସ୍ୱାମୀ ଲକ୍ଷ୍ମଣାନନ୍ଦ ସରସ୍ୱତୀଙ୍କ ହତ୍ୟାକାଣ୍ଡକୁ ବି ସରକାର ସେମିତି ହ୍ୟାଣ୍ଡେଲ କଲେ। ବିରୋଧୀଙ୍କ ତୁମ୍ବିତୋଫାନକୁ ରୁଦ୍ଧ କରିବା ପାଇଁ ସରକାର ସ୍ୱାମୀ ଲକ୍ଷ୍ମଣାନନ୍ଦ ସରସ୍ୱତୀଙ୍କ ହତ୍ୟା ଓ ପରବର୍ତ୍ତୀ ଦଙ୍ଗା ମାମଲାରେ ସରକାର ବିଚାରବିଭାଗୀୟ ତଦନ୍ତ ଘୋଷଣା କଲେ। ଅବସରପ୍ରାପ୍ତ ବିଚାରପତି ଜଷ୍ଟିସ ଶରତ ଚନ୍ଦ୍ର ମହାପାତ୍ର ତଦନ୍ତ କମିଶନ ଭାବେ ଦାୟିତ୍ୱ ନେଲେ। ଆରମ୍ଭ ହେଲା ତଦନ୍ତ ପ୍ରକ୍ରିୟା। ତଦନ୍ତ ଆରମ୍ଭ ହେବାର କିଛି ମାସ ପରେ ଦିନେ ମୋ ପାଖକୁ ତଦନ୍ତ କମିଶନ ଜଷ୍ଟିସ ଶରତଚନ୍ଦ୍ର ମହାପାତ୍ରଙ୍କ ଅଫିସରୁ ଏକ ସମନ ଆସିଲା। ନିର୍ଦ୍ଦିଷ୍ଟ ତାରିଖରେ ଉପସ୍ଥିତ ରହି କମିଶନଙ୍କ ପାଖରେ ଏକ ସତ୍ୟପାଠ ଦାଖଲ କରିବାକୁ କୁହାଗଲା। ମାଓବାଦୀଙ୍କ ସାମ୍ବାଦିକ ସମ୍ମିଳନୀର ଖବର ମୁଁ ସେତେବେଳେ ଇଟିଭି ଓଡ଼ିଆରେ ପ୍ରସାରଣ କରିଥିଲି। ପ୍ରସାରିତ ଭିଡ଼ିଓରେ ମାଓବାଦୀ ନେତା ଶରତ ସ୍ୱାମିଜୀଙ୍କୁ ହତ୍ୟା କରିଥିବା ଦାବି କରୁଥିଲେ। କେବଳ ମୁଁ ନୁହେଁ, ସେତେବେଳେ ସାମ୍ବାଦିକ ସମ୍ମିଳନୀରେ ଯୋଗ ଦେଇଥିବା ସମସ୍ତ ସାମ୍ବାଦିକ ସୁନୀଲ ଓରଫ ଶରତ ନାଁରେ ସାମ୍ବାଦିକଙ୍କୁ ବିବୃତି ଦେଇଥିବା ମାଓବାଦୀ ନେତାଙ୍କୁ ସବ୍ୟସାଚୀ ପନ୍ଥା ବୋଲି ଦର୍ଶାଇ ଖବର ଛାପିଥିଲେ। ଜଣେ ସାମ୍ବାଦିକ ଭାବେ ମୁଁ ଯାହା ଦେଖିଥିଲି ଏବଂ ଯାହା ରିପୋର୍ଟ କରିଥିଲି, ତାହା ସତ୍ୟପାଠରେ ଉଲ୍ଲେଖ କରି କମିଶନଙ୍କ ନିକଟରେ ଦାଖଲ କରିଥିଲି। ସତ୍ୟପାଠ ଦାଖଲ କରିବାର କିଛି ମାସ ପରେ କମିଶନଙ୍କ କୋର୍ଟରେ ଶୁଣାଣୀ ଆରମ୍ଭ ହେଲା। ମତେ ପୁଣି ଥରେ କମିଶନଙ୍କ କୋର୍ଟରେ ହାଜର ହେବାକୁ ସମନ ହେଲା। ବିଜେପି ପକ୍ଷରୁ ଓକିଲାତି କରୁଥିବା ବରିଷ୍ଠ ନେତା

ଆଡ଼ଭୋକେଟ୍ ସୁରେଶ ପୂଜାରୀ ଏବଂ ଅନ୍ୟ ପକ୍ଷଧାରୀଙ୍କ ଓକିଲମାନେ ମତେ ଘଣ୍ଟାଏ କାଳ ନାନାଦି ପ୍ରଶ୍ନ କଲେ। ଆମେ କେମିତି ମାଓବାଦୀଙ୍କ ପାଖକୁ ଗଲୁ, ସେମାନେ କ'ଣ କହିଲେ, ଜଙ୍ଗଲ ଭିତରେ ସାକ୍ଷାତକାର ଦେବା ବେଳେ ସେମାନଙ୍କ ମୁହଁ ଦେଖାଯାଉଥିଲା ନା ଢାଙ୍କିଥିଲେ ... ଇତ୍ୟାଦି ଇତ୍ୟାଦି। ମୁଁ ମାଓବାଦୀ ନେତାଙ୍କ ସାମ୍ବାଦିକ ସମ୍ମିଳନୀର ଭିଡ଼ିଓ କ୍ଲିପିଂ କମିଶନଙ୍କ ନିକଟରେ ଦାଖଲ କଲି। ଜେରା ସରିବା ପରେ ଅନୌପଚାରିକ ଭାବେ ଜଷ୍ଟିସ ମହାପାତ୍ରଙ୍କ ଆଗରେ ଜଣେ ଓକିଲ ମତେ ପଚାରିଲେ, ମହାନ୍ତି ବାବୁ ସତ କହିବେ, ପ୍ରକୃତରେ ସ୍ୱାମୀଜୀଙ୍କୁ କିଏ ମାରିଛି ? ଜଷ୍ଟିସ ମହାପାତ୍ର ମତେ ଅନାଇ ହସିଲେ। ମୁଁ କହିଲି, ଯଦି ଗୋଟିଏ ଧାଡ଼ିରେ ସ୍ୱାମୀ ଲକ୍ଷ୍ମଣାନନ୍ଦ ସରସ୍ୱତୀଙ୍କୁ କିଏ ହତ୍ୟା କରିଛି କହିଦେବି, ତାହେଲେ ସାର୍ କ'ଣ କରିବେ ?

ତଦନ୍ତ ପ୍ରକ୍ରିୟା ଚାଲିଥିବା ଭିତରେ ଜଷ୍ଟିସ ଶରତଚନ୍ଦ୍ର ମହାପାତ୍ରଙ୍କ ବିୟୋଗ ଘଟିଲା। ଏବଂ ଏହାପରେ କମିଶନ ଭାବେ ଜଷ୍ଟିସ ନାଇଡୁ ନିଯୁକ୍ତ ହେଲେ। ଜଷ୍ଟିସ ନାଇଡୁ କମିଶନଙ୍କ ନିକଟରେ ମଧ୍ୟ ମତେ ହାଜର ହେବାକୁ ସମନ ଆସିଲା।

ବିଚାର ବିଭାଗୀୟ ତଦନ୍ତ ଚାଲିଥିବା ବେଳେ ମାଓବାଦୀ ନେତା ସବ୍ୟସାଚୀ ପଣ୍ଡାକୁ ପୋଲିସ ଗିରଫ କରିଥିଲା। ସବ୍ୟସାଚୀ ଗିରଫ ହେବା ପରେ ମୋ ବୟାନ ତଥା ପ୍ରସାରିତ ଇଣ୍ଟିଭି ସମ୍ବାଦ ଆଧାରରେ କମିଶନଙ୍କ ପକ୍ଷରୁ ସବ୍ୟସାଚୀଙ୍କୁ ସମନ କରାଗଲା। ମତେ ପୁନର୍ବାର କମିଶନଙ୍କ କୋର୍ଟରେ ଜେରାର ସମ୍ମୁଖୀନ ହେବାକୁ ପଡ଼ିଲା। ଦ୍ବନ୍ଦ ଥିଲା ଏଇୟା ଯେ, ମୁଁ ପୂର୍ବରୁ ଦେଇଥିବା ବୟାନରେ କହିଥିଲି, ସାମ୍ବାଦିକ ସମ୍ମିଳନୀ ଡାକିଥିବା ମାଓବାଦୀ ନେତା ହେଉଛନ୍ତି, ସବ୍ୟସାଚୀ ପଣ୍ଡା ଓରଫ ସୁନୀଲ ଓରଫ ଶରତ। ଏବେ ଗିରଫ ହୋଇଥିବା ସବ୍ୟସାଚୀ ପଣ୍ଡା ଏବଂ ସାମ୍ବାଦିକ ସମ୍ମିଳନୀ ଡାକି ହତ୍ୟାକାଣ୍ଡକୁ ସ୍ୱୀକାର କରିଥିବା ମାଓବାଦୀ ନେତା ଏକା ନା ଅଲଗା। ଏବେ ପୋଲିସ ଯେଉଁ ସବ୍ୟସାଚୀ ପଣ୍ଡାକୁ ଗିରଫ କରିଛି, ଆପଣ ତାଙ୍କୁ ଜଙ୍ଗଲରେ ଭେଟିଥିଲେ ତ ?

ମୋର ବକ୍ତବ୍ୟ ଥିଲା, ମୁଁ ଯାହାକୁ ଜଙ୍ଗଲରେ ଭେଟିଥିଲି, ସେ ମୁହଁକୁ ପୂରା ଢାଙ୍କି ରଖିଥିଲା। କେବଳ ଆଖି ଦୁଇଟି ଦିଶୁଥିଲା। ସେ ସାକ୍ଷାତକାର ଦେଉଥିବା ବେଳର ଭିଡ଼ିଓ କ୍ଲିପିଂ ମୁଁ କମିଶନଙ୍କ ନିକଟରେ ଦାଖଲ କରିସାରିଛି।

ପ୍ରଶ୍ନ : ଆପଣ କେମିତି ଜାଣିଲେ, ସିଏ ସବ୍ୟସାଚୀ ପଣ୍ଡା ବୋଲି ? ସବ୍ୟସାଚୀ ପଣ୍ଡାଙ୍କୁ ଆପଣ ଆଗରୁ ଜାଣିଥିଲେ କି ?

ଉତ୍ତର ଥିଲା- ସବ୍ୟସାଚୀ ପଣ୍ଡା ମାଓବାଦୀ ହେବା ପୂର୍ବରୁ ପୁରୀ ଏସସିଏସ

କଲେଜରେ ପାଠ ପଢୁଥିଲା। ଷ୍ଟୁଡେଣ୍ଟ ଫେଡ଼େରେସନ ଅଫ ଇଣ୍ଡିଆ (ସିପିଆଇଏମ ର ଛାତ୍ର ସଙ୍ଗଠନ)ରେ କାର୍ଯ୍ୟ କରୁଥିଲା। ତାଙ୍କ ବାପା ସିପିଆଇଏମରୁ ବିଧାୟକ ଥିଲେ। ସୁତରାଂ ସବ୍ୟସାଚୀ ପଣ୍ଡାଙ୍କୁ କେବଳ ମୁଁ ନୁହେଁ, ଅନେକ ବ୍ୟକ୍ତିଗତ ଭାବେ ଜାଣନ୍ତି। ସାକ୍ଷାତକାର ଦେବା ବେଳେ ସେ ମୁହଁକୁ ସଂପୂର୍ଣ୍ଣ ଘୋଡ଼ାଇ ରଖୁଥିଲା ଏବଂ ନିଜକୁ ଶରତ, ସୁନୀଲ ବୋଲି ପରିଚୟ ଦେଉଥିଲା।

ସୁନୀଲ ଓରଫ ଶରତ ନାଁରେ ସବୁବେଳେ ମିଡ଼ିଆକୁ ବ୍ୟାନ ଦେଇଆସୁଥିବା ନେତା ଜଣକ ସବ୍ୟସାଚୀ ପଣ୍ଡା ବୋଲି ସମସ୍ତେ ଜାଣନ୍ତି। ତେବେ ଉଭୟ ଏକା କି ଅଲଗା, ତାହା ଉକ୍ତ କ୍ଲିପିଂର ଅଡ଼ିଓ ଭିଡ଼ିଓ ସାଙ୍ଗେ ଗିରଫ ହୋଇଥିବା ସବ୍ୟସାଚୀ ପଣ୍ଡାର ଅଡ଼ିଓ ଭିଡ଼ିଓକୁ ଫରେନସିକ ଲାବକୁ ପଠାଯାଉ ବୋଲି ମୁଁ କହିଲି। ମୁଁ ଯାହା ଦେଖିଥିଲି ଏବଂ ଯାହା ଭିଡ଼ିଓ ସୁଟିଂ କରିଥିଲି, ସେସବୁର କ୍ଲିପିଂ କମିଶନଙ୍କୁ ଦେଇସାରିଛି।

ଏହି ଘଟଣାର କିଛି ମାସ ପରେ କମିଶନ ତାଙ୍କ ରିପୋର୍ଟ ସରକାରଙ୍କୁ ପ୍ରଦାନ କରିଥିଲେ। ମାତ୍ର ବିଚାର ବିଭାଗୀୟ କମିଶନ କାହିଁକି ବସେ, ବର୍ଷ ବର୍ଷ ଧରି ବସୁଥିବା ତଦନ୍ତ କମିଶନଙ୍କ ରିପୋର୍ଟ ଆଧାରରେ କେବେ କ'ଣ କାର୍ଯ୍ୟାନୁଷ୍ଠାନ ହୁଏ, ମୁଁ ଜାଣିନି। କାରଣ ଘଟଣାର ୧୬ ବର୍ଷ ପରେ ବି ରାଜ୍ୟ ସରକାର ତଦନ୍ତ କମିଶନଙ୍କ ରିପୋର୍ଟ ଆଧାରରେ କୌଣସି କାର୍ଯ୍ୟାନୁଷ୍ଠାନ ଗ୍ରହଣ କରିନାହାଁନ୍ତି।

ବିଗ୍ ଡିଲ୍ !

ସ୍ୱାମୀ ଲକ୍ଷ୍ମଣାନନ୍ଦ ସରସ୍ୱତୀଙ୍କ ହତ୍ୟାକାଣ୍ଡ ରାଜ୍ୟ ଆଇନଶୃଙ୍ଖଳା ପ୍ରତି ଥିଲା ଏକ ବିଦ୍ରୂପ। ରାଜ୍ୟରେ ସେତେବେଳେ ବିଜେଡ଼ି-ବିଜେପି ମେଣ୍ଟ ସରକାର ଚାଲିଥିଲା। ରାଜସ୍ୱ, ଆଇନ ବିଭାଗ ଭଳି ପ୍ରମୁଖ ବିଭାଗ ବିଜେପି ମନ୍ତ୍ରୀମାନଙ୍କ ହାତରେ ଥିଲା। ତଥାପି ସେମାନେ ଜଣେ ହିନ୍ଦୁ ଧର୍ମ ପ୍ରଚାରକଙ୍କୁ ସୁରକ୍ଷା ଦେଇପାରି ନଥିଲେ। ବିଜେପିକୁ ଏଇଥିପାଇଁ ଦୋଷ ଦେବା କଥା, ସେମାନଙ୍କ ସହବନ୍ଧିତ ସଙ୍ଗଠନ ବିଶ୍ୱହିନ୍ଦୁ ପରିଷଦର ମାର୍ଗଦର୍ଶକ ଥିଲେ ସ୍ୱାମୀଜୀ। ବହୁ ପୂର୍ବରୁ ସ୍ୱାମୀଜୀଙ୍କୁ ହତ୍ୟା କରିବା ପାଇଁ ଧମକ ମିଳୁଥିଲା ଏବଂ ଏହାକୁ ନେଇ ସେ ଭୁବନେଶ୍ୱର ଆସି କ୍ଷୋଭ ପ୍ରକାଶ ମଧ୍ୟ କରିଥିଲେ। ଏହାସତ୍ତ୍ୱେ ବି ରାଜ୍ୟ ସରକାର ଆବଶ୍ୟକ ସୁରକ୍ଷା ଯୋଗାଇ ଦେବାରେ ବିଫଳ ହୋଇଥିଲେ।

ସ୍ୱାମୀଜୀଙ୍କ ଅପରାଧ ଥିଲା ସେ ବଳପୂର୍ବକ ଧର୍ମାନ୍ତରଣକୁ ବିରୋଧ କରୁଥିଲେ। ସ୍ଥାନୀୟ ଅଞ୍ଚଳରେ ଗୋ-ସୁରକ୍ଷା ଉପରେ ଗୁରୁତ୍ୱ ଦେଉଥିଲେ। ଗୋ-ହତ୍ୟା ଓ ଗୋରୁ ଚାଲାଣ ରୋକିବାରେ ସେ ଏକପ୍ରକାର ସଫଳ ହୋଇଥିଲେ। ସଂଖ୍ୟାଲଘୁ ଭୋଟ ହାତେଇବା ପାଇଁ ବିଜେପିକୁ ସାଂପ୍ରଦାୟିକ ଦଳ ଭାବେ ପ୍ରଚାର କରି ଅଣ-ବିଜେପି ଦଳ ଗୁଡ଼ିକ ରାଜନୀତି କରୁଥିଲେ। ଅତଏବ କନ୍ଧମାଳରେ ହିନ୍ଦୁ ଓ ଖ୍ରୀଷ୍ଟିଆନ ସଂପ୍ରଦାୟ ପ୍ରତି ରାଜନୈତିକ ସମର୍ଥନ ମଧ୍ୟ ଦୁଇଭାଗ ହୋଇଯାଇଥିଲା। ଯେହେତୁ ଧର୍ମାନ୍ତରଣକୁ ସ୍ୱାମୀଜୀ ପ୍ରଚଣ୍ଡ ବିରୋଧ କରୁଥିଲେ, ସେଥିପାଇଁ ସବୁଦିନ ନିମନ୍ତେ ତାଙ୍କୁ ରାସ୍ତାରୁ ହଟେଇ ଦେବାକୁ ବିଧିବଦ୍ଧ ଷଡ଼ଯନ୍ତ୍ର ହୋଇଥିଲା। ଏହା ପଛରେ ନିର୍ଦ୍ଦିଷ୍ଟ ସାଂପ୍ରଦାୟିକ ଗୋଷ୍ଠୀର ତଥାକଥିତ ଧାର୍ମିକ ନେତାମାନେ ଜଡ଼ିତ ଥିଲେ। ଯୋଜନାବଦ୍ଧ ଭାବେ ସ୍ୱାମୀଜୀଙ୍କୁ ଗୁଳି କରି ହତ୍ୟା କରାଯାଇଥିଲା। ସ୍ୱାମୀଜୀଙ୍କୁ ହତ୍ୟା କରିବା ପରେ କନ୍ଧମାଳରେ ଭୟଙ୍କର ସାଂପ୍ରଦାୟିକ ଦଙ୍ଗା ହେଲା। ଦଙ୍ଗାରେ ବେଶୀ କ୍ଷତିଗ୍ରସ୍ତ

ହୋଇଥିଲେ ଖ୍ରୀଷ୍ଟିଆନ ପରିବାର। ସରକାରୀ ରିପୋର୍ଟ ଅନୁଯାୟୀ ଦଙ୍ଗାରେ ୪୦ ଜଣଙ୍କ ମୃତ୍ୟୁ ହୋଇଥିଲା, ଯଦିଓ ପ୍ରାଣ ହରାଇଥିବା ଲୋକଙ୍କ ସଂଖ୍ୟା ବେସରକାରୀ ସୂତ୍ର ଅନୁଯାୟୀ ଶହେରୁ ଅଧିକ ହେବ। ବହୁ ଖ୍ରୀଷ୍ଟିଆନ ଯୁବତୀ ଓ ମହିଳା ଦଙ୍ଗାକାରୀଙ୍କ ଦ୍ୱାରା ଦୁଷ୍କର୍ମର ଶୀକାର ହେଲେ। ଶହ ଶହ ଚର୍ଚ୍କୁ ନିଆଁ ଲଗେଇ ଜାଳି ଦିଆଗଲା। ହଜାର ହଜାର ଘର ଦଙ୍ଗା ନିଆଁରେ ଜଳିପୋଡ଼ି ଭସ୍ମ ହୋଇଗଲା। ଦଙ୍ଗା ଭୟରେ ଅନେକ ଖ୍ରୀଷ୍ଟିଆନ ପରିବାର ବେଘର ହୋଇଗଲେ। ଦଙ୍ଗା ନିଆଁ ସେତେବେଳେ ଏମିତି ହୁ ହୁ ହୋଇ ଜଳୁଥିବା ବେଳେ ଉଭୟ ହିନ୍ଦୁ ଓ ଖ୍ରୀଷ୍ଟିଆନ ସଙ୍ଗଠନର ବଡ଼ପଣ୍ଡାମାନେ ନିଆଁରେ ଘିଅ ଢାଳିବା କାମ କରୁଥିଲେ। ଧର୍ମକୁ ନେଇ ରାଜନୀତି ଜୋର ଧରିଥିଲା। ବିଶେଷକରି ଆଦିବାସୀ ଅଧ୍ୟୁଷିତ ଅଞ୍ଚଳରେ ଖ୍ରୀଷ୍ଟିଆନ ସଂଗଠନଗୁଡ଼ିକ କରୁଥିବା ଧର୍ମାନ୍ତରୀକରଣକୁ ବିରୋଧ କରୁଥିଲା ହିନ୍ଦୁ ସଙ୍ଗଠନ। ଦେଶର ବିଭିନ୍ନ ଅଞ୍ଚଳରେ ଖ୍ରୀଷ୍ଟିଆନମାନେ ଗରିବ ଦଲିତ, ହରିଜନ ଓ ଆଦିବାସୀଙ୍କୁ ବିଭିନ୍ନ ପ୍ରଲୋଭନ ଦେଖାଇ ଧର୍ମାନ୍ତରଣ କରିଥାନ୍ତି। କନ୍ଧମାଳରେ ଧର୍ମାନ୍ତରିତ ଖ୍ରୀଷ୍ଟିଆନଙ୍କ ସଂଖ୍ୟା ବୃଦ୍ଧି ପାଇବା ହିନ୍ଦୁ ସଂଗଠନ ପାଇଁ ଚିନ୍ତାର କାରଣ ଥିଲା।

ଏହି ଘଟଣାକୁ ନେଇ ଅନ୍ତର୍ଜାତୀୟସ୍ତରରେ ଖ୍ରୀଷ୍ଟିଆନ ସଂଗଠନ ବଳ ଗୋଟାଉଥିଲା। ହିନ୍ଦୁ ଧର୍ମଗୁରୁଙ୍କୁ ହତ୍ୟା କରିଥିବା ଆରୋପରୁ ମୁକ୍ତ ହେବା ପାଇଁ ମାଓବାଦୀଙ୍କ ସହ ବଡ଼ ଡିଲ୍ ହୋଇଥିଲା। ଅସମର୍ଥିତ ସୂତ୍ରୁ ମିଳିଥିବା ସୂଚନା ଅନୁଯାୟୀ, ବିଦେଶୀ ସଂଗଠନରୁ ମୋଟା ଅଙ୍କର ଟଙ୍କା ନେବା ପରେ ମାଓବାଦୀମାନେ ସ୍ୱାମୀଜୀଙ୍କୁ ହତ୍ୟା କରିଥିବାର ସମସ୍ତ ଦୋଷ ନିଜେ ମୁଣ୍ଡାଇବାକୁ ପ୍ରସ୍ତୁତ ହୋଇଥିଲେ। ସେଥିପାଇଁ ଜଙ୍ଗଲ ଭିତରେ ସାମ୍ବାଦିକ ସମ୍ମିଳନୀ ଡକାଯାଇଥିଲା। ବିବିସିରୁ ସନ୍ଦୀପ ସାହୁ, ହିନ୍ଦୁରୁ ପ୍ରଫୁଲ୍ଲ ଦାସ, ଏନଡ଼ିଟିଭିରୁ ସମ୍ପଦ ମହାପାତ୍ର ଓ ପୁରୁଷୋତ୍ତମ ସିଂ ଠାକୁର, ଓଟିଭିରୁ ଦୟାନିଧି ଦାଶ ଏବଂ ଇଟିଭି ଓଡ଼ିଆରୁ ମୁଁ, ଏମିତି ଦଶଟି ପ୍ରମୁଖ ଗଣମାଧ୍ୟମ ସଂସ୍ଥାର ପ୍ରତିନିଧିମାନେ ଏହି ସାମ୍ବାଦିକ ସମ୍ମିଳନୀରେ ଯୋଗ ଦେଇଥିଲେ। ମାଓବାଦୀମାନେ ଖ୍ରୀଷ୍ଟିଆନ ସଂଗଠନକୁ କ୍ଲିନ୍ ଚିଟ୍ ଦେଇ ସ୍ୱାମିଜୀଙ୍କୁ ସେମାନେ ହତ୍ୟା କରିଛନ୍ତି ବୋଲି ଦାବି କରିଥିଲେ। ଯଦିଓ ମାଓବାଦୀମାନେ ହତ୍ୟାକାଣ୍ଡ ସେମାନେ ଭିଆଇଥିବା ସ୍ୱୀକାର କରିଥିଲେ, କିନ୍ତୁ ସେମାନଙ୍କ ସହ ଡିଲ୍ କରିଥିବା ବ୍ୟକ୍ତି, ସଂଗଠନ ଅବା ସମ୍ପ୍ରଦାୟର ମୁଖା ଖୋଲିପାରି ନଥିଲା। ମାଓବାଦୀମାନେ ନିଜ ମୁଣ୍ଡକୁ ଦୋଷ ନେବା ପରେ ଘଟଣା ଭିନ୍ନ ମୋଡ଼ ନେଇଥିଲା। ଆରଏସଏସ, ବଜରଙ୍ଗଦଲ ଭଳି ହିନ୍ଦୁ ସଂଗଠନଗୁଡ଼ିକ ଖ୍ରୀଷ୍ଟିଆନ ସଂସ୍ଥାକୁ ଯେପରି ନିନ୍ଦିତ କରୁଥିଲେ, ସେଥିରୁ ମୁକ୍ତି ପାଇବା ପାଇଁ ଖ୍ରୀଷ୍ଟିଆନ ସଂଗଠନକୁ ରାସ୍ତା ମିଳି ଯାଇଥିଲା।

    ଏବେ ପ୍ରଶ୍ନ ଉଠୁଛି, ଶ୍ରେଣୀବିହୀନ, ଶୋଷଣ ବିହୀନ ସମାଜ ଗଠନର ସ୍ୱପ୍ନ ଦେଖୁଥିବା ମାଓବାଦୀମାନେ ସ୍ୱାମିଜୀଙ୍କୁ କାହିଁକି ହତ୍ୟା କରିବାକୁ ନିଷ୍ପତ୍ତି ନେଲେ ? ହିନ୍ଦୁ ଓ ଖ୍ରୀଷ୍ଟିଆନଙ୍କ ଲଢ଼େଇ ଭିତରେ ମାଓବାଦୀ କାହିଁକି ମୁଣ୍ଡ ପୁରେଇଲେ ? ଯାହାର ଭୟଙ୍କର ପରିଣାମ ସାଧାରଣ ଲୋକଙ୍କୁ ଭୋଗ କରିବାକୁ ପଡ଼ିଲା। ଅର୍ଥାତ ମାଓଙ୍କ ଆଦର୍ଶରୁ ମାଓବାଦୀ ବିଚ୍ୟୁତ ହୋଇସାରିଛନ୍ତି। ସେମାନଙ୍କ ଆଗରେ ଆଉ ଆଦର୍ଶ କିଛି ନାହିଁ। ଅଣ୍ଡରଗ୍ରାଉଣ୍ଡ ଡନ୍ ଭଳି ମୋଟାଅଙ୍କର ଟଙ୍କା ନେଇ ବଡ଼ ବଡ଼ ଡିଲ୍ କରୁଛନ୍ତି।

ଇଟାଲୀ ପର୍ଯ୍ୟଟକଙ୍କୁ ଅପହରଣ

ଦାରିଙ୍ଗିବାଡ଼ି । ଓଡ଼ିଶାର କାଶ୍ମୀର ଭାବେ ପରିଚିତ ଦାରିଙ୍ଗିବାଡ଼ି ଓ ଏହାର ଆଖପାଖ ଅଞ୍ଚଳ ଥିଲା ମାଓବାଦୀଙ୍କ ପାଇଁ ଭୂସ୍ୱର୍ଗ । ଅନ୍ୟପକ୍ଷରେ ପ୍ରାକୃତିକ ସୌନ୍ଦର୍ଯ୍ୟରେ ଭରପୂର ଏହି ଅଞ୍ଚଳ ପର୍ଯ୍ୟଟକଙ୍କ ପାଇଁ ଥିଲା ନେଚର କ୍ୟାମ୍ପ । ସୁଉଚ୍ଚ ପର୍ବତମାଳାକୁ ଘାଟି ରାସ୍ତା ଦେଇ ଅତିକ୍ରମ କଲାବେଳେ ଅନୁପମ ସୌନ୍ଦର୍ଯ୍ୟରେ ବିଭୋର ହୋଇଯାନ୍ତି ପର୍ଯ୍ୟଟକ । ଘାଟି ଉପରୁ ପାହାଡ଼ ପାଦଦେଶର ଦୃଶ୍ୟ ଅତ୍ୟନ୍ତ ମନଲୋଭା । ଆଦିବାସୀଙ୍କ ଚାଷବାସର ନିଆରା ଢଙ୍ଗ, ଖଜୁରୀ ଗଛରେ ଝୁଲୁଥିବା ଠେକା, ଜଙ୍ଗଲ ରାସ୍ତାରେ ଲକାଆମ୍ବର ସ୍ୱାଦ ପର୍ଯ୍ୟଟକଙ୍କ ପାଇଁ ଅପୂର୍ବ ଅନୁଭବ । ଏମିତି ଅନୁଭବ ସାଉଁଟୁଥିଲେ ଦୁଇ ଇଟାଲି ପର୍ଯ୍ୟଟକ ପାଓଲୋ ବସୁସ୍କୋ ଓ କ୍ଲାଉଡିଓ କୋଲାଙ୍ଗେଲୋ । ଭାରତର ବିଭିନ୍ନ ପର୍ଯ୍ୟଟନ ସ୍ଥଳ ବୁଲି ବୁଲି ସେମାନେ ପହଞ୍ଚିଥିଲେ ଦାରିଙ୍ଗିବାଡ଼ିରେ । ଖାଲି ପ୍ରକୃତିକୁ ଉପଭୋଗ କରିବା ପାଇଁ ନୁହେଁ, ଆଦିବାସୀ ଜନଜୀବନ ସଂପର୍କରେ ଜାଣିବା ପାଇଁ ସେମାନଙ୍କ ମନରେ ଅଭୁତ ଜିଜ୍ଞାସା ।

ଏମିତି ଏକ ସୁଯୋଗକୁ ଅପେକ୍ଷା କରିଥିଲା କମ୍ରେଡ଼ ସୁନୀଲ । ସରକାରୀ ଅଧିକାରୀଙ୍କୁ ଅପହରଣ କରିବା, ପଣବନ୍ଦୀ ରଖିବାଠୁ ଢ଼େର୍ ଅଧିକ ମାଇଲେଜ ଦେବ ବିଦେଶୀ ପର୍ଯ୍ୟଟକଙ୍କୁ ଅପହରଣ କରିବା । ଜାତୀୟ ଅନ୍ତର୍ଜାତୀୟ ସ୍ତରରେ ହାଇଚଇ ସୃଷ୍ଟି ହୋଇଯିବ । ତିନିଦିନ ଧରି ଦୁଇ ଇଟାଲୀ ପର୍ଯ୍ୟଟକଙ୍କ ଉପରେ ନଜର ରଖିବା ପରେ ସେମାନଙ୍କ ଅପହରଣ ପାଇଁ ଯୋଜନା ତିଆରି କଲା ସେ । ୧୪ ମାର୍ଚ୍ଚ ୨୦୧୨ । ସାଧାରଣ ଲୋକଙ୍କ ପୋଷାକରେ ଦୁଇ ମାଓବାଦୀ କ୍ୟାଡର ସେମାନଙ୍କୁ ସହରର ମୁଖ୍ୟ ରାସ୍ତାରୁ ଗାଁ ଭିତରକୁ ନେଇଗଲେ । ଯେମିତି ସେମାନଙ୍କ ଉପରେ କାହାର ସନ୍ଦେହ ହେବନି । ଆସ୍ତେ ଆସ୍ତେ ଗାଁ ଭିତରୁ ସେମାନଙ୍କୁ ଜଙ୍ଗଲ ରାସ୍ତା ଦେଇ ଭିତରକୁ ନେଇଗଲେ । ଖୁସିରେ ଖୁସିରେ ପାହାଡ଼ ଜଙ୍ଗଲ ରାସ୍ତାରେ ବାଟ ହୁଡ଼ିଗଲେ

ଦୁଇ ଇଟାଲୀ ପର୍ଯ୍ୟଟକ। ବାଟରେ ଟିଣ ଛପର ଘର, ଘର ଉପରେ ଭଗବାନ ଯୀଶୁଙ୍କ କ୍ରସ୍ ଚିହ୍ନ।

ଚର୍ଚ୍ଚ! ପାହାଡ଼ ଜଙ୍ଗଲ ଭିତରେ ଲର୍ଡ ଯୀଶୁ। ମନ ଖୁସି ହୋଇଗଲା ସେମାନଙ୍କର। ସାଧା ପୋଷାକରେ ଥିବା ଦୁଇ ମାଓବାଦୀ କ୍ୟାଡ଼ର ସେମାନଙ୍କୁ ଚର୍ଚ୍ଚ ଭିତରକୁ ନେଇଗଲେ। ଯୀଶୁଙ୍କ ଉଦ୍ଦେଶ୍ୟରେ ପ୍ରାର୍ଥନା କଲେ ଦୁଇ ପର୍ଯ୍ୟଟକ। ମୁହଁ ସଂଜ୍ଞ ହୋଇଯାଇଥିଲା। ପାହାଡ଼ ଉପରୁ ପାଦଦେଶକୁ ଓହ୍ଲାଇ ଆସୁଥିଲା କୁହୁଡ଼ିର ଆବରଣ। ଚର୍ଚ୍ଚ ଭିତରେ ଗୋଟେ ଛୋଟିଆ ବଲ୍ ଟିଏ ନିଜର ସ୍ଥିତି ଜାହିର କରୁଥିଲା। ଦୁଇ ପର୍ଯ୍ୟଟକଙ୍କୁ ବୁଝାଇ ଦିଆଗଲା, ପାହାଡ଼ି ରାସ୍ତାରେ ଆଜି ଆଉ ଫେରିବା ସମ୍ଭବ ନୁହେଁ। ଆପଣମାନେ ଆଜି ଏଠି ବିଶ୍ରାମ ନିଅନ୍ତୁ, କାଲି ସକାଳେ ଫେରିବେ।

ପରସ୍ପର ମୁହଁକୁ ଚାହିଁଲେ ଦୁଇ ପର୍ଯ୍ୟଟକ।

ଜଙ୍ଗଲ ଭିତରେ ଅନେକ ଗେଷ୍ଟ ହାଉସ, ହୋଟେଲରେ ରାତ୍ରୀଯାପନ କରିଛନ୍ତି। ଆଜି ଏ ଟିଣ ଛପର ଘରେ ରାତି କଟାଇବାକୁ ପଡ଼ିବ। ବାହାରେ ଭୀଷଣ ଥଣ୍ଡା। ଚର୍ଚ୍ଚକୁ ଲାଗି ଆଠ ଦଶ ବଖରା ଟିଣ ଛପର ଘରେ ଦିକି ଦିକି ହେଇ ଜଳୁଛି ଲାଇଟ୍। ଲୋ ଭୋଲଟେଜ୍। ପାଖ ଘରୁ ଜଣେ ସ୍ତ୍ରୀ ଲୋକ ଚର୍ଚ୍ଚ ଭିତରକୁ ଆସିଲେ। ଗୋଟେ ଷ୍ଟିଲ୍ ଥାଲିରେ ତିନି ଚାରି କପ୍ ଚା। ଦୁଇ ଗୋରା ଅତିଥିଙ୍କୁ ଚା କପ୍ ବଢ଼େଇ ଦେଇ ନମସ୍କାର କଲେ ସେମାନେ।

ଚା କପ୍ ଓଠରେ ଲଗାଉ ଲଗାଉ ପଚାରିଲେ, ଫାଦର କାହାନ୍ତି?

ମହିଲା ଜଣକ ଚୁପ୍ ରହିଲେ। ମନେ ହେଲା ସେ ବୁଝି ପାରିଲେନି।

ଚାହା ପିଇ ପ୍ରଶଂସା କଲେ ଦୁଇ ଅତିଥି। ମହିଲା ଜଣକ କିଛି କହିବାକୁ ଚାହୁଁଥିଲେ, ସାଦା ପୋଷାକରେ ଥିବା ଦୁଇ କ୍ୟାଡ଼ର ତାଙ୍କୁ ବାହାରକୁ ଯିବାକୁ ଇସାରା କଲେ।

ଚା ପିଆ ନ ସରୁଣୁ ଚର୍ଚ୍ଚ ଭିତରକୁ ପ୍ରବେଶ କଲେ ଚାରିଜଣ ଯୁବକ। ହାତରେ ବନ୍ଧୁକ। ଦୁଇ ପର୍ଯ୍ୟଟକ ଚେୟାର ଛାଡ଼ି ଠିଆ ହେଲେ। ବସିବାକୁ କହିଲେ ବନ୍ଧୁକଧାରୀ ଡେଙ୍ଗା ଯୁବକ।

ଦୁଇ ପର୍ଯ୍ୟଟକ ପଚାରିଲେ ଆପଣମାନେ କିଏ? ପୋଲିସ ନା ଗାଁ ମୁଖ୍ୟ?

ଅଳ୍ପ ହସିଲେ ବନ୍ଧୁକଧାରୀ ଡେଙ୍ଗା ଯୁବକ। କହିଲେ, ଆମେ ଗାଁ ମୁଖ୍ୟ ନୁହଁ କି ପୋଲିସ ନୁହଁ। ଆମେ ବିପ୍ଳବୀ। ମାଓବାଦୀ। ଆମେ ଗରିବ, ସାଧାରଣ ଲୋକଙ୍କ ସ୍ୱାର୍ଥ ରକ୍ଷା ପାଇଁ ଲଢ଼େଇ କରୁଛୁ। ଲୋକଙ୍କ ସ୍ୱାର୍ଥ ରକ୍ଷା ପାଇଁ ଆମେ ତୁମ ଦୁଇଜଣଙ୍କୁ କିଡ଼ନାପ୍ କରିଛୁ।

କିଡ୍‌ନାପ୍‌ ଶବ୍ଦ ଶୁଣିବା ପରେ ଅଜଣା ଭୟରେ ଆତଙ୍କିତ ହୋଇପଡ଼ିଲେ ଦୁଇ ଇଟାଲୀ ପର୍ଯ୍ୟଟକ ।

ସେମାନଙ୍କ ବ୍ୟାଗ୍‌ ତଲାସି ନେବାକୁ ଦୁଇ କ୍ୟାଡ଼ରଙ୍କୁ କହିଲେ ସେ ।

ପାଓଲୋ କହିଲେ, ଆମେ ଆପଣମାନଙ୍କର କ'ଣ ଅନିଷ୍ଟ କରିଛୁ ? ଆମେ ପର୍ଯ୍ୟଟକ । ଆମସାଙ୍ଗେ ଆପଣ ଏମିତି କରନ୍ତୁନି ପ୍ଲିଜ୍‌ ।

କମ୍ରେଡ଼ଙ୍କ ଉତ୍ତର, ବ୍ୟସ୍ତ ହୁଅନ୍ତୁନି । ଆମେ ଆପଣଙ୍କର କିଛି ଅନିଷ୍ଟ କରିବୁନି । ସରକାର ଆମ ଦାବି ପୂରଣ ନ କରିବା ଯାଏଁ ଆପଣମାନେ ଆମ ସହିତ ରହିବେ । ପ୍ଲିଜ୍‌ କୋଅପରେଟ ।

ଆଜି ରାତିରେ ଆମକୁ ଏ ଚର୍ଚ୍ଚ ଛାଡ଼ିବାକୁ ହେବ । ତେଣୁ ଦୁଇ ଅତିଥିଙ୍କ ଖାଇବା ବ୍ୟବସ୍ଥା କରିବାକୁ କହିଲେ କମ୍ରେଡ଼ । କିଛି ସମୟ ଭିତରେ ଖାଇବା ପ୍ରସ୍ତୁତ ହୋଇଗଲା ।

ଜଙ୍ଗଲ ରାସ୍ତା ଛାଡ଼ି ପାହାଡ଼ ଚଢ଼ିବା ଆରମ୍ଭ କଲେ ମାଓବାଦୀ । ସମସ୍ତଙ୍କ ହାତରେ ଟର୍ଚ୍ଚ ଓ ବନ୍ଧୁକ । ମଝିରେ ଦୁଇ ଇଟାଲୀ ପର୍ଯ୍ୟଟକ । ସେମାନେ ମାଓବାଦୀଙ୍କ ଦ୍ୱାରା ପଣବନ୍ଦୀ ହୋଇସାରିଛନ୍ତି, ଏଥିରେ କୌଣସି ସନ୍ଦେହ ନ ଥିଲା ।

ଗେଷ୍ଟ ହାଉସକୁ ଦୁଇ ଇଟାଲୀ ପର୍ଯ୍ୟଟକ ନ ଫେରିବା ସମସ୍ତଙ୍କୁ ଚିନ୍ତାରେ ପକାଇ ଦେଇଥିଲା । ଲୋକାଲ ଥାନାକୁ ଖବର ଦିଆଗଲା । ଚାହୁଁ ଚାହୁଁ ଖବର ରାଷ୍ଟ୍ର ହୋଇଗଲା । ଦୁଇ ଇଟାଲୀ ପର୍ଯ୍ୟଟକଙ୍କୁ ମାଓବାଦୀମାନେ ଅପହରଣ କରି ନେଇଛନ୍ତି । ଖାଲି ଓଡ଼ିଶା ନୁହେଁ, ଜାତୀୟ, ଅନ୍ତର୍ଜାତୀୟ ମିଡ଼ିଆରେ ମୁଖ୍ୟ ଶୀରୋନାମା ପାଲଟିଗଲା ।

ଟିଆରପି ରେସ୍ : ଦାରିଙ୍ଗବାଡ଼ିରୁ ରାଜ୍ୟ ଅତିଥି ଭବନ

ଏମିତି ଖବର ଆସିବା ପରେ ଚଳଚଞ୍ଚଳ ହୋଇଉଠିଲେ ସାମ୍ବାଦିକ । ଟିଆରପି ରେସରେ ଗୋଟିଏ ଧାଡ଼ିକୁ ଦିନସାରା ବିଗ୍ ବ୍ରେକିଂ କରି ଚଲାଉଥିଲେ ସମସ୍ତେ । ଦାରିଙ୍ଗବାଡ଼ି ରାସ୍ତାରେ ଟିଭି ଚ୍ୟାନେଲମାନଙ୍କ ଲାଇଭ୍ ଭ୍ୟାନ୍ ଧାଡ଼ି ଲଗାଇ ଦେଇଥିଲେ । ଯେମିତି ରାଷ୍ଟ୍ରପତି କି ପ୍ରଧାନମନ୍ତ୍ରୀଙ୍କ କାର୍ଯ୍ୟକ୍ରମର ସିଧାପ୍ରସାରଣ ହେବ ।

ଜଣେ ସାମ୍ବାଦିକ ଭାବେ ପ୍ରଥମ ଖବର ପ୍ରସାରଣ କରିବାର ଉକ୍ରଣ୍ଠା ମତେ ବି ଆଚ୍ଛନ୍ନ କରି ଦେଇଥିଲା । ମାଓବାଦୀଙ୍କ ସମର୍ଥକ ଥିବା କିଛି ବୁଦ୍ଧିଜୀବୀଙ୍କୁ ଯୋଗାଯୋଗ କଲି । ଦୁଇ ଇଟାଲୀ ପର୍ଯ୍ୟଟକ କୋଉଠି ଅଛନ୍ତି, ଜଙ୍ଗଲ ଭିତରେ କେମିତି ରହିଛନ୍ତି, ସେମାନଙ୍କ ଫଟୋ କି ମୋବାଇଲ ଭିଜୁଆଲ ପଠାଇବାକୁ ଅନୁରୋଧ କଲି । ଅପହରଣର ତୃତୀୟ ଦିନ । ବିଦେଶୀ ପର୍ଯ୍ୟଟକଙ୍କ ସ୍ଥିତି ସମ୍ପର୍କରେ ସରକାର ଅନ୍ଧାରରେ । କିଛି ଖୋଜ୍ ଖବର ନ ଥାଏ । ମୋ ପାଖକୁ ଖବର ଆସିଲା, ବ୍ରହ୍ମପୁର ନିକଟରୁ ଜଣେ ବ୍ୟକ୍ତିଙ୍କ ପାଖରୁ ସିଡ଼ି ସଂଗ୍ରହ କରିବା ପାଇଁ । ମୋର ଉସ୍ଥାହ ବଢ଼ିଗଲା । ବ୍ରହ୍ମପୁରରେ ଥିବା ଆମ ବ୍ୟୁରୋ ହେଡ୍ ସମୀରକୁ ସିଡି ସଂଗ୍ରହ ପାଇଁ ଠିକଣା ଦେଲି ଏବଂ ସିଡ଼ି ମିଳିବା ମାତ୍ରେ ତୁରନ୍ତ ଭୁବନେଶ୍ୱର ଆସିବାକୁ କହିଲି ।

ରାତି ଦୁଇଟା । ସିଡ଼ି ଧରି ଭୁବନେଶ୍ୱର ବରମୁଣ୍ଡା ବସ୍‌ଷ୍ଟାଣ୍ଡରେ ପହଞ୍ଚିଲେ ବ୍ରହ୍ମପୁରର ରିପୋର୍ଟର ନୃସିଂହ । ମୋ ଆଖିକୁ ନିଦ ନ ଥାଏ । ମୋବାଇଲ ଫୋନକୁ ଅପେକ୍ଷା କରି ରହିଥାଏ । ଫୋନ୍ ରିଙ୍ଗ ହେବା ମାତ୍ରେ ମୁଁ କଥା ହୋଇ ବସ୍‌ଷ୍ଟାଣ୍ଡ ବାହାରି ପଡ଼ିଲି । ବସ୍‌ଷ୍ଟାଣ୍ଡରୁ ସିଡ଼ି ଧରି ଚିଫ୍ ଏଡିଟର ଅଶୋକ ମହାପାତ୍ରଙ୍କ ଘରକୁ ଗଲି । ଦୁଇଜଣ ଯାକ ରାତି ଦୁଇଟାରେ ଅଫିସରେ ପହଞ୍ଚି ସିଡ଼ି ଦେଖ୍‌ଲୁ । ସିଡ଼ିରେ

ଅଡ଼ିଓ ଭିଡ଼ିଓ କିଛି ନ ଥିଲା । କେବଳ ଗୋଟିଏ ଦାବିପତ୍ର ଥିଲା, ଯାହା ସରକାରଙ୍କ ଉଦ୍ଦେଶ୍ୟରେ ଲେଖାଥିଲା । ଜେଲରୁ ଗଣନାଥ ପାତ୍ର, ଶୁଭଶ୍ରୀ ପଣ୍ଡା (ସବ୍ୟସାଚୀ ପଣ୍ଡାଙ୍କ ପତ୍ନୀ) ଓ ଆଶୁତୋଷ ରଣାଙ୍କୁ ମୁକ୍ତ କରିବା ଏବଂ ମାଓବାଦୀଙ୍କ ବିରୋଧରେ ଗ୍ରୀନ୍‌ହ୍ୟାଣ୍ଟ ଅପରେସନ୍ ବନ୍ଦ କରିବା ଭଳି ୧୩ ଦଫା ଦାବି । ଇଟାଲି ପର୍ଯ୍ୟଟକଙ୍କ ଅପହରଣ ପଛରେ ମାଓବାଦୀଙ୍କ ଦାବିପତ୍ର ଖବର ପ୍ରସାରଣ କଲୁ ।

ଦୁଇ ବିଦେଶୀ ପର୍ଯ୍ୟଟକଙ୍କୁ ଅପହରଣ କରାଯାଇଥିବାରୁ କେନ୍ଦ୍ର ସରକାର ବି ରାଜ୍ୟ ସରକାରଙ୍କ ସହ ଯୋଗାଯୋଗରେ ଥାନ୍ତି । କେମିତି ମାଓବାଦୀଙ୍କ କବଳରୁ ଦୁଇ ପର୍ଯ୍ୟଟକଙ୍କୁ ମୁକ୍ତ କରାଯିବ, ବିଚାର ଆଲୋଚନା ଚାଲିଥାଏ । ସବୁଠୁ ଗୁରୁତ୍ୱପୂର୍ଣ୍ଣ ଥିଲା ମାଓବାଦୀଙ୍କ ସହ ଯୋଗାଯୋଗ କରିବା । ଏମିତି ବହୁ ବିଚାର ବିମର୍ଷ ପରେ ଜାତୀୟସ୍ତରରେ ମାଓବାଦୀଙ୍କ ସମର୍ଥକ ତଥା ମାନବାଧିକାର କର୍ମୀଭାବେ ପରିଚିତ ଦୁଇ ପୁରୁଖା ବ୍ୟକ୍ତି ଇଟାଲି ପର୍ଯ୍ୟଟକଙ୍କୁ ମାଓବାଦୀଙ୍କ କବଳରୁ ମୁକୁଳାଇବା ଦିଗରେ ମଧ୍ୟସ୍ଥତା କରିବାକୁ ସମ୍ମତି ଦେଲେ । ଜାତୀୟସ୍ତରର ଦୁଇ ମାଓବାଦୀ ସମର୍ଥକଙ୍କ ସହ ଓଡ଼ିଶାରୁ ଦଣ୍ଡପାଣି ମହାନ୍ତି ମଧ୍ୟ ଏହି ମଧ୍ୟସ୍ଥତା କାର୍ଯ୍ୟରେ ସାମିଲ ହେଲେ । ରାଜ୍ୟ ଅତିଥି ଭବନରେ ଚାଲିଲା ବୈଠକ । ରାଜ୍ୟ ସରକାରଙ୍କ ଗୃହ ବିଭାଗ ସଚିବ, ପୋଲିସ ଡିଜିଙ୍କ ସହ ବୈଠକ କଲେ ମାଓବାଦୀ ମଧ୍ୟସ୍ଥି । ସପ୍ତାହେ କାଳ ବୈଠକ ଚାଲିଲେ ବି ଆଲୋଚନାରୁ ଫଳ କିଛି ବାହାରିଲାନି । ବେଶୀଦିନ ବିଦେଶୀ ପର୍ଯ୍ୟଟକଙ୍କୁ ପାଖରେ ରଖିବା ବି ମାଓବାଦୀଙ୍କ ପାଇଁ କଷ୍ଟକର ଥିଲା । ଶେଷରେ ସାମ୍ୟାଦିକଙ୍କ ସହାୟତାରେ ୬୧ ବର୍ଷୀୟ କ୍ଲାଉଡିଓ କୋଲାଙ୍ଖେଲୋକୁ ମୁକ୍ତ କରିବାକୁ ନିଷ୍ପତି ନେଲେ ମାଓବାଦୀ ।

ସାମ୍ୟାଦିକ ସମ୍ପଦ ମହାପାତ୍ର ଏବଂ କିଛି ସାମ୍ୟାଦିକ ଦାରିଙ୍ଗବାଡ଼ି ନିକଟ ଜଙ୍ଗଲ ଭିତରକୁ ଗଲେ । ଏହି ଟିମରେ ମୁଁ ନ ଥିଲି । ମାର୍ଚ୍ଚ ୨୫ ତାରିଖରେ କ୍ଲାଉଡିଓ କୋଲାଙ୍ଖେଲୋ ମାଓବାଦୀଙ୍କ କବଳରୁ ମୁକ୍ତ ହୋଇଗଲେ । ଅପହୃତ ପର୍ଯ୍ୟଟକଙ୍କୁ ସୋରଡ଼ା ଥାନାରେ ପୋଲିସକୁ ହସ୍ତାନ୍ତର କରାଗଲା ।

ମାତ୍ର ଆଉଜଣେ ପର୍ଯ୍ୟଟକ ପାଓଲୋଙ୍କୁ ସେମାନେ ମୁଣ୍ଡଜାମିନ ରଖିଲେ । ରାଜ୍ୟ ଅତିଥି ଭବନରେ ରାଜ୍ୟ ସରକାର ଓ ମାଓବାଦୀଙ୍କ ମଧ୍ୟରେ ବୁଝାମଣା ଚାଲିଥାଏ । ଦିନତମାମ ମାରାଥନ ବୈଠକ ଶେଷରେ ନିର୍ଯ୍ୟାସ ମିଳୁ ନଥାଏ । କ୍ଲାଉଡିଓ କୋଲାଙ୍ଖେଲୋଙ୍କୁ ମୁକ୍ତ କରିବାର ୧୭ ଦିନ ପରେ ମୋ ପାଖକୁ ଗୋଟେ କଲ୍ ଆସିଲା । ଦୁଇଘଣ୍ଟା ଭିତରେ ବ୍ରହ୍ମପୁର ପହଞ୍ଚ । ମୁଁ ସେତେବେଳେ ଅଫିସରେ ଥାଏ । ବସୁସ୍କୋ ଆଣ୍ଟେଲୋକୁ ମୁକ୍ତ କରିବା ଟିମରେ ମୁଁ ଯାଇ ନଥିବାରୁ ଅବଶୋଷ ଥିଲା । ଏବେ କଲ୍ ପାଇବା ପରେ ମୁଁ ଟିକେ ଖୁସି ହେଲି । ତୁରନ୍ତ ଅଫିସରୁ ଗାଡ଼ି ଗୋଟେ

ଯୋଗାଡ଼ କରି ମୋର ବିଶ୍ୱସ୍ତ ଟିମ୍‌କୁ ପଠାଇଲି । ଯେଉଁ ଟିମରେ ରିପୋର୍ଟର ପୁରୁଷୋତ୍ତମ ସିଂ ଠାକୁର ଏବଂ ଭିଡ଼ିଓ ଜର୍ଣାଲିଷ୍ଟ ପ୍ରମୋଦ ପଟନାୟକ ଥିଲେ । ଯେପରି କୌଣସି ଖବର ଲିକ୍‌ ନ ହେବ ସେଥିପାଇଁ ପୁରା ପ୍ରସ୍ତୁତି ମୁଁ କରିଥାଏ । ଆମ ଟିମ୍‌ ମାଓବାଦୀଙ୍କ କ୍ୟାମ୍ପରେ ପହଞ୍ଚିଲା ବେଳକୁ ରାତି ହୋଇଯାଇଥିଲା । ସାମ୍ୟାଦିକଙ୍କୁ ଦେଖି ପାଓଲୋ ଟିକେ ଆଶ୍ୱସ୍ତି ଅନୁଭବ କଲେ । ସେମାନେ କ'ଣ କହୁଛନ୍ତି ବୋଲି ସାମ୍ୟାଦିକଙ୍କୁ ପଚାରିଲେ । ରାତି ପାହିଲେ ଯାହା ହେବ । ଅଗତ୍ୟା ଆମ ଟିମ୍‌ ପାଖରେ ଆଉ କିଛି ବାଟ ନଥିଲା । ପୁରୁଷୋତ୍ତମ, ପ୍ରମୋଦ ଏବଂ ସେମାନଙ୍କ ଡ୍ରାଇଭର, ତିନିଜଣ ଯାକ ପାହାଡ଼ି ପଥର ଉପରେ ଶୋଇଲେ । ପାଓଲୋ ତାଙ୍କ ଟ୍ରାଭେଲ୍‌ ବେଡ଼୍ ପଥର ଉପରେ ପକେଇ ଦେଇ ଶୋଇପଡ଼ିଲେ । ମଶାଙ୍କ ଉତ୍ପାତ ଭିତରେ ଦିନଯାକର ଥକା ସେଇ ପାହାଡ଼ି ପଥର ଉପରେ ମାରିଦେଲେ ଆମ ଟିମ୍‌ । ସେପଟେ ରାତି ତମାମ୍‌ ସବୁ ଟିଭି ଚ୍ୟାନେଲରେ ବିଗ୍‌ ବ୍ରେକିଙ୍କୁ ନେଇ କସରତ୍‌ ଚାଲିଥାଏ । ସକାଳ ହେଲା । ସିନ୍ଦୁରା ଫାଟିବା ଆଗରୁ ସମସ୍ତେ ଉଠି ପଡ଼ିଲେ । ମାଓବାଦୀ ନେତାଙ୍କ ସହ ଦଣ୍ଡପାଣି ମହାନ୍ତି ବି ଥାନ୍ତି । ପାଓଲୋଙ୍କୁ ଲୋକାଲ ପୋଲିସ ଷ୍ଟେସନରେ ହସ୍ତାନ୍ତର ନ କରି ରାଜ୍ୟ ଅତିଥି ଭବନରେ ପହଞ୍ଚାଇବାକୁ କୁହାଗଲା । ସକାଳୁ ଆମ ଟିମ୍‌ କଲ୍‌ ଆସିଲା । ସେମାନେ କଳିଙ୍ଗାଘାଟି ଦେଇ ଭୁବନେଶ୍ୱର ଆସୁଛନ୍ତି । ସାଙ୍ଗରେ ଇଟାଲି ପର୍ଯ୍ୟଟକ ପାଓଲୋ ଓ ଦଣ୍ଡପାଣି ମହାନ୍ତି । ସମସ୍ତଙ୍କୁ ମୋବାଇଲ୍‌ ସୁଇଚ୍‌ ଅଫ୍‌ କରିବାକୁ କହିଲି ଏବଂ ଭୁବନେଶ୍ୱର ଉପକଣ୍ଠ ଡୁମୁଡୁମାରେ ପହଞ୍ଚିଲେ ମତେ କଲ୍‌ କରିବାକୁ ପରାମର୍ଶ ଦେଲି । ଅନ୍ୟ ଚ୍ୟାନେଲ ଯେପରି କିଛି ସୁରାକ୍‌ ନ ପାଇବେ ସେଥିପାଇଁ ପାଓଲୋ ମୁକ୍ତ ହୋଇଥିବା ଖବର ମଧ ପ୍ରସାରଣ କଲୁ ନାହିଁ । ସିଧା ପ୍ରସାରଣ ପାଇଁ ଷ୍ଟୁଡ଼ିଓ ପ୍ରସ୍ତୁତ କରାଗଲା ଏବଂ ରାଜ୍ୟ ଅତିଥି ଭବନରୁ ଲାଇଭ୍‌ କରିବା ପାଇଁ ଏକ ଟିମ୍‌ ସେଠିକି ପଠାଇଲୁ ।

ଦିନ ଦଶଟା । ପାଓଲୋ ମୁକ୍ତ । ଏମବିସି ଟିଭିରେ ବିଗ୍‌ ବ୍ରେକିଂ । ଷ୍ଟୁଡ଼ିଓରୁ ଆରମ୍ଭ ହେଲା ଲାଇଭ୍‌ । ରାଜ୍ୟ ଅତିଥି ଭବନରୁ ବି ଖବରର ସିଧା ପ୍ରସାରଣ । ଅନ୍ୟ କୌଣସି ଟିଭି ଚ୍ୟାନେଲ ପାଖରେ ପାଓଲୋ ମୁକ୍ତ ହେବାର ଭିଜୁଆଲ୍‌ ନ ଥିଲା । ପ୍ରଥମ ଇଟାଲୀୟ ପର୍ଯ୍ୟଟକଙ୍କୁ ମୁକ୍ତ କରିବା ଟିମରେ ମୁଁ ନ ଥିବାରୁ ମୋ ମନରେ ପ୍ରଚଣ୍ଡ ଅବଶୋଷ ରହିଥିଲା । ଏବେ ଆମେ ବିଗ୍‌ ବ୍ରେକିଂ ଓ ଏକ୍‌ସକ୍ଲୁସିଭ୍‌ ଭିଜୁଆଲ୍‌ ପ୍ରସାରଣ କରି ଆନନ୍ଦରେ ବିଭୋର ହେଉଥିଲୁ ।

ମୁଁ ଏବଂ ସବ୍ୟସାଚୀ

ସାମ୍ବାଦିକତା କରୁଥିବା ବେଳେ ମାଓବାଦୀ ନେତା ସବ୍ୟସାଚୀ ପଣ୍ଡାଙ୍କ ସାକ୍ଷାତକାର, ମାଓବାଦୀଙ୍କ ଲାଇଫଷ୍ଟାଇଲ, ଆର ଉଦୟଗିରି ଓଆଇସି ରଂଜନ ମଲ୍ଲିକ ଓ ଜେଲ୍ ସୁପିରଣ୍ଟେଡେଣ୍ଟ ରବି ସେଠୀ ଅପହରଣ ଓ ଉଦ୍ଧାର କରିବା, ନୟାଗଡ଼ ଅସ୍ତ୍ର ଭଣ୍ଡାର ଲୁଟ୍ ପରେ ମାଓବାଦୀଙ୍କ ଆଡ୍ଡାକୁ ଯାଇ ଖବର କରିବା, ସ୍ୱାମୀ ଲକ୍ଷ୍ମଣାନନ୍ଦ ସରସ୍ୱତୀଙ୍କ ହତ୍ୟାକାଣ୍ଡ ପରେ ସାକ୍ଷାତକାର ନେବା, ଇଟାଲୀ ପର୍ଯ୍ୟଟକ ଅପହରଣ ପରେ ପାଓଲୋଙ୍କୁ ଉଦ୍ଧାର କରି ଭୁବନେଶ୍ୱର ଆଣିବା ଭଳି ଅନେକ ରୋଚକ, ରୋମାଞ୍ଚ ଖବର ପ୍ରସାରଣ କରି ମୁଁ ବେଶ୍ ପ୍ରଶଂସା ସାଉଁଟି ଥାଏ। ରଂଜନ ମଲ୍ଲିକଙ୍କୁ ମାଓବାଦୀଙ୍କ କବଲରୁ ଆଣି ଆସିବା ପରେ ମୁଖ୍ୟମନ୍ତ୍ରୀଙ୍କ ସୁରକ୍ଷାରେ କାର୍ଯ୍ୟ କରୁଥିବା ଜଣେ ଇନିସପେକ୍ଟର ଆସି କହିଲେ, ସବ୍ୟସାଚୀ ମୋ କ୍ଲାସମେଟ୍। ତା ସହିତ କେମିତି ଟିକେ ଦେଖା ହୁଅନ୍ତାନି। ମୁଁ ହସି ହସି କହିଲି, ପୋଲିସ ହେଲା ପରେ ଆଉ ମାଓବାଦୀ ସାଙ୍ଗଙ୍କୁ ଦେଖା କରିବା ଆଶା କରନି। ସାମ୍ବାଦିକତା ସମୟରେ ଯେଉଁ ମାଓବାଦୀ ନେତା ସବ୍ୟସାଚୀ ପଣ୍ଟାର ଖବର କରିବାକୁ ସବୁ ସାମ୍ବାଦିକଙ୍କ ଭିତରେ ଆଗ୍ରହ ଥିଲା ଏବଂ ଅନେକ ସମୟରେ ଏମିତି ବ୍ରେକିଂ ଓ ଏକ୍ସକ୍ଲୁସିଭ ଖବର ଦେବାରେ ମୁଁ ଆଗରେ ରହୁଥିଲି, ଏବେ କହିବାକୁ ଚାହୁଁଛି ସେହି ସବ୍ୟସାଚୀ ପଣ୍ଟାଙ୍କ ସହ ମୋର ପରିଚୟ କେମିତି ହୋଇଥିଲା। ସମସ୍ତେ ତାଙ୍କୁ ସବ୍ୟସାଚୀ ପଣ୍ଟା ଭାବେ ଜାଣୁଥିଲେ, ମୁଁ ତାଙ୍କୁ ବାବୁ ଭାଇ ବୋଲି ଡାକୁଥିଲି। ଯେତେବେଳେ ଜଙ୍ଗଲ ଭିତରେ ମୁଁ ତାଙ୍କୁ ଦେଖା କରୁଥିଲି, ସେତେବେଳେ ବାବୁ ଭାଇଙ୍କ ସହ କଥାବାର୍ତା ଭିନ୍ନ ଥିଲା। ଜଣେ ସାମ୍ବାଦିକ ଭାବେ ସାକ୍ଷାତକାର ନେଉଥିଲି, କିନ୍ତୁ କିଛିବର୍ଷର ପୁରୁଣା ସଂପର୍କରେ ସେ ମତେ ଟିକେ ଅଧିକ ଭଲ ପାଉଥିଲା। କଥାରେ ଆମ୍ମୀୟତା ଥିଲା।

୧ ୯୮୮-୯୧ ରାଜଧାନୀ କଲେଜରେ ଗ୍ରାଜୁଏସନ କରିବା ବେଳେ ମୋର

ବାବୁ ଭାଇଙ୍କ ସାଙ୍ଗେ ଦେଖା ହୁଏ। ସିପିଆଇ (ଏମ) ଛାତ୍ର ସଙ୍ଗଠନ ଏସଏଫଆଇର କାର୍ଯ୍ୟକର୍ତ୍ତା ଭାବେ ସେ କଲେଜକୁ ଆସନ୍ତି ଏବଂ ଛାତ୍ର ସଙ୍ଗଠନରେ ସାମିଲ ହେବା ପାଇଁ ଆମମାନଙ୍କୁ ଏକଜୁଟ୍ କରନ୍ତି। ସେତେବେଲେ କଲେଜ ରାଜନୀତି ଅଲଗା ପ୍ରକାରର ଥିଲା। ଏସଏଫଆଇ, ଏଆଇଏସଏଫ, ଏବିଭିପି, ଛାତ୍ର କଂଗ୍ରେସ, ଛାତ୍ର ଜନତା, ଡିଏସଓ ଇତ୍ୟାଦି। ଛାତ୍ରସଂସଦ ନିର୍ବାଚନରେ ଅଂଶ ଗ୍ରହଣ କରିବା ଛାତ୍ର ସଙ୍ଗଠନଗୁଡ଼ିକର ମୁଖ୍ୟ ଲକ୍ଷ୍ୟ ରହୁଥିଲା। ରାଜନୈତିକ ଦଲଗୁଡ଼ିକ ଛାତ୍ର ସଙ୍ଗଠନ ମାଧ୍ୟମରେ ସେମାନଙ୍କ ଭବିଷ୍ୟତ ପାଇଁ କ୍ୟାଡ଼ର, ନେତା ତିଆରି କରୁଥିଲେ। ତେଣୁ ସେତେବେଲର ଛାତ୍ର ରାଜନୀତି ପରିବେଶରେ ମୋର ବାବୁ ଭାଇଙ୍କ ସହ ପରିଚିତି ହୋଇଥିଲା। ସାଂପ୍ରତିକ ପୁଞ୍ଜିପତି ରାଜନୈତିକ ବ୍ୟବସ୍ଥା ବିରୋଧରେ ଏବଂ ସାମ୍ୟବାଦର ଆଦର୍ଶକୁ ନେଇ ଛାତ୍ରଛାତ୍ରୀଙ୍କୁ ମନେଇବାରେ ସେ ଓସ୍ତାଦ ଥିଲେ। ପଚାଶ ପଇସା ଦେଇ ଛାତ୍ରସଂଘର ସଭ୍ୟ ହେବାକୁ ପଡ଼ୁଥିଲା ଏବଂ ଛାତ୍ର ନେତା ହେବାକୁ ହେଲେ ସଭ୍ୟ ସଂଗ୍ରହ କରିବାକୁ ପଡ଼ୁଥିଲା। କିନ୍ତୁ ସେତେବେଲେ ପଚାଶ ପଇସା ସଂଗ୍ରହ କରିବା ବି କାଠିକର ଥିଲା। ୧୯୯୦ ରେ କଲେଜ ନିର୍ବାଚନର ଏକ ଘଟଣା ବାବୁ ଭାଇ ଓ ମୋ ଭିତରେ ତିକ୍ତତା ସୃଷ୍ଟି କରିଥିଲା। ଘଟଣାଟି ଥିଲା ଏମିତି। ଏସଏଫଆଇ ଓ ଏଆଇଏସଏଫ ଭିତରେ ନିର୍ବାଚନକୁ ନେଇ ବୁଝାମଣା ହୋଇଥିଲା। ଆମେ ଛାତ୍ରସଂସଦର ସଭାପତି ଓ ସହ ସଂପାଦକ ପଦରେ ପ୍ରାର୍ଥୀ ଦେବୁ। ଏଆଇଏସଏଫ ଉପସଭାପତି ଓ ସାଧାରଣ ସଂପାଦକ ପଦରେ ପ୍ରାର୍ଥୀ ଦେବ। ମାତ୍ର ନିର୍ବାଚନରେ ଏଆଇଏସଏଫର ଜଣେ ପ୍ରାର୍ଥୀ ବୁଝାମଣା ଉଲ୍ଲଂଘନ କରି ଦୁଇଟି ପଦବୀ ପାଇଁ ନାମାଙ୍କନ ଦାଖଲ କରିଥିଲେ। ନାମାଙ୍କନ ପ୍ରତ୍ୟାହାର ଦିନ ସକାଲେ ବାବୁ ଭାଇ ଏକ ଲୁନାରେ ଆସି ପହଞ୍ଚିଗଲେ ମୋ ଘରେ। ଯେଉଁ ଛାତ୍ର ଦୁଇଟି ପଦବୀ ପାଇଁ ନାମାଙ୍କନ ଦାଖଲ କରିଥିଲେ, ସେ ମୋ ଘର ପାଖରେ ରହୁଥିଲେ। ବାବୁ ଭାଇ ମତେ ତା ଘର ଦେଖାଇ ଦେବାକୁ କହିଲେ। ମୁଁ ତାକୁ ଡାକିବା ପରେ ବାବୁ ଭାଇ ତାକୁ ଲୁନାରେ ବସାଇ ତମକୁ ଏଆଇଏସଏଫର ମନୁଭାଇ ଡାକିଛି ବୋଲି କହି ନେଇଗଲେ। ମୁଁ ସେଠାରୁ ଚାଲି ଚାଲି ଘରକୁ ଫେରିଲି। ସେପର୍ଯ୍ୟନ୍ତ ମୁଁ ବାବୁ ଭାଇଙ୍କ ଭିତିରି ଷଡ଼ଯନ୍ତ୍ର ଭିଷୟରେ ଟିକିଏ ବି ଆଭାସ ପାଇ ନ ଥିଲି। ତେଣୁ ସ୍ୱାଭାବିକ ଭାବେ କଲେଜ ଯାଇ ସାଙ୍ଗମାନଙ୍କ ପାଇଁ ପ୍ରଚାର କଲି। ସେଦିନ ଦିନ ଦୁଇଟା ସୁଦ୍ଧା ନାମାଙ୍କନ ପ୍ରତ୍ୟାହାର କରିବାର ଥିଲା। ଦିନ ପ୍ରାୟ ତିନିଟା ବେଲକୁ ଦୁଇଟା ପଦବୀ ପାଇଁ ନାମାଙ୍କନ ଦାଖଲ କରିଥିବା ଛାତ୍ର ନେତା କଲେଜରେ ଆସି ପହଞ୍ଚିଲା ଏବଂ ତାଙ୍କୁ ବାବୁ ଭାଇ ଅପହରଣ କରିନେଇ ଗୋଟିଏ ଘରେ ତାଲା

ପକାଇ ରଖିଥିବା କଥା କହିଲା। ମତେ ଦେଖି ସେ ଅତି ଉତ୍ତେଜିତ ଭାବେ ଗାଳି କରିବା ସହ ମୁଁ ଅପହରଣରେ ତାଙ୍କୁ ସାହାଯ୍ୟ କରିଥିବା ବି କହିଲା। ତା କଥା ଶୁଣି ସବୁ ଦଳର ଛାତ୍ର ନେତାମାନେ ଏକାଠି ହୋଇଗଲେ। ମୁଁ ଖୋଜିଲା ବେଳକୁ ଏସଏଫଆଇର ଆଗଧାଡ଼ିର ଛାତ୍ରନେତାମାନେ କଲେଜ ଛାଡ଼ି ପଳାଇ ଯାଇଥିଲେ। ମୋ ଅଜାଣତରେ ମୁଁ ଯେ ଅପହରଣ ନାଟକ ଭିତରେ ଫସିଯାଇଛି, ଏ କଥା ଜାଣିବାକୁ ମତେ ଆଉ ଡେରି ହେଲାନି। ତୁରନ୍ତ ସାଇକେଲ ଧରି କଲେଜରୁ ଘରକୁ ଫେରିଲି। ମାତ୍ର ମନ ମୋର ବୁଝୁ ନ ଥିଲା। କଲେଜରେ କ'ଣ ହେଉଛି ଜାଣିବା ପାଇଁ ମନ ବ୍ୟାକୁଳ ହେଲା। ପୁଣି ପାଞ୍ଚଟା ବେଳକୁ କଲେଜରେ ଯାଇ ପହଞ୍ଚିଲି। ସେତେବେଳକୁ କଲେଜରେ ପୋଲିସ ଫୋର୍ସ ପହଞ୍ଚି ସାରିଥାଏ। ଉତ୍ୟକ୍ତ ପିଲାମାନେ କଲେଜରେ ଭଙ୍ଗାରୁଜା କରିସାରିଥାନ୍ତି। ଅପହରଣକାରୀଙ୍କୁ ଗିରଫ କରିବା ପାଇଁ ଦାବି କରୁଥାନ୍ତି। ଏମିତି ଏକ ଉତ୍ତେଜନାପୂର୍ଣ୍ଣ ଦୃଶ୍ୟ ଭିତରକୁ ମୋର ପ୍ରବେଶ ପିଲାମାନଙ୍କୁ ଆହୁରି ଉତ୍ତେଜିତ କରିଦେଲା। ମାତ୍ର ଅନ୍ୟ ଦଳର ହେଲେ ମଧ୍ୟ ସମସ୍ତଙ୍କ ସାଙ୍ଗେ ମୋର ଭଲ ସଂପର୍କ ଥିବାରୁ କେହି କିଛି କହିଲେନି। ମୁଁ ଯେ ନୀରିହ, ସରଳ ଏବଂ ଅପହରଣ ସଂପର୍କରେ କିଛି ଜାଣିନାହିଁ ବୋଲି ସଫେଇ ଦେଲି। ଶେଷରେ ଅପହରଣ ଏଟଲାରୁ ସାଙ୍ଗମାନେ ମୋ ନାଁ କାଟିବାକୁ ରାଜି ହେଲେ। ମୁଁ ଟିକେ ଆଶ୍ୱସ୍ତ ହେଲି। କିନ୍ତୁ ଛାତ୍ର ରାଜନୀତି ନାଁରେ ବାବୁ ଭାଇ ଓରଫ ସବ୍ୟସାଚୀ ପଣ୍ଡାଙ୍କ ଅପହରଣ ଡ୍ରାମାକୁ ମୁଁ ସହଜରେ ଗ୍ରହଣ କରିପାରିଲିନି। ତା ପରଦିନ ମୁଁ ଏସଏଫଆଇରୁ ଇସ୍ତଫା ଦେଲି ଏବଂ ଅଗଣତାନ୍ତ୍ରିକ ଢଙ୍ଗରେ କାମ କରୁଥିବା ଏସଏଫଆଇର ସବୁ ଛାତ୍ରନେତାଙ୍କୁ ଭୋଟ ନ ଦେବାକୁ କ୍ୟାମ୍ପେନ କଲି। ଏହି ଘଟଣାରେ ବାବୁ ଭାଇ ମତେ ବହୁତ ବୁଝାଇବାକୁ ଚେଷ୍ଟା କରିଥିଲେ ବି ମୁଁ କାହା କଥା ଶୁଣି ନ ଥିଲି। ଏପରିକି କଲେଜରେ ପଢ଼ାପଢ଼ି ସରିବା ପରେ ବି ବହୁତ ଦିନ ଯାଏଁ ବାବୁ ଭାଇ ପ୍ରତି ମୋ ମନରେ ରାଗ ରହିଥିଲା।

ବିଧାୟକଙ୍କ ପୁଅରୁ କେମିତି ପାଲଟିଗଲା ମାଓବାଦୀ

ଛାତ୍ରସଂଘ ରାଜନୀତିରେ ସଫଳତା ହାସଲ କଲେ ବି ସେ ସେଥିରେ ସନ୍ତୁଷ୍ଟ ହୋଇପାରୁ ନଥିଲା । ତାକୁ ଲାଗୁଥିଲା ଏମିତି ଢଙ୍ଗରେ କାମ କଲେ ସେ ଲକ୍ଷ୍ୟ ହାସଲ କରିପାରିବନି । ବାପା ବିଧାୟକ ଥିଲେ, ଅତି ବେଶୀରେ ରାଜନୀତି କରି ସେ ନିର୍ବାଚନ ଲଢ଼ିବ । ମାତ୍ର ନିର୍ବାଚନ ଲଢ଼ି ଲାଭ କ'ଣ ? ଦେଶରେ ବାମପନ୍ଥୀଙ୍କ ଅବସ୍ଥା ଯାହା, ସେଥିରେ ପାଣ୍ଠି ସଂଗ୍ରହ କରି ନିର୍ବାଚନ ଲଢ଼ିବା ଏବଂ ନିର୍ବାଚନ ଜିତିବା କଷ୍ଟକର । ଯଦି ନିର୍ବାଚନ ବି ଜିତିଯିବ, ତା ପରେ ବି ପ୍ରଚଳିତ ବ୍ୟବସ୍ଥା ଭିତରେ ରହି କିଛି କରିବା ସମ୍ଭବ ନୁହେଁ । ସାମ୍ୟବାଦ ବିଚାରଧାରାରେ ଧନୀ-ଗରିବ ସମସ୍ତେ ସମାନ, ଏକଥା କହିବା ଯେତିକି ସହଜ ଓ ଶୁଣିବାକୁ ମଧୁର ଲାଗୁଥିଲେ ବି ତାକୁ ବାସ୍ତବରେ ପରିଣତ କରିବା ପ୍ରଚଳିତ ବ୍ୟବସ୍ଥା ଭିତରେ ଏକ ଅସମ୍ଭବ ପ୍ରୟାସ । ଦୀର୍ଘବର୍ଷ ଧରି ପଶ୍ଚିମବଙ୍ଗରେ ବାମପନ୍ଥୀ ସରକାର ଶାସନ କରିବା ପରେ କ'ଣ ବଦଳିଲା ? ଧନୀ ଗରିବ ଭିତରେ ନା ବ୍ୟବଧାନ କମିଲା, ନା ସାମ୍ୟବାଦ ପ୍ରତିଷ୍ଠା ହୋଇପାରିଲା । ବରଂ ପୁଞ୍ଜିପତିଙ୍କ ଛତ୍ରଛାୟା ତଳେ ଶାସନ ବ୍ୟବସ୍ଥା ଡଙ୍କ ଭାଙ୍ଗି ପଡ଼ିରହିଲା । ବାମପନ୍ଥୀ ବିଚାରଧାରା ଓ ନିଜର ଲକ୍ଷ୍ୟ ହାସଲ ଭିତରେ ସେ ବିରାଟ ଦୂରତା ଅନୁଭବ କରୁଥିଲା । ରାଜଧାନୀ ରାଜରାସ୍ତାରେ ନାଲି ୟଣ୍ଡା ଧରି ଯେତେ ଗର୍ଜନ କଲେ ବି ସାମ୍ୟବାଦ ପ୍ରତିଷ୍ଠା ଅସମ୍ଭବ, ତାର ହୃଦବୋଧ ହେଲା । ପୁଞ୍ଜିପତିଙ୍କ ପାଖରେ ହାତ ପତେଇ ନିଜର ପକେଟ ଗରମ କରୁଥିବା ନେତାଙ୍କୁ ଦେଖିଲେ ତାର ରକ୍ତ ଗରମ ହୋଇଯାଉଥିଲା । ଅନେକଥର ଏହାକୁ ନେଇ ଦଳର ପୁରୁଖା ନେତାଙ୍କ ସାଙ୍ଗେ ତାର ମତାନ୍ତର ହୋଇଛି ।

ଏଭଳି ବିଚଳିତ ଅବସ୍ଥାରେ ଥିବା ବେଳେ ସେ ବିପ୍ଳବୀ ନେତା ନାଗଭୂଷଣ ପଟ୍ଟନାୟକଙ୍କ ସଂସର୍ଶରେ ଆସିଲା । ୧୯୬୯ରେ ସିପିଆଇ(ଏମ) ବିଭାଜନ ହୋଇ ସିପିଆଇ(ଏମଏଲ) ଗଠନ ହୋଇଥିଲା ଏବଂ ନାଗଭୂଷଣ ପଟ୍ଟନାୟକ ସିପିଆଇଏମଏଲର ଜଣେ ପ୍ରତିଷ୍ଠାତା ସଦସ୍ୟ ଥିଲେ । ପଶ୍ଚିମବଙ୍ଗରୁ ଆରମ୍ଭ ହୋଇଥିବା ନକ୍ସଲବାଡ଼ି ଆନ୍ଦୋଳନର ସେ ଜଣେ ବଡ଼ ସମର୍ଥକ ଥିଲେ । ଖାଲି କଥାରେ ନୁହେଁ, କାମରେ ସେ ଥିଲେ ଜଣେ ପ୍ରଚଣ୍ଡ ବିପ୍ଳବୀ । ନାଗଭୂଷଣଙ୍କ ବ୍ୟକ୍ତିତ୍ୱ ତଥା ଆଦର୍ଶରେ ଅନୁପ୍ରାଣିତ ହୋଇ ସେ ସିପିଆଇ(ଏମ) ଛାଡ଼ି ସିପିଆଇଏମଏଲରେ ଯୋଗ ଦେଇଥିଲା । ଲକ୍ଷ୍ୟ ଆଦର୍ଶରେ ସିପିଆଇ(ଏମଏଲ) ଅନ୍ୟ କମ୍ୟୁନିଷ୍ଟ ପାର୍ଟି ଠାରୁ ଥିଲା ଅଧିକ ଚରମପନ୍ଥୀ । ମାତ୍ର ସିପିଆଇ(ଏମଏଲ) ରେ ମଧ୍ୟ ତାକୁ ସନ୍ତୁଷ୍ଟି ମିଳିଲାନି । ତା ମନ ବିପ୍ଳବର ନୂଆ ସଂଜ୍ଞା ଖୋଜୁଥିଲା । ଏମିତି ଏକ ସନ୍ଦିକ୍ଷଣରେ ରାୟଗଡ଼ା ଜିଲ୍ଲାରେ କାମ କରୁଥିବା କୁଇ-ଲବଙ୍ଗ ସଂଗଠନରୁ ତାକୁ ଡାକରା ଆସିଲା । ସାମାଜିକ ଅର୍ଥନୈତିକ ଦୃଷ୍ଟିରୁ ଖୁବ୍ ଅବହେଳିତ ଥିବା କୁଇ ସମ୍ପ୍ରଦାୟର ବିକାଶ ପାଇଁ ଏହି ସଂଗଠନ କାମ କରୁଥିଲା । ଅବହେଳିତ ଆଦିବାସୀବର୍ଗଙ୍କୁ ସାମାଜିକ ନ୍ୟାୟ ଦେବା ପାଇଁ ଲଢ଼େଇ କରିବାକୁ ହେବ । ସୁଯୋଗ ହାତଛଡ଼ା କରିବାକୁ ଚାହିଁଲାନି ସେ । ତା ପରଦିନ ସେ ଟ୍ରେନରେ ଟିକଟ କାଟିଲା ରାୟଗଡ଼ା ।

ରାୟଗଡ଼ାରେ ଗାଁକୁ ଗାଁ ବୁଲି ସେ ଯେତେବେଳେ ଅବହେଳିତ କୁଇ ଲୋକଙ୍କ ଅବସ୍ଥା ଦେଖିଲା, ତା ଆଖିରେ ଲୁହ ଜକେଇ ଆସିଲା । ଖାଲି କୁଇ ସମ୍ପ୍ରଦାୟ ନୁହଁନ୍ତି, ଅଧିକାଂଶ ଆଦିବାସୀ, କନ୍ଧ ସମ୍ପ୍ରଦାୟର ଲୋକଙ୍କ ଜୀବନଚର୍ଯ୍ୟା ଥିଲା ସେମିତି । ରାଜଧାନୀର ଚକାଚକ୍ ରାସ୍ତା, ଗମନାଗମନ ସୁବିଧା, ଶିକ୍ଷା, ସ୍ୱାସ୍ଥ୍ୟସେବା ଠାରୁ ବହୁଦୂରରେ ଥିଲେ ଏହି ଆଦିବାସୀ । ବିକାଶ ସେମାନଙ୍କ ପାଇଁ ଥିଲା ସ୍ୱପ୍ନ । ଜଙ୍ଗଲଜାତ ଦ୍ରବ୍ୟ ସଂଗ୍ରହ କରି ବଜାରରେ ବିକ୍ରି କରିବା, ପାହାଡ଼ ଉପରେ ପୋଡ଼ୁଚାଷ କରି ଫସଲ ଉତ୍ପାଦନ କରିବାରେ ସମୟ ବିତୁଥିଲା । ଶିକ୍ଷା, ସ୍ୱାସ୍ଥ୍ୟ କଥା ନ କହିବା ଭଲା । ସାମାଜିକ ବ୍ୟବସ୍ଥା ବିରୋଧରେ ବିଦ୍ରୋହ କରିବା ପାଇଁ ନିଜକୁ ପ୍ରସ୍ତୁତ କଲା ସେ । ସାମାଜିକ ଓ ଅର୍ଥନୈତିକ ଦୃଷ୍ଟିରୁ ସେମାନଙ୍କୁ ସଶକ୍ତ କରିବା ପାଇଁ ଆଦିବାସୀ ମୂଲକରେ ବିଦ୍ରୋହର ନିଆଁ ଲଗେଇଦେଲା । ହଜାର ହଜାର ଆଦିବାସୀଙ୍କୁ ଏକଜୁଟ କରାଇ ସଶସ୍ତ୍ର ବିପ୍ଳବର ଆହ୍ୱାନ ଦେଲା ସେ । ଅନ୍ଧାରୀ ପାହାଡ଼ି ମୂଲକରେ ହଜାର ହଜାର ଆଦିବାସୀ ଅସ୍ତ୍ରଶସ୍ତ୍ର ଧରି ଅଧିକାର ହାସଲ ପାଇଁ ଯେତେବେଳେ ରାସ୍ତା ଉପରକୁ ଚାଲି ଆସିଲେ, ତାର ଆଖି ଝଲସି ଉଠିଲା ।

ଚାଷୀ , ମୂଲିଆ, ଆଦିବାସୀକୁ ଏକଜୁଟ୍ କରି ସେମାନଙ୍କ ହକ୍ ପାଇଁ ଲଢ଼େଇ

କରିବା ଭିତରେ ସେ ଜାଣିପାରି ନଥିଲା, କେତେବେଳେ ତା ଜୀବନର ଗତିପଥ ବଦଳି ଯାଇଥିଲା। ଚାଷୀ, ମୂଲିଆ ସଂଗଠନର ସଶସ୍ତ୍ର ସଂଗ୍ରାମ ଦେଖି ପୋଲିସ ବି ଛାନିଆ ହୋଇଯାଉଥିଲା। ସେଦିନ ସେମିତି ଏକ ସଶସ୍ତ୍ର ସଂଗ୍ରାମର ନେତୃତ୍ୱ ନେଇ ଥାନା ଘେରାଉ କରିବାକୁ ବାହାରିଥିଲା ସେ। ତାର ସାଥୀ ସହଯୋଗୀଙ୍କ ସହ କର ବା ମର ଡାକରା ଦେଇଥିଲା। ବିକାଶ ନାଁରେ ଆଦିବାସୀ ଇଲାକାରେ ଶିଳ୍ପାୟନକୁ ଘୋର ବିରୋଧ କରୁଥିଲେ ଆଦିବାସୀ। ଶିଳ୍ପାୟନ ହେଲେ ଆଦିବାସୀ ଲୋକେ ଜମି ହରାଇବେ, ମାତ୍ର ସେମାନଙ୍କର ଲାଭ କିଛି ହେବ ନାହିଁ। ବାହାର ଲୋକେ ଆସି ଆଦିବାସୀଙ୍କୁ ଶୋଷଣ କରିବେ। ଜଙ୍ଗଲ ଜମି, ପାହାଡ଼ ଶିଳ୍ପପତିଙ୍କ ହାତକୁ ଟେକି ଦିଆଯିବନି। ବଜ୍ର ଶପଥ ନେଇ ପାହାଡ଼ି ମୂଲକର ହଜାର ହଜାର ଆଦିବାସୀ ମହିଲା, ପୁରୁଷ ହାତରେ ଧନୁଶର, ଟାଙ୍ଗିଆ ଧରି ବାହାରିଥିଲେ ଜିଲ୍ଲାପାଳଙ୍କୁ ଘେରାଉ କରିବାକୁ। ବାଟରେ ଆନ୍ଦୋଲନକାରୀଙ୍କୁ ପୋଲିସ ଅଟକାଇଲା। ଆଗକୁ ଯିବାକୁ ଦେଲାନି। ପ୍ରଥମେ ଠେଲାପେଲା, ଧସ୍ତାଧସ୍ତି। ଲାଠିଚାର୍ଜ। ଟିୟର ଗ୍ୟାସ। ବାସ୍ .. ବାରୁଦ ଗଦାରେ ନିଆଁ ଲାଗିଲା ପରି ଭୟଙ୍କର ରୂପ ଧାରଣ କଲା ଆନ୍ଦୋଲନ। ପୋଲିସ ବାରିକେଡ଼ ଭାଙ୍ଗି ଆଗକୁ ମାଡ଼ି ଚାଲିଲେ। ଥାନାରେ ନିଆଁ ଲଗେଇ ଦେଲେ। ପୋଲିସ ଭୟାନ ବି ବିପ୍ଲବର ନିଆଁରେ ଜଳୁଥିଲା। ମାତ୍ର ଏତିକିରେ ଶାନ୍ତ ପଡ଼ିଲାନି ବିପ୍ଲବର ଲେଲିହାନ ଶିଖା। ପରଦିନ ଆରମ୍ଭ ହୋଇଗଲା ପୋଲିସର ଦମନ ଲୀଳା। ଗାଁ ଭିତରେ ପଶି ଯାହାକୁ ପାରିଲେ ପିଟିବାକୁ ଲାଗିଲେ। ଯାହାକୁ ପାରିଲେ ମାଡ଼ ମାରି ଗିରଫ କଲେ। ପୋଲିସ ଡରରେ ଗାଁ ଛାଡ଼ି ପୁରୁଷ ଲୋକମାନେ ଜଙ୍ଗଲରେ ଲୁଚିଲେ। ତଥାପି ଶହ ଶହ ଆଦିବାସୀ ମହିଲା, ଛୁଆଙ୍କୁ ଗିରଫ କଲା ପୋଲିସ। ସରକାର ଚାଷୀ, ମୂଲିଆ ସଂଗଠନକୁ ବ୍ୟାନ ଘୋଷଣା କଲେ। ଆନ୍ଦୋଲନର ନେତୃତ୍ୱ ନେଉଥିବା ନେତାଙ୍କ ନାଁରେ ପୋଲିସ ୱାରେଣ୍ଟ ଜାରି କଲା। ଅନ୍ତରଗ୍ରାଉଣ୍ଡ ହୋଇଗଲା ସେ। କହିଲା, ବିପ୍ଲବର ବାଟ ବଦଲେଇବାକୁ ପଡ଼ିବ। ନିରୀହ ଆଦିବାସୀଙ୍କ ଉପରେ ପୋଲିସ ଦମନଲୀଳାର ଜବାବ ଦେବାକୁ ହେବ।

କିଛିମାସ ପରେ ତାର ପୋଷାକ ବଦଳି ଯାଇଥିଲା। କାନ୍ଧରେ ବନ୍ଦୁକ ଧରି ସିପିଆଇ ମାଓବାଦୀ ସଂଗଠନରେ ସାମିଲ ହୋଇଯାଇଥିଲା ସେ। ଯୋଉ ବନ୍ଦୁକ ଦେଖାଇ ପୋଲିସ ଆଦିବାସୀଙ୍କୁ ଡରାଉଥିଲା, ସେମିତି ବନ୍ଦୁକ ଧରି ଏଥରକ ପୋଲିସକୁ ଡରାଇବାକୁ ଲାଗିଲା ସେ। ଆଉ ହାତ ଯୋଡ଼ି ପ୍ରାର୍ଥନା କରି ନୁହେଁ, ହକ୍ ପାଇଁ ବନ୍ଦୁକ ଉଠାଇବାକୁ ପଡ଼ିବ ବୋଲି ଗରିବ, ଅପାଠୁଆ ଆଦିବାସୀଙ୍କୁ ବୁଝେଇ ଦେଲା ସେ। ଯାହା ସ୍ୱାମୀକୁ ପୋଲିସ ଗିରଫ କରି ଜେଲକୁ ପଠାଇ ଦେଇଥିଲା, ସେ

ହୋଇଗଲା ମାଓବାଦୀ । ଯାହା ସ୍ତ୍ରୀ ଜେଲରେ ଥିଲା, ତା ସ୍ୱାମୀ ହୋଇଗଲା ମାଓବାଦୀ । ଏମିତି ଏମିତି କାହା ପୁଅ, କାହା ଝିଅ, କାହା ବାପା, ପୋଲିସ ଅତ୍ୟାଚାର ବିରୋଧରେ ସ୍ୱର ଉଠାଇବାକୁ ଯାଇ ମାଓବାଦୀ ପାଲଟିଗଲେ ।

ବ୍ରାହ୍ମଣ ପିଲାଟା ପ୍ରତି ଦରଦ

କିଛି ଖବର ନ ଥିଲେ ମାଓବାଦୀ ଖବର ପ୍ରସାରଣ କର। ୨୦୧୦ ପରେ ମୁଁ ଇଟିଭି ଛାଡ଼ି ଏମବିସି ଟିଭିରେ ଯୋଗ ଦେଇଥାଏ। ନୂଆ ଚ୍ୟାନେଲର ଟିଆରପି ବଢ଼ାଇବାକୁ ହେଲେ ରୋଚକ ଖବର ଦରକାର। କିଛି ଘଟଣା ବା ଅଘଟଣ ନ ଥିଲେ ବି ମାଓବାଦୀଙ୍କ ଉପରେ ଖବର କରିବାକୁ ମନସ୍ତୁ କଲି। ସବ୍ୟସାଚୀ ପଣ୍ଡାଙ୍କୁ ଭେଟିବା ପାଇଁ ଯୋଗସୂତ୍ର ଖୋଜିଲି। ସୂତ୍ର ମିଳିବା ପରେ ଦାରିଙ୍ଗବାଡ଼ି ଅଞ୍ଚଳରେ ଦେଖା କରିବାକୁ ଖବର ଆସିଲା। ଟିମ୍ ସହ ଆମେ ସଜବାଜ ହୋଇ ଗାଡ଼ି ଧରି ବାହାରିଗଲୁ। ଆମ ସାଙ୍ଗରେ ଆଉ ଜଣେ ବରିଷ୍ଠ ସାମ୍ୟାଦିକ ବିବେକାନନ୍ଦ ଦାସ ମଧ ଥାନ୍ତି। ଦାରିଙ୍ଗବାଡ଼ି ଛକରୁ ଆମକୁ ଜଣେ ବାଟ ଦେଖାଇ କ୍ୟାମ୍ପ ଭିତରକୁ ନେବା କଥା। କିନ୍ତୁ ବହୁତ ସମୟ ଏପଟସେପଟ ହେବା ପରେ ଦାରିଙ୍ଗବାଡ଼ି ବଜାରରେ ବାଇକରେ ଦୁଇଜଣ ମାଓବାଦୀ ଆସି ଆମକୁ ବାଟ କଢ଼େଇ ନେଲେ। ଯେଉଁ ଯାଗାକୁ ନେଲେ, ସେଠାକାର ଦୃଶ୍ୟ ଥିଲା ଏମିତି। ଚାରିପଟେ ପାହାଡ଼ ଘେରି ରହିଥିଲା। ଆମେ ଘାଟି ଦେଇ ପାହାଡ଼ ଘେରା ପଞ୍ଚାୟତ ଅଞ୍ଚଳକୁ ଗଲୁ। ସୁନ୍ଦର ପିଚୁ ରାସ୍ତା। ପ୍ରାଥମିକ ବିଦ୍ୟାଳୟ ପରିସରରେ ବି ପିଲାଙ୍କ ପାଇଁ ଖେଳ ଉପକରଣ ରହିଥିଲା। ଆମକୁ ନେଇ ସେମାନେ ଯେଉଁଠି ପହଞ୍ଚାଇ ଦେଲେ, ସେଠି କେହି ମାଓବାଦୀ ନ ଥିଲେ। ମାଓବାଦୀଙ୍କ ଆଡ୍ଡା ସେଠାରୁ ଆହୁରି ଦୂର ରାସ୍ତା ହେବ ବୋଲି ଆମକୁ କୁହାଗଲା। ଆମ ପାଇଁ ଖାଇବା ବ୍ୟବସ୍ଥା କରାଗଲା। ଆଦିବାସୀ ପୁରୁଷ ମହିଳାମାନେ ଆମକୁ ଆସି ସେମାନଙ୍କ ଦୁଃଖ ଗୁହାରୀ ଜଣାଇଲେ। କିଏ ରାସନ ପାଉନି ତ ଆଉ କିଏ ଭତ୍ତା। ସରକାରୀ ସୁବିଧା ସୁଯୋଗ ମିଳୁନି। ଓଲଟା ପୋଲିସ ମାଓବାଦୀ କହି ଆମକୁ ହଇରାଣ ହରକତ କରୁଛି। ଏମିତି ଅନେକ ଅଭିଯୋଗ। ଆମେ କ୍ୟାମେରାରେ ଅଭିଯୋଗ ରେକର୍ଡ଼ କରିବା ଏବଂ ତାକୁ ଆଣି ଚ୍ୟାନେଲରେ ଦେଖାଇବା ଛଡ଼ା ଆଉ ବା କ'ଣ କରିପାରିବୁ। ଆଦିବାସୀଙ୍କ ସହ କଥାବାର୍ତ୍ତା, ଆଲାପ ଆଲୋଚନା

ଭିତରେ ଅପରାହ୍ନ ହୋଇଗଲା । ହେଲେ ମାଓବାଦୀଙ୍କ ପାଖକୁ ଯିବାକୁ ଖବର ଆସିଲାନି । ଆମେ ସେଦିନ ରିପୋର୍ଟିଂ ସାରି ଭୁବନେଶ୍ୱର ଫେରି ଆସିବା କଥା । କିନ୍ତୁ ବହୁ ବିଳମ୍ବ ପରେ ଆମକୁ ବାଇକରେ ଯିବାକୁ କହିଲେ । ଦୁଇଟି ନୂଆ ବାଇକ ଯୋଗାଡ଼ ହେଲା । ଘାଟି ରାସ୍ତାରେ ବାଇକ ଚଲାଇବା ଆମ ପାଇଁ କଷ୍ଟକର ହେଲେ ବି ବାଟ କିଛି ନ ଥିଲା । ମୁଁ ବାଇକ ଚଲାଉଥାଏ, ପ୍ରମୋଦ ପଛରେ ବସି ସୁଟିଂ କରୁଥାଏ । ଆମେ ମାଓବାଦୀଙ୍କ ପାଖରେ ପହଞ୍ଚିବା ବେଳକୁ ସନ୍ଧ୍ୟା ହେଇଆସିଥିଲା । ଅଧା ପାହାଡ଼ରେ ଗଛ ତଳେ ସେମାନଙ୍କର ଟେଣ୍ଟ ଲାଗିଥାଏ । ଯଦିଓ ଖବରରେ ସେମିତି କିଛି ରୋଚକ ତଥ୍ୟ ନ ଥିଲା, ଆମେ ସବ୍ୟସାଚୀ ପଣ୍ଡାଙ୍କ ସାକ୍ଷାତକାର ନେଇ ଫେରିବା ବେଳକୁ ରାତି ପ୍ରାୟ ଆଠଟା ହୋଇ ଯାଇଥିଲା । ଆମେ ମୋବାଇଲ ଟର୍ଚରେ ପାହାଡ଼ ଓହ୍ଲାଇଲୁ । ବାବୁ ଭାଇ କହିଲା, ଡେରି ହେଲାଣି, ଆଜି ରାତିଟା ଏଇଠି ରହିଯାଅ । ମୁଁ ପାଖ ଗାଁରେ ବ୍ୟବସ୍ଥା କରିଦେଉଛି । ଆମେ ହସିଲୁ । କେତେବେଲେ ପୋଲିସ ଏନକାଉଣ୍ଟର ହେବ, କିଏ କହିବ । ଏଠୁ ଖସିଗଲେ ଭଲ । ଫେରିବା ବାଟରେ କିଛି ଗାଁ ଲୋକେ ଆମକୁ ବାଟ କଢ଼େଇ ଗାଡ଼ି ପର୍ଯ୍ୟନ୍ତ ଆଣିଲେ । ମୁଁ ସେମାନଙ୍କ ସାଙ୍ଗେ ମାଓବାଦୀଙ୍କ କାର୍ଯ୍ୟ ସଂପର୍କରେ କଥା ହେଲି । ମୁଁ ପଚାରିଲି, ସେମାନେ ତମ ପାଇଁ କ'ଣ କରୁଛନ୍ତି ଯେ ତମେ ସେମାନଙ୍କୁ ସାହାଯ୍ୟ କରୁଛ । ସମୟ ବଦଲି ଗଲାଣି । ରାସ୍ତାଘାଟ, ସ୍କୁଲର ଚିତ୍ର ବି ବଦଲିଲାଣି । ଏବେ ସେମାନେ ପୋଲିସ ନିକଟରୁ ବଞ୍ଚିବା ପାଇଁ ଆଜି ଏ ପାହାଡ଼ ତ କାଲି ସେ ପାହାଡ଼କୁ ବୁଲୁଛନ୍ତି । ମୋ କଥା ଶୁଣି ଜଣେ ବୟସ୍କ ବ୍ୟକ୍ତି କହିଲେ, ବ୍ରାହ୍ମଣ ପିଲାଟା ଆଖା । କେତେବେଲେ ତାଙ୍କ ପାଇଁ ରାସନ ନେଇ ଆସୁଛୁ । ଆଗରୁ ଲୋକଙ୍କ ପାଇଁ କାମ କରିଥିଲା ବୋଲି ଲୋକଙ୍କ ଦରଦ ରହିଛି । ନ ହେଲେ କୋଉ କାଲୁ ପୋଲିସ ଉଠାଇ ନିଅନ୍ତାଣି ।

ସବ୍ୟସାଚୀ ପଣ୍ଡାଙ୍କ ଏହି ସାକ୍ଷାତକାର ଏମବିସି ଟିଭିରେ ପ୍ରସାରଣ ପରେ ଚ୍ୟାନେଲ ଚେୟାରମ୍ୟାନ ଖୁବ୍ ଖୁସି ହୋଇଗଲେ । ମତେ ତାଙ୍କ ଚାମରକୁ ଡାକି ହାତରେ ଗୋଟେ ଲଫାଫା ଧରାଇଦେଲେ । କହିଲେ, ଆମ ଚ୍ୟାନେଲ ପାଇଁ ଏଇଟା ବଡ଼ ଆଚିଭମେଣ୍ଟ । ମୁଁ ଏହାପୂର୍ବରୁ ଯଦିଓ ଅନେକଥର ମାଓବାଦୀ ସ୍ଟୋରୀ କରିଥିଲି, କିନ୍ତୁ କେବେ ଏଭଲି ପ୍ରଶଂସା ମିଲି ନଥିଲା । ମୁଁ ତାଙ୍କ ଚାମରରୁ ଆସିବା ପରେ ମୋ ସାଙ୍ଗେ ମାଓବାଦୀ ସ୍ଟୋରୀ କଭରେଜ୍ କରିବାକୁ ଯାଇଥିବା ପୁରୁଷୋତ୍ତମ ସିଂ ଠାକୁର ଓ ପ୍ରମୋଦ ପଟ୍ଟନାୟକଙ୍କୁ ଡାକି ଲଫାଫା ଧରାଇ ଦେଲି । କହିଲି, ଚେୟାରମ୍ୟାନ ଖୁସି ହୋଇ ଦେଇଛନ୍ତି । ଯାହା ଅଛି ତିନି ଭାଗ କରିଦେବା । ଦୁଇବନ୍ଧୁ ଟଙ୍କା ଗଣି କହିଲେ, ୫୧ ହଜାର ଟଙ୍କା । ▪

ଟିଭି ଡିବେଟରେ ସବ୍ୟସାଚୀ

ମୁଁ ଏମବିସି ଟିଭିରେ କାମ କରୁଥିବା ବେଳେ ମାଓବାଦୀ ସମସ୍ୟା ପ୍ରସଙ୍ଗରେ ଏକ ବିତର୍କ କରିବାକୁ ସ୍ଥିର କଲି। ୨୦୧୩ ମସିହାର କଥା। ବିତର୍କରେ ଭାଗ ନେବା ପାଇଁ ଆମେ ପୂର୍ବତନ ଅର୍ଥମନ୍ତ୍ରୀ ପଞ୍ଚାନନ କାନୁନଗୋଙ୍କୁ ଡାକିଲୁ ଏବଂ ତାଙ୍କ ସହ ଅନାଦି ସାହୁଙ୍କୁ ଡାକିଲୁ। ଶ୍ରୀ ସାହୁ ଆଇପିଏସ ଚାକିରି ଛାଡ଼ି ସେତେବେଳେ ବିଜେପିରେ ରାଜନୀତି କରୁଥାନ୍ତି। ଷ୍ଟୁଡ଼ିଓରେ ଆମେ ସମସ୍ତେ ନିଜ ଆସନରେ ବସିବା ପରେ ମୁଁ ସମସ୍ତଙ୍କୁ ମୋବାଇଲ୍ ସୁଇଚ୍ ଅଫ୍ କରିବାକୁ କହିଲି। ସ୍ୱାଭାବିକ ଭାବେ ସୁଟିଂ ସମୟରେ ମୋବାଇଲ ସାଇଲେନ୍ ମୋଡ଼ରେ ରୁହେ। ସମସ୍ତେ ମୋବାଇଲ୍ ରଖିସାରିବା ପରେ ମୁଁ ସେମାନଙ୍କୁ କହିଲି, ବିତର୍କରେ ଆଜି ଆଉଜଣେ ଅତିଥି ଆମ ସହ ଫୋନ୍ ଲାଇନରେ ରହି ଭାଗନେବେ। ମାଓବାଦୀ ସମସ୍ୟା ଆଲୋଚନା କଲାବେଳେ ଆମେ ଯଦି ଜଣେ ମାଓବାଦୀ ନେତାଙ୍କୁ ଜଡ଼ିତ କରାଇବାନି, ତାହେଲେ ଆଲୋଚନା କରି ଲାଭ କ'ଣ? ମୋ ମୁହଁରୁ ମାଓବାଦୀ ନେତାଙ୍କ ଯୋଗଦାନ କଥା ଶୁଣି ସେମାନେ ଚକିତ ହୋଇଗଲେ। ପଚାରିଲେ, ଅପୂର୍ବ କାହାକୁ ଡାକିଛ? ମୁଁ ସେମାନଙ୍କୁ ସବ୍ୟସାଚୀ ପଣ୍ଡାଙ୍କ କଥା କହିଲି। ପୂର୍ବ ନିଷ୍ପତି ଅନୁସାରେ ଷ୍ଟୁଡ଼ିଓରେ ଥିବା ସମସ୍ତ କ୍ରିଉ ମେମ୍ବରଙ୍କ ମୋବାଇଲ ସୁଇଚ୍ ଅଫ କରିବା ପରେ ମାଓବାଦୀ ନେତା ସବ୍ୟସାଚୀ ପଣ୍ଡାଙ୍କୁ ଫୋନ୍ ଲଗାଗଲା। ଅଧଘଣ୍ଟାରୁ ଅଧିକ ସମୟ ମାଓବାଦୀ ସମସ୍ୟା ଏବଂ ସରକାରଙ୍କ ପଦକ୍ଷେପ ସଂପର୍କରେ ଆଲୋଚନା ହେଲା। ଫୋନ୍ ଲାଇନରେ ସବ୍ୟସାଚୀ ପଣ୍ଡା ବିତର୍କରେ ଭାଗ ନେଇ ତାଙ୍କ ଯୁକ୍ତି ରଖୁଥିଲେ। ବିତର୍କ ସୁଟିଂ ସରିବା ପରେ ମତେ ଅନାଦି ସାହୁ କହିଲେ, ଅପୂର୍ବ ତାକୁ କୁହ ସେ ଆତ୍ମସମର୍ପଣ କରୁ। ଆମେ ସମସ୍ତେ ସରକାରଙ୍କ ସହ କଥା ହେବା। ବ୍ୟକ୍ତିଗତ ଭାବେ ମୁଁ ମଧ ତାର ଆତ୍ମସମର୍ପଣ ଦିଗରେ ଯାହା ଆବଶ୍ୟକ ହେବ, କରିବି। ସେଦିନର ବିତର୍କ

ପରେ ମୁଁ ସବ୍ୟସାଚୀ ପଣ୍ଡାଙ୍କ ପତ୍ନୀ ମିଲି ପଣ୍ଡାଙ୍କ ସହ ଯୋଗାଯୋଗ କଲି ଏବଂ ସମାଜର ମୁଖ୍ୟସ୍ରୋତକୁ ଫେରାଇ ଆଣିବା ପାଇଁ ସେମାନଙ୍କ ଆଭିମୁଖ୍ୟ ସଂପର୍କରେ ଜାଣିବାକୁ ଚାହିଁଲି। ସେ ମତେ କହିଲେ, ତମେ ଚେଷ୍ଟା କର। ମୋ କଥା ସେ ଶୁଣିବେନି। ଏହା ପରେ ମୁଁ ଅନେକ ଥର ସବ୍ୟସାଚୀ ପଣ୍ଡାଙ୍କ ସହ ଯୋଗାଯୋଗ କରିଛି। ଫୋନରେ ଆତ୍ମସମର୍ପଣ କରିବାକୁ ବୁଝେଇଛି। ଆଉ ମାଓବାଦୀ ଆନ୍ଦୋଳନର ପ୍ରାସଙ୍ଗିକତା ନାହିଁ ବୋଲି କହିଛି। ପୋଲିସ ଡରରେ ଦିନ ରାତି ଲୁଚି ରହିବାରେ ତ ସମୟ ଯାଉଛି, ଗରିବ, ଅସହାୟ ଅତ୍ୟାଚାରିତ ଲୋକଙ୍କୁ ସାହାଯ୍ୟ କରିବ କେତେବେଳେ ବୋଲି ପ୍ରଶ୍ନ ବି କରିଛି। ବରଂ ସମାଜର ମୁଖ୍ୟସ୍ରୋତକୁ ଫେରିଆସି ସମାଜ ପାଇଁ କାମ କର ବୋଲି କହିଛି। ସେ ପ୍ରଥମେ ନାରାଜ ହେଉଥିଲେ, ଅଜବ ଯୁକ୍ତି କରୁଥିଲେ, ମୁଁ ତ ମୁଖ୍ୟ ସ୍ରୋତରେ ରହିଛି। ତମେ ଯାହାକୁ ମୁଖ୍ୟସ୍ରୋତ ବୋଲି କହୁଛ, ମୁଁ ତାକୁ ଗ୍ରହଣ କରିପାରୁନି। ଏବେ ଜଙ୍ଗଲରେ ରହୁଛି, ଆତ୍ମସମର୍ପଣ କଲେ ଜେଲରେ ରହିବି। ଫରକ କ'ଣ ହେବ। ଏମିତି ଏକାଧିକ ଥର ଫୋନ ରେ ଆଲୋଚନା ହେବା ପରେ ମୁଁ ତାଙ୍କୁ କହିଲି, ତମେ ଯଦି ରାଜିହେବ, ମୁଁ ମୁଖ୍ୟମନ୍ତ୍ରୀଙ୍କ ଅଫିସ ସାଙ୍ଗେ କଥା ହେବି ଏବଂ ତମେ ମୁଖ୍ୟମନ୍ତ୍ରୀ ନବୀନ ପଟ୍ଟନାୟକଙ୍କ ନିକଟରେ ଆତ୍ମସମର୍ପଣ କରିବ। ୨୦୧୪ ନିର୍ବାଚନ ପୂର୍ବରୁ ତମର ଆତ୍ମସମର୍ପଣ ସରକାରଙ୍କ ପାଇଁ ବଡ଼ ସଫଳତା ହେବ। ସେ ମୋ କଥାରେ ଆପାତତଃ ରାଜି ହୋଇ ଯାଇଥିଲେ। ତେଣୁ ମୁଁ ସେତେବେଳେ ମୁଖ୍ୟମନ୍ତ୍ରୀଙ୍କ ବ୍ୟକ୍ତିଗତ ସଚିବ ଭି. କାର୍ତିକେୟନ ପାଣ୍ଡିଯାନଙ୍କ ସହ ଏ ପ୍ରସଙ୍ଗରେ କଥା ହେବାକୁ ସ୍ଥିର କଲି। ସେକ୍ରେଟାରିଏଟ ରିପୋର୍ଟିଂ କରୁଥିବା ରିପୋର୍ଟର ଯଯାତି ମହାନ୍ତିକୁ କହିଲି ପାଣ୍ଡିଯାନଙ୍କ ଆପଏଣ୍ଟମେଣ୍ଟ ନେବା ପାଇଁ। ସେଦିନ ସେ କହିଲେ ମୁଁ ଟିକେ ବାହାରକୁ ଯାଉଛି, ଫେରିଲେ ଆମେ କଥା ହେବା। ମାତ୍ର ଦୁର୍ଭାଗ୍ୟ, ଆମେ କଥା ହେବାର ଦୁଇଦିନ ପରେ ଭାଲିଆଗୁଡ଼ା ଏନକାଉଣ୍ଟର ହେଲା। ପୋଲିସ ଗୁଲିରେ ପାଞ୍ଚଜଣ ମାଓବାଦୀଙ୍କ ମୃତ୍ୟୁ ହେଲା। ତା ପରଠୁ ସବ୍ୟସାଚୀ ପଣ୍ଡାଙ୍କ ସହ କେବେ ବି ଯୋଗାଯୋଗ କରିବା ସମ୍ଭବ ହେଲାନି ଏବଂ ପରେ ପୋଲିସ ତାକୁ ଗିରଫ କରିଥିଲା।

ମୁଁ ବି ମାଓବାଦୀ

ଯୁବକ ଯୁବତୀମାନେ ମାଓବାଦୀ କାହିଁକି ହେଉଛନ୍ତି ? ସତରେ କ'ଣ ସେମାନେ ସମାଜକୁ ବଦଳାଇବା ପାଇଁ ବନ୍ଧୁକ ଧରୁଥିଲେ ନା ଆଉ କିଛି ? ଘରଦ୍ୱାର, ପରିବାର ଛାଡ଼ି ମାଓବାଦୀ ହେବା, ପ୍ରତିଦିନ ପୋଲିସଠୁ ଲୁଚି ଛପି ବୁଲିବା ଏବଂ ଦିନ ଦିନ ଧରି ପାହାଡ଼ ଜଙ୍ଗଲରେ ରହିବା କ'ଣ ସେମାନଙ୍କୁ ଆମ୍ୱସନ୍ତୋଷ ଦେଉଥିଲା ? ବାରମ୍ବାର ମାଓବାଦୀ ଅଞ୍ଚଳକୁ ରିପୋର୍ଟିଂ କରିବାକୁ ଯିବା ବେଳେ ଏ ପ୍ରଶ୍ନ ମତେ ଆନ୍ଦୋଳିତ କରୁଥିଲା। ମୁଁ ଅନେକ ମାଓବାଦୀ କ୍ୟାଡ଼ରଙ୍କୁ ସେମାନଙ୍କ ବ୍ୟକ୍ତିଗତ ଜୀବନ ସଂପର୍କରେ ପଚାରିଛି। ଆମେ ଯେତେଥର ମାଓବାଦୀ କ୍ୟାମ୍ପକୁ ଯାଇଛୁ, ପ୍ରତିଥର ଦଶ/ପନ୍ଦର ଜଣ ମହିଳା ଏବଂ କୋଡ଼ିଏ/ବାଇଶ ଜଣ ପୁରୁଷ ଥାନ୍ତି। ସେମାନଙ୍କ ବୟସ ହାରାହାରି ଅଠରରୁ ପଚିଶ ଭିତରେ ହେବ। ସେମାନଙ୍କ ଭିତରୁ ଅନେକ ମାଓବାଦୀ ହୋଇ ଖୁସି ନ ଥାନ୍ତି। ରେଶମା ଭଳି ସାମାଜିକ ଅତ୍ୟାଚାରରେ ଅତିଷ୍ଠ ହୋଇ କେହି ମାଓବାଦୀ ହୋଇଥାନ୍ତି ତ ଆଉ କେହି ପ୍ରଚଣ୍ଡ ଦାରିଦ୍ର୍ୟର ତାଡ଼ନାରେ।

୨୦୦୬ ଆର୍.ଉଦୟଗିରି ଥାନା ଉପରେ ଆକ୍ରମଣ କରି ମାଓବାଦୀମାନେ ଥାନା ଓ.ଆଇ.ସି ଓ ଜେଲ୍ ଅଧ୍ୟକ୍ଷଙ୍କୁ ଅପହରଣ କରିଥାନ୍ତି। ଆମେ ଯେତେବେଳେ ରିପୋର୍ଟିଂ କରିବାକୁ ଯାଇଥିଲୁ, ସେତେବେଳେ ମୋ ନଜରରେ ପଡ଼ିଥିଲେ ଜଣେ ବୁଢ଼ୀ ମାଉସୀ। ଚମ ଧୁତୁ ଧୁତୁ ଦେଖାଯାଉଥିଲା। ବୟସ ସତୁରୀ ପାଖାପାଖି ହେବ। ଜଙ୍ଗଲରୁ କିଛି ମଞ୍ଜି ସଂଗ୍ରହ କରି ଖରାରେ ଶୁଖାଉଥିଲେ। ସେ ଆମକୁ ଦେଖି ଠିଆ ହେଲେ ଏବଂ ହାତକୁ ମୁଠା କରି ଅତି ସଗର୍ବରେ କହିଲେ, ଲାଲ୍ ସଲାମ। ଯଦିଓ ଠିଆ ହେବାକୁ ବଳ ନ ଥିଲା, କିନ୍ତୁ ମନରେ ଜୋସ୍ ଥିଲା। ବୁଢ଼ୀ ମାଉସୀ ସହ ଦି ତିନି ପଦ କଥା ଏବେ ବି ମନେ ଅଛି। ମୁଁ କହିଲି, ମାଉସୀ ଏତେ ଖରାରେ ବସି ଏଗୁଡ଼ା କ'ଣ ଶୁଖାଉଛ ? ମାଉସୀର ଉତ୍ତର ଥିଲା, ଯାକୁ ଶୁଖେଇଲା ପରେ ଗୁଣ୍ଡ କରି ଖିଆ ହେବ।

ମୁଁ ପଚାରିଲି, ଭଉଆ ପାଉନ କି ?

'କି ଭଉଆ। ଭଉଆ ଫଉଆ କିଛି ନାହିଁ। ଆମର ମାଓବାଦୀ ଜିନ୍ଦାବାଦ।'

ବୁଢ଼ୀ ମାଉସୀ ମୁହଁରୁ ମାଓବାଦୀ ଜିନ୍ଦାବାଦ ଶୁଣି ମୁଁ ଆଶ୍ଚର୍ଯ୍ୟ ହେଲି। ପଚାରିଲି ତମେ କ'ଣ ମାଓବାଦୀ। ସେ କହିଲା, 'ହଁ, ମୁଁ ବି ମାଓବାଦୀ'। ଏହା କହି ମାଉସୀ ହସିଲା।

ବୁଢ଼ୀ ମାଉସୀ ଜାଣିନି ମାଓ କିଏ। କିନ୍ତୁ ସେ ମାଓବାଦୀ ଜିନ୍ଦାବାଦ କହୁଛି।

ମନେ ହେଲା, ସରକାର ଓ ସରକାରୀ ବ୍ୟବସ୍ଥା ବିରୋଧରେ ତା ମନ ଭିତରେ କେହି ବିଦ୍ରୋହର ନିଆଁଟିଏ ଜଳେଇ ଦେଇଛି।

ଯିଏ ମହାମ୍ମା ଗାନ୍ଧୀଙ୍କୁ ଭଲ ପାଏ, ତାଙ୍କ ଆଦର୍ଶରେ ଅନୁପ୍ରାଣିତ, ସିଏ ଗାନ୍ଧିବାଦୀ। ଯିଏ ମାଓଙ୍କ ଆଦର୍ଶରେ ଅନୁପ୍ରାଣିତ, ସେ ମାଓବାଦୀ। ହେଲେ ମାଓବାଦୀଙ୍କୁ ଏତେ ଡର କାହିଁକି ? କିଏ ଏହି ମାଓ ? କ'ଣ ତାଙ୍କର ଆଦର୍ଶ ?

କମ୍ୟୁନିଷ୍ଟ ବା ସାମ୍ୟବାଦ ଆଦର୍ଶ କହିଲେ ସମଗ୍ର ବିଶ୍ୱ ମାର୍କ୍ସ ଓ ଲେନିନଙ୍କ ଥିଓରୀକୁ ବୁଝେ। କିନ୍ତୁ ମାର୍କ୍ସ ଓ ଲେନିନଙ୍କ ବିଚାରଧାରାଠୁ ଆହୁରି ଭୟଙ୍କର ମାଓଙ୍କ ଥିଓରୀ। ପୁଞ୍ଜିବାଦ ଓ ବୁର୍ଜୁଆଙ୍କ ମଧ୍ୟରେ ଲଢ଼େଇରୁ ସାମ୍ୟବାଦର ସୃଷ୍ଟି ହୁଏ। ଶ୍ରମିକ, ଚାଷୀଙ୍କ ପାଇଁ ଲଢ଼େଇ କରୁଥିବା ସାମ୍ୟବାଦୀମାନେ କାଳକ୍ରମେ ମାର୍କ୍ସବାଦୀ, ଲେନିନବାଦୀ ଓ ମାଓବାଦୀ ହୋଇଯାନ୍ତି। ତେବେ ଲେନିନ୍– ମାର୍କ୍ସବାଦୀଙ୍କ ତୁଳନାରେ ମାଓବାଦୀମାନେ ଅଧିକ ଉଗ୍ର ଏବଂ ଲକ୍ଷ୍ୟ ହାସଲ ପାଇଁ ସେମାନେ ସଶସ୍ତ୍ର ସଂଗ୍ରାମରେ ବିଶ୍ୱାସ କରନ୍ତି। ଏହି ବିଚାର ଆଧାରରେ ଭାରତରେ ଆନ୍ଧ୍ରପ୍ରଦେଶ, ଛତିଶଗଡ଼, ଝାଡ଼ଖଣ୍ଡ, ଓଡ଼ିଶା ଭଳି ପ୍ରମୁଖ ରାଜ୍ୟରେ ମାଓବାଦୀ ଅଧିକ ସକ୍ରୀୟ ଅଛନ୍ତି। କମ୍ୟୁନିଷ୍ଟ ପାର୍ଟି ଅଫ୍ ଇଣ୍ଡିଆ (ମାଓଇଷ୍ଟ), ପିପୁଲ୍ସ ୱାର ଗ୍ରୁପ୍ ଭଳି ବିଭିନ୍ନ ମାଓବାଦୀ ସଂଗଠନକୁ ଭାରତ ସରକାର ବେଆଇନ ଘୋଷଣା କରିଛନ୍ତି। ଏହାସତ୍ତ୍ୱେ ବି ମାଓବାଦୀ ସଂଗଠନ ଦେଶର ବିଭିନ୍ନ ଅଞ୍ଚଳରେ ସେମାନଙ୍କ କାର୍ଯ୍ୟ ଚଳାଇ ଆସିଛନ୍ତି। କେତେବେଳେ ବିଭିନ୍ନ ଜେଲ, ଅସ୍ତ୍ରାଗାର ଲୁଟ୍ କରୁଛନ୍ତି ତ କେତେବେଳେ ବାହାରୁ ଚୋରାରେ ଅସ୍ତ୍ରଶସ୍ତ୍ର ଆଣୁଛନ୍ତି। ଅନେକ ସମୟରେ ରାଜ୍ୟ ସରକାରମାନଙ୍କ ପାଇଁ ମାଓବାଦୀମାନେ ବଡ଼ ସମସ୍ୟା ହୋଇ ଛିଡ଼ା ହେଉଛନ୍ତି।

ମାଓବାଦୀଙ୍କ ପାଇଁ ସବୁଠୁ ବଡ଼ ଅସ୍ତ୍ର ହେଉଛି, ସରକାରୀ ଅବ୍ୟବସ୍ଥା। ସାଧାରଣ ଗରିବଙ୍କ ଉପରେ ହେଉଥିବା ଶୋଷଣ, ଅତ୍ୟାଚାର, ଅନ୍ୟାୟ ଯେତିକି ବଢ଼ି ଚାଲିଥିବ, ମାଓବାଦୀ ତିଷ୍ଠିବା ପାଇଁ ସେତିକି ସେତିକି ଅନୁକୂଳ ପରିବେଶ ସୃଷ୍ଟି ହେଉଥିବ। ସୋସିଆଲ ମିଡ଼ିଆରେ ଏମିତି ଅନେକ ଭିଡ଼ିଓ ଆପଣ ବି ଦେଖିଥିବେ, ଥାନା ଭିତରେ

ପୋଲିସ ଛୋଟମୋଟ ଅପରାଧ ନାଁରେ କିଛି ଦୁର୍ବଳ, ଗରିବ ଶ୍ରେଣୀର ଲୋକଙ୍କୁ ଉଠାଇ ଆଣି ଗୋରୁଗାଇ ଭଳି ପିଟି ଚାଲିଥିବ। ମଧ୍ୟପ୍ରଦେଶର ଏକ ରେଲୱାଇ ଥାନାରେ ବୁଢ଼ୀମା ଓ ତା ନାବାଳକ ନାତିକୁ ଜଣେ ମହିଳା ପୋଲିସ କର୍ମଚାରୀ ଏମିତି ପିଟୁଥିବାର ଭିଡ଼ିଓଟାଲ ଥିଲା, ଯାହାକୁ ଦେଖିଲା ପରେ ଇଚ୍ଛା ହେଉଥିଲା, ସେ ମହିଳା ପୋଲିସକୁ ପାନେ ଦେବା ପାଇଁ। ଏମିତି ଅନେକ ଘଟଣାରେ ପୋଲିସର ମାତ୍ରାଧିକ କାର୍ଯ୍ୟାନୁଷ୍ଠାନ ବେଳେ ବେଳେ ଯୁବମାନସରେ ନିଆଁ ଲଗେଇ ଦେଇଥାଏ। ହାଇଦ୍ରାବାଦରେ ଦୁଷ୍କର୍ମ ଅପରାଧୀକୁ ପୋଲିସ ଏନକାଉଣ୍ଟର କରିଦେବା ଭଳି ମାଓବାଦୀମାନେ ସେମାନଙ୍କ ବିଚାରରେ ଯାହାକୁ ଅପରାଧୀ ଭାବନ୍ତି, ପ୍ରଜାକୋର୍ଟରେ ଦଣ୍ଡ ଦେଇଦିଅନ୍ତି। ରାଜନୈତିକ ପୃଷ୍ଠପୋଷକତାରେ ହେଉଥିବା ଅପରାଧୀକୁ ପୋଲିସ ଘଣ୍ଟ ଘୋଡ଼ାଏ। ଦେଶରେ ଏମିତି ଦୁର୍ବଳ ବ୍ୟବସ୍ଥାରୁ ମାଓବାଦୀମାନେ ଜନ୍ମ ନିଅନ୍ତି।

ଥରେ ଛତିଶଗଡ଼ର ଦାନ୍ତେୱାଡ଼ାରେ ମାଓବାଦୀଙ୍କ ଅମ୍ବୁସର ଶିକାର ହେଲେ ପୋଲିସ ଓ ଯବାନ। ଏହି ଘଟଣାରେ ବହୁ ସଂଖ୍ୟାରେ ଯବାନ ସହିଦ ହେଲେ। ଆମର ଜଣେ ରିପୋର୍ଟର ସମାଜସେବୀ ପ୍ରଫେସର ରାଧାମୋହନଙ୍କର ଏହା ଉପରେ ପ୍ରତିକ୍ରିୟା ନେବାକୁ ଯାଇଥିଲେ। ସେ କହିଲେ, ପୋଲିସ ଓ ଯବାନ କ'ଣ ଡାକ୍ତରଖାନା ପ୍ରତିଷ୍ଠା କରିବାକୁ ଯାଉଥିଲେ କି? ସେମାନେ ମାଓବାଦୀଙ୍କୁ ମାରିବାକୁ ଯାଉଥିଲେ, ମାଓବାଦୀ ସେମାନଙ୍କୁ ମାରିଦେଲେ। ଉଭୟ ଭାରତୀୟ। ଆମ ଗାଁର ଛୁଆ। ମୂଳ ସମସ୍ୟାର ସମାଧାନ ନ କରି ରକ୍ତପାତ କଲେ କେତେବେଳେ ମାଓବାଦୀ ମରିବେ ତ କେତେବେଳେ ଯବାନ।

ଅନେକଥର ମାଓବାଦୀ ଇଲାକାକୁ ରିପୋର୍ଟିଂ କରିବାକୁ ଗଲାବେଳେ ସାଧାରଣ ଗାଁ ଲୋକେ ଆସି କ୍ୟାମେରା ଆଗରେ ଦୁଃଖ ଜଣାନ୍ତି। ସବୁଠୁ ଅଧିକ ଅଭିଯୋଗ ଥାଏ ପୋଲିସ ବିରୋଧରେ। ମାଓବାଦୀଙ୍କ ସଂପର୍କରେ ପୋଲିସକୁ ଖବର ଦେଲେ ମାଓବାଦୀ ମାରିବେ, ମାଓବାଦୀ ପାଖ ଜଙ୍ଗଲରେ ଲୁଚି ଛପି ରହିଲେ ପୋଲିସ ବାଡ଼ାଏ। ରାତି ଅଧୁଆ ପୋଲିସ ଗାଁରୁ ଲୋକଙ୍କୁ ଉଠାଇ ଆଣେ ଯେ ଘର ଲୋକ କିଛି ଦିନ ଯାଏଁ ଟେର ପାଆନ୍ତିନି। ଚବିଶଘଣ୍ଟା ଭିତରେ କୋର୍ଟ ଫରୱାର୍ଡ କରିବା ଦୂରର କଥା, ହାଜତ ଭିତରେ ବାଡ଼େଇ ବାଡ଼େଇ ଦରମରା କରିଦିଅନ୍ତି। ଥରେ ଗ୍ରୀନ୍‌ବାଡ଼ି ଅଞ୍ଚଳରେ ଜଣେ ମହିଳା ପଞ୍ଚାୟତ ନିର୍ବାଚନ ପାଇଁ ପ୍ରଚାର କରୁଥିବା ବେଳେ ଆମ ସହ ଭେଟ ହେଲା। ଆମକୁ ଆସି ଗୁହାରୀ ଜଣାଇଲେ। ସେଥର ସେ ପଞ୍ଚାୟତ ନିର୍ବାଚନରେ ପ୍ରାର୍ଥୀ ହୋଇଥାନ୍ତି। ସେ କହିବା କଥା, ତାଙ୍କ ସ୍ୱାମୀଙ୍କୁ ପୋଲିସ ସପ୍ତାହେ ହେଲାଣି ନେଇଯାଇଛି। ପୋଲିସ ନେବା ପଛରେ ସେ ଯାହା କାରଣ ଦର୍ଶାଇଲେ, ତାହା

ଚିନ୍ତାଜନକ । ସେ ଗୋଟିଏ ରାଜନୈତିକ ଦଳ ସମର୍ଥନରେ ପ୍ରାର୍ଥୀ ହୋଇଛନ୍ତି । ତାଙ୍କର ଜିତିବା ସମ୍ଭାବନା ଥିବାରୁ ପୋଲିସ ତାଙ୍କ ସ୍ୱାମୀଙ୍କୁ ମାଓବାଦୀ ସମର୍ଥକ କହି ଗିରଫ କରିଛି ।

ଥରେ ଜଣେ ମାଓବାଦୀ କ୍ୟାଡ୍‌ରଙ୍କୁ ମୁଁ ପଚାରିଲି, ତମେ ମାଓବାଦୀ କାହିଁକି ହେଇଛ ?

ତାର ଉତ୍ତର ଯାହା ଥିଲା, ତାହା ଆମ ବ୍ୟବସ୍ଥା ପ୍ରତି ବଡ଼ ଚ୍ୟାଲେଞ୍ଜ । ସେ କହିଲା, ପ୍ରଚଣ୍ଡ ଦାରିଦ୍ର୍ୟ ଭିତରେ ସଢୁଥିଲୁ । ଭୋକ ଓପାସରେ ଦିନ ଦିନ କଟି ଯାଇଛି । ଯଦିଓ କାନ୍ଧରେ ବନ୍ଧୁକ ପକାଇ ମାଓବାଦୀ ହେବାକୁ ଭଲ ଲାଗୁନି, କିନ୍ତୁ ଭୋକରେ ରହିବାକୁ ପଡୁନି । ଖାଇବା ପିଇବା ସହ ମାସକୁ କିଛି ଟଙ୍କା ଦେବେ ବୋଲି କହିବାରୁ ଚାଲି ଆସିଥିଲି ।

ଏବେ ଫେରିବାକୁ ଇଚ୍ଛା ହେଉଛି କି ବୋଲି ପଚାରିଲି, ସେ ମୋ ପ୍ରଶ୍ନରେ ନିରବ ରହିଲା ।

ଇଏ କି ପ୍ରକାରର ବ୍ୟବସ୍ଥା ? ଅନେକ ସମୟରେ ସାଧାରଣ ଲୋକଟେ ପୋଲିସ ଅତ୍ୟାଚାରରେ ଅତିଷ୍ଠ ହୋଇ କାନୁନକୁ ହାତକୁ ନିଏ । ଆଉ ମାଓବାଦୀପ୍ରବଣ ଅଞ୍ଚଳରେ ଏଭଳି ବିଦ୍ରୋହୀଙ୍କୁ ମାଓବାଦୀ କୁହାଯାଏ । କିନ୍ତୁ ପୋଲିସ ଯେତେବେଳେ କାନୁନ ଭଙ୍ଗ କରି ସାଧାରଣ ଲୋକଙ୍କ ଉପରେ ଅତ୍ୟାଚାର କରେ, ତାକୁ କାନୁନ କୁହାଯାଏ । ସାଧାରଣ ଲୋକଟେ ପଞ୍ଚାୟତ, ବ୍ଲକ ଅବା ତହସିଲକୁ ଧାଇଁ ଧାଇଁ କାମ ହୁଏନି, ମାତ୍ର ସେଇ ସାଧାରଣ ଲୋକ ଯେତେବେଳେ କାନ୍ଧରେ ବନ୍ଧୁକ ପକାଇ ମାଓବାଦୀ ହେଇଯାଏ, ଗୋଟାଏ ଧମକରେ ତା କାମ ହେଇଯାଏ । ଯଦିଓ ଏକଥା ସ୍ପଷ୍ଟ, ମାଓବାଦୀ ସାମୟିକ ସମୟ ପାଇଁ ଜନ୍ମ ନେଇପାରନ୍ତି, କିନ୍ତୁ ଦୀର୍ଘକାଳୀନ ଟିଷ୍ଠିବା ସମ୍ଭବ ନୁହେଁ । ମାତ୍ର ସାମୟିକ ସମୟ ଭିତରେ ସେମାନେ ଯେଉଁ ବିନାଶର ପର୍ବ ରଚନା କରନ୍ତି, ତାହା ସମାଜ ପାଇଁ ଭୟଙ୍କର କ୍ଷତି ପହଞ୍ଚାଇଥାଏ । ଅନେକ ସମୟରେ ମାଓବାଦୀମାନେ ବାଟ ହୁଡ଼ି ସର୍ବସାଧାରଣଙ୍କ ସଂପତ୍ତି ନଷ୍ଟ କରିବାର ନଜୀର ରହିଛି । କେତେବେଳେ ରାସ୍ତାକାମ ପାଇଁ ଆସିଥିବା ଠିକାଦାରର ଜେସିବି, ରୋଲର ଆଦି ମେସିନାରୀରେ ନିଆଁ ଲଗେଇ ଦିଅନ୍ତି ତ ଆଉ କେତେବେଳେ ଚାନ୍ଦା ଦେଉ ନଥିବା ନେତା, ଠିକାଦାର, ବ୍ୟବସାୟୀଙ୍କ ଗାଡ଼ି ମଟର, କାରଖାନା ଜାଲି ଦିଅନ୍ତି । ଆଦର୍ଶ ନାଁରେ ଜଙ୍ଗଲ ଭିତରେ ଲୁଚିଛପି ରହୁଥିବା ମାଓବାଦୀ ସେମାନଙ୍କ ବଞ୍ଚିବା ପାଇଁ ବିଭିନ୍ନ ସମୟରେ ବ୍ୟବସାୟୀ, ଶିଳ୍ପପତିଙ୍କଠୁ ଚାନ୍ଦା ଆଦାୟ କରନ୍ତି । ଏପରିକି ମାଓବାଦୀଙ୍କୁ ମାଧ୍ୟମ କରି ଅନେକ କୋଟିପତି ସେମାନଙ୍କ ସ୍ୱାର୍ଥ ହାସଲ କରିଥାନ୍ତି ।

ଗଞ୍ଜାମ ଜିଲ୍ଲାର ଜଣେ ପ୍ରଭାବଶାଳୀ ରାଜନେତା ସେ ମାଓବାଦୀଙ୍କୁ ନିୟମିତ ଚାନ୍ଦା ଦେଉଥିବା ଏ ସାମୟିକ ଆଗରେ କହିଛନ୍ତି ।

ଏତେସବୁ କହିବାର ଅର୍ଥ ନୁହେଁ, ମାଓବାଦୀଙ୍କ ସପକ୍ଷରେ ଯୁକ୍ତି କରି ସେମାନଙ୍କ ହିଂସାକାଣ୍ଡକୁ ସମର୍ଥନ କରିବା । ମାଓବାଦୀ କାହିଁକି ଜନ୍ମ ହେଉଛନ୍ତି, ତାର କାରଣ ଖୋଜୁଥିବା ବେଳେ ଏମିତି ଅନେକ କଥା ଆଗକୁ ଚାଲି ଆସୁଛି । ମାଓବାଦୀ ଇଲାକାରେ ଗରିବ, ଆଦିବାସୀଙ୍କ ମୁହଁରୁ ସେମାନଙ୍କ ଦୁଃଖ ଶୁଣିଲେ ଅନୁଭବ ହୁଏ, ଆମ ବ୍ୟବସ୍ଥାରୁ ମାଓବାଦୀ ସୃଷ୍ଟି ହେଉଛନ୍ତି । ଆଉ ସେମାନଙ୍କ ପ୍ରତି ମିଛ ଦରଦ ଦେଖାଇ ମାଓବାଦୀମାନେ କାୟା ବିସ୍ତାର କରୁଛନ୍ତି ।

ନବେ ଦଶକରେ ଉପାନ୍ତ, ପାହାଡ଼ି ଅଞ୍ଚଳ ବିକାଶଠାରୁ ବହୁ ପଛରେ ପଡ଼ିଥିଲା । ଏବେ ସମୟ ବଦଲି ଯାଇଛି । ଗମନାଗମନ, ବିଦ୍ୟାଳୟ ଓ ସ୍ୱାସ୍ଥ୍ୟକେନ୍ଦ୍ର ସାଙ୍ଗକୁ ସରକାର ବିଭିନ୍ନ ଦାରିଦ୍ର୍ୟ ଦୂରୀକରଣ ଯୋଜନାରେ ଲୋକଙ୍କୁ ସାମିଲ କରିବାରେ ଲାଗିଛନ୍ତି । ତଥାପି ଆମ ବ୍ୟବସ୍ଥା ଭିତରେ ଏମିତି ବିକାରଗ୍ରସ୍ତ ବାବୁମାନେ ଅଛନ୍ତି, ଯାହାଙ୍କ ପାଇଁ ସମାଜକୁ ମୂଲ୍ୟ ଦେବାକୁ ପଡୁଛି । ସେଥିପାଇଁ ଆମ ମାନସିକତା ପରିବର୍ତ୍ତନ ହେବା ଦରକାର ।

BLACK EAGLE BOOKS

www.blackeaglebooks.org
info@blackeaglebooks.org

Black Eagle Books, an independent publisher, was founded as a nonprofit organization in April, 2019. It is our mission to connect and engage the Indian diaspora and the world at large with the best of works of world literature published on a collaborative platform, with special emphasis on foregrounding Contemporary Classics and New Writing.